ro
ro
ro

Nicolas Fargues, 1972 geboren, wuchs in Kamerun, im Libanon und auf Korsika auf. Er studierte Literaturwissenschaften an der Sorbonne und lebt heute als freier Autor in Paris. 2007 erschien bei Rowohlt sein Roman «Nicht so schlimm» (rororo 24536).

«Eine scharfe Reflexion über Zeitgeist, Ruhm und Rassismus.» (Le magazine des Livres)

«Eine Satire auf die menschliche Eitelkeit.» (Vogue)

Nicolas Fargues

DIE ROLLE MEINES LEBENS

Roman

Aus dem Französischen
von Christian Kolb

Rowohlt Taschenbuch Verlag

Die Originalausgabe erschien 2008 unter dem Titel
«Beau rôle» im Verlag P.O.L. éditeur, Paris.

Veröffentlicht im Rowohlt Taschenbuch Verlag,
Reinbek bei Hamburg, Januar 2011

Umschlaggestaltung any.way, Cathrin Günther,
nach einem Entwurf von
ANZINGER WÜSCHNER RASP, München
(Umschlagabbildung: Andreas Kuehn / Getty Images)
Satz Trinité PostScript (InDesign) bei
hanseatenSatz-bremen, Bremen
Druck und Bindung Druckerei C. H. Beck, Nördlingen
Printed in Germany
ISBN 978 3 499 24955 6

Für Louis und Tancrède

EINS

Mélikian hatte mir Folgendes geschrieben:

Lieber Antoine,

ich weiß nicht, ob Dich diese E-Mail erreichen wird, aber ich versuche trotzdem mein Glück. Ich bin Bernard Mélikian, wir waren am Collège Marivaux in Moissy zusammen in der siebten und achten Klasse. Wir hatten recht wenig miteinander zu tun. Du warst immer bei den Anführern (erinnerst Du Dich noch an das Trio Mourad Alhacen, Eduardo Gouelibo, Franck Peretti?). Ich war ziemlich schüchtern, hatte bei den Mädchen weniger Erfolg als ihr, und ich hatte gute Noten. Du warst im Übrigen der Einzige aus der Bande, der nett zu mir war, der mich nicht als Witzfigur oder Streber bezeichnete, der sich nicht über meinen «detlefartigen» Vornamen lustig machte, auch nicht über meine frühzeitig auftretende Körperbehaarung oder über meine armseligen Leistungen im Sportunterricht. Du hast mich immerhin jeden Morgen gegrüßt. Nebenbei bemerkt, habe ich mich oft gefragt, ob das Mitleid oder echte Freundlichkeit war. Jedenfalls hattest Du schon damals das Talent, Dich auf alle möglichen Situationen einzustellen, bei allen beliebt zu sein, es wundert mich nicht, dass Du Schauspieler geworden bist. Ich bin weiter ein «braver Schüler» geblieben. Seit acht Jahren bin ich verheiratet, habe zwei Kinder, unterrichte jetzt Französisch in einem Lycée im Val-de-Marne.

Ich komme zum Grund meines Schreibens. Einmal im Monat zeige ich samstags meinen beiden elften Klassen aus dem literarischen Zweig Filme mit anschließender Diskussion, meistens geht es um gesellschaftliche Themen: Generationenkonflikte, Arbeitslosigkeit, Immigration, Fremdenfeindlichkeit usw. Nachdem ich Dich im neuesten Grynszpan gesehen hatte, dachte ich mir, dass Du vielleicht auf den Vorschlag eingehen würdest, zu einer dieser Diskussionen ans Lycée zu kommen. Ich habe Deinen Namen bei Google eingegeben und die Adresse Deines Agenten gefunden, daher diese Mail. Für die Schüler wäre es eine besondere Erfahrung, wenn sie mit einem richtigen Schauspieler zu tun hätten, und auch ich würde mich sehr freuen.

Mir ist bewusst, dass Deine Zeit knapp ist und dass Dir mein Angebot, verglichen mit anderen, die Du wohl hast, reichlich bescheiden vorkommen muss.

Ich hoffe, Du wirst mir antworten.

Mit herzlichem Gruß,

Bernard

Ich wusste sofort, ich würde antworten. Erster Pluspunkt: Keine Rechtschreib- oder Satzfehler, Zeichen eines klaren, gewissenhaften und verlässlichen Verstands. Zweitens, die äußerste Korrektheit der verwendeten Ausdrücke: «Lieber Antoine» anstatt eines albernen «Hallo», der Gebrauch von «erreichen», «Körperbehaarung», «armselig», «nebenbei bemerkt», «ich komme zum Grund», der richtig geschriebene Name von Grynszpan usw. Außerdem der generell reife und direkte Tonfall, der nicht darum bemüht war, sich übermäßig ins Zeug zu legen oder große Töne zu spucken, ein unmissverständliches Anliegen, das ohne Nachdruck oder Unterwürfigkeit vorgetragen wurde.

Auch wenn ich mir sagte, dass eine angemessene Ausdrucksart das Mindeste war, was man von einem Französischlehrer erwarten konnte, waren heutzutage doch wenige junge Männer meiner Generation dazu imstande, vor allen Dingen diejenigen, die man im Fernsehen sah: In den Studios redeten Entertainer, Sänger, Schauspieler und sogar Journalisten hemmungslos Amok, zu kindisch und zu ungebildet, um zu begreifen, dass die wahre Vollendung von Coolness in einer gewandten Sprachbeherrschung liegt.

Schließlich die Erinnerung an meine Jahre am Collège. An Bernard Mélikian erinnerte ich mich sehr gut, auch wenn Hunderte im Vergleich zu ihm weitaus entscheidendere Gesichter und Namen mein Leben seither geprägt hatten. Das Leben, das ich im Moment führte, genauso wie die Leute, mit denen ich zu tun hatte, war Lichtjahre von meiner Zeit am Marivaux entfernt. Aber ich war ganz schön stolz, muss ich sagen, dass ein Typ, der so gefragt und in Bezug auf unbedeutende Begegnungen so vergesslich war, wie ich es wohl sein musste, sich ausgezeichnet erinnerte an Mélikian, wie überhaupt an die meisten Namen und Gesichter meiner Klassenkameraden aus dieser Zeit von 1983 – 1985. Da waren natürlich Mourad, Eduardo und Franck, aber auch Steve Matumbele, Xavier Bohl, Francine Mbarga, Julie Zuriguel, Isabelle Martel, Miguel Pena, Loriane Razimowsky, Naomie Lipton, Azzhara Ben Saada, Jean-Christophe de Matos, Laurent Prax, Annick Diarra, Emmanuelle Guedj, Aziz Chabdi, Gilles Bellaïche.

1983 – 1985 (mein Gott, das war schon über *zwanzig Jahre* her!), das erinnerte mich vor allem an die Lieder: *Holiday* von Madonna, *Thriller* und *Billie Jean* von Michael Jackson, *When Doves Cry* von Prince. Und dann auch an Breakdance und an die Sendung H.I.P. H.O.P. mit Sidney, an die Soundtracks von *Flashdance* und *Staying Alive* (dieser verkorkste Nachfolger von *Saturday Night Fever*, mit Stücken von den Bee Gees und von Frank Stallone, dem Bruder von Sylvester). 1983 – 1985, genau, das war auch die Zeit von *Rocky III* und *Rambo*, der Serie *Denver-Clan*, französischer Popmusik mit elektronischem Schlagzeug und Synthesizern, der Band Indochine; die Anfänge der Videoclips, die Kleider mit Schulterpolstern, das Rouge auf den Backen und die naturwilden Frisuren im Stil von Jenna de Rosnay bei den Frauen in der Werbung, die mit Pomade eingeriebenen Locken von Lionel Richie, Rauchschwaden und blau ausgeleuchtete Spannungsszenen in den amerikanischen Filmen.

Zwanzig Jahre war das schon her, aber diese zwanzig Jahre klangen anders als das «Vor zwanzig Jahren» der Generation meiner Eltern, weil *ich* gar nicht das Gefühl hatte, dass es so weit weg war. Kurzum, Mélikians Brief versetzte mir weniger einen Schlag, mit dem ich mir zum ersten Mal alt vorkam, er gab mir vor allem zu verstehen, dass «zwanzig Jahre» viel Zeit sind und zugleich gar nicht so lange zurückliegen. Oder besser, ein ganz schön fetter Happen Existenz, dem man nichts anmerkte.

Im Übrigen konnten die Worte der Mail noch so sehr die eines Mannes sein, ich musste mir dahinter einfach immer noch Mélikian vom Marivaux vorstellen. Als ob er und ich, und auch all die anderen aus unserer Klasse, als ob wir alle aus unserer Generation uns gegenseitig nie richtig dadurch etwas vormachen ließen, dass wir «erwachsen» geworden waren. Denn es gefiel mir, dass er sich mir gegenüber nicht wichtig nahm. Es gefiel mir, dass er keine Sekunde daran dachte, mich zu siezen und dass er sich gleichfalls mit einwandfreier Präzision an all die Namen und Vornamen und an all die Einzelheiten erinnerte. Seine Formulierungen zeugten von Ruhe, Abstand, Humor, er spottete über sich selbst. Aber er war auch ehrlich und versuchte nicht, die Erinnerungen an seine Demütigungen herunterzuspielen: Nein, wirklich Respekt, Mélikian.

Ich versuchte, zwischen dem gegängelten Schüler ohne Charisma, der er am Marivaux war, und seiner subtilen Mail einen Zusammenhang herzustellen, und fragte mich, was wohl aus Mourad, Eduardo und Franck geworden sein konnte. Schon richtig, dass ich damals mit denen und nicht mit Mélikian rumhing, auch wenn das manchmal mächtig viel Selbstverleugnung von mir erforderte. Zum Beispiel lachte ich bereitwillig, wenn sie wirklich derbe über ihn herzogen, aber immer erst, nachdem ich mich vergewissert hatte, dass er nicht in der Nähe war. Vielleicht gab ich ihm ja deswegen jeden Morgen die Hand: um mein schlechtes Gewissen ihm gegenüber zu beruhigen. In seiner Mail stellte er eine sehr gute Frage zu diesem Thema: War es die Scheinheiligkeit, die mich zum Erfolg geführt hatte?

Was Mourad, Eduardo und Franck anbelangt, hätte es mich nicht gewundert zu erfahren, dass sie nun alle drei für ihre blanke Bösartigkeit gegenüber Mélikian mit einem kümmerlichen Leben voller unterschiedlicher Enttäuschungen bezahlten, dass sie keine große Schnauzen mehr hatten, niemanden mehr drangsalierten und auch den Mädchen überhaupt nicht mehr gefielen.

Ich musste bei dem Ganzen an eine Folge von *21 Jump Street – Tatort Klassenzimmer* denken, die Fernsehserie, mit der Johnny Depp zwischen 1988 und 1991 in Frankreich bekannt wurde. In dieser Folge stößt Officer Doug Penhall (gespielt von dem unvergesslichen Peter DeLuise mit seiner Vorne-kurz-hinten-lang-Frisur, auch daran erinnerte ich mich), Doug stößt also zufällig auf den Namen eines Bandenführers aus seiner Schule, für den er früher als Prügelknabe herhalten musste. Mittlerweile ist Doug ein Mann von Format, er ist breitschultriger und selbstsicherer geworden, auch wenn er manchmal etwas schnell aufbrausend wirkt. Als er den Namen des Kerls auf dem Polizeirevier in einem Notizbuch liest (ich sage «Polizeirevier», obwohl ich den Gebrauch des Wortes in den Synchronisationen von US-Serien immer lächerlich fand), als er den Namen liest, stockt ihm das Blut in den Adern, böse Erinnerungen steigen in ihm auf, unmöglich, sie zu verscheuchen, büßen soll es ihm der Kerl, zum Teufel mit seiner Bullenmoral, er ist zum Angriff bereit.

Er schnappt sich seine Jacke, verlässt das Dienstzimmer, springt in seinen Wagen, fährt zu der angegebenen Adresse, parkt auf dem Gehweg und geht entschlossen eine bröckelige Treppe hinauf, er klopft an der Tür, die Fäuste in den Startblöcken. Die Tür öffnet sich, und im Rahmen steht ein zahnloser Typ mit schlaffen Armen und spärlichen Haaren, der einen Kopf kleiner ist als er und zwanzig Kilo weniger hat. Es ist der Bandenführer aus der Schule zehn oder fünfzehn Jahre später, das einst hübsche und muskelprotzige Großmaul. Er ist betrunken und mürrisch, ein halber Penner, er erkennt Penhall nicht einmal wieder, der angesichts dieses offensichtlichen Verfalls seinen Plan aufgibt und kehrtmacht. Die Moral von dieser Geschichte: Man braucht den provisorischen Hierarchien der Schuljahre nicht zu trauen, die Zeit bleibt nicht stehen.

Ich sage das alles, weil ich deswegen an diesem Tag beschloss, Mélikian nicht nur zu antworten, sondern auch auf seinen Vorschlag einzugehen: um den Demütigungen meinen Respekt zu zollen, die ein Mélikian hatte hinnehmen müssen, der gewartet hatte, bis seine Zeit gekommen war, um jedem Mourad Alhacen oder Franck Peretti endgültig abzuschwören, der auch ich hätte werden können, um dem Himmel dafür zu danken, dass er mich trotz meines nicht immer verständlichen Verhaltens den rechten Weg hatte einschlagen lassen. Auch wenn die Aussicht, in ein Collège im hintersten Val-de-Marne zu fahren, mir etwas unangenehm war, hauptsächlich wegen der Fahrtkosten. Ich hatte mich nämlich immer noch nicht dazu durchgerungen, mir ein Auto zu kaufen, und seit dem Erfolg von *White Stuff* konnte ich nicht mehr wirklich einfach so die S-Bahn oder Métro nehmen, das heißt, ich versuchte dann unter allen Umständen, unter einer immer größer werdenden Zahl von Blicken, die mich wiedererkannten, normal zu wirken. Zum Thema Taxi ist zu sagen, dass ich ja auch nicht Tom Cruise war, obwohl ich Ersparnisse hatte, doch ich wollte nicht unbedingt mindestens 150 Euro für die Hin- und Rückfahrt ausgeben, bloß um Mélikian, der daran nicht gedacht hatte, eine Freude zu machen. Aber mit Fahrtkostenerstattung anzufangen wäre echt schäbig gewesen.

Okay, ich muss zugeben, dass es mir eigentlich schon gefiel, in einem Lycée am Rande der Stadt den bescheidenen und offenen Promi zu spielen, vor den Lehrern und den aufgeregten Schülern, dem verlegenen Direktor, ich würde so eine Art edelmütige Rache nehmen für meine klägliche Schulzeit, genau.

Außerdem hätte ich Mélikian sowieso zugesagt, weil es mein Herz erweichte, dass er sich das getraut hatte, mich einfach so zu fragen, ohne Kalkül, ich war ja nicht irgendwer. Bloß weil mir die Vorstellung gefiel, wie er in dem Moment, als er die Mail losschickt, zu seiner Frau sagt: «Wir waren zwar in der gleichen Klasse, aber ich bin mir sicher, dass er niemals antworten wird, er ist jetzt zu bekannt. Was kümmert den schon das Marivaux?» Bloß weil es mir ein Vergnügen war zu wissen, dass er, wenn er nun meine Mail bekam, zu seiner Frau sagen würde: «Hey! Antoine hat geschrieben! Er hat ja gesagt! Er kommt! Ich kann's nicht glauben! Ich dachte, Schauspieler leben alle nur in Saus und Braus!»

Bloß weil ich einem so einwandfreien Typen wie Mélikian, der so gar nichts von einem Promi hatte, zeigen wollte, dass ich kein arroganter Schnösel war, das nicht, das auf gar keinen Fall, niemals, zum Thema Scheinheiligkeit sage ich ja gar nichts.

Jedes Mal, wenn ich einen Anruf von den Concordinen bekam, war ich leicht angespannt, denn ich wusste, dass es entweder darum ging, mir schlechte Nachrichten zu überbringen, oder darum, mich um einen Gefallen zu bitten. Die Verbindung brach, das schrieb ein unabänderliches Ritual vor, nach dem ersten Hallo plötzlich ab, ich rief zurück, und dann hieß es, man wisse nicht, warum die Verbindung unterbrochen worden sei, wahrscheinlich wegen der örtlichen Telefongesellschaft («Du weißt ja, wie es hier ist, Antoine»). Daraufhin sagte ich: «Macht ja nichts, wie geht's euch da?», und die Antwort war: «Ganz gut, hier passiert nichts Besonderes, das Übliche», und dann ging es ziemlich schnell zur Sache.

Im Grunde bedeutete dieses kleine Theater: Wir können uns im Gegensatz zu dir keine *long distance calls* leisten, aber wir haben unseren Stolz. Also ruf uns bitte zurück und lass dich nicht erst darum bitten, dann brauchen wir nicht unser Gesicht zu verlieren.

Und ich spielte das Spiel jedes Mal mit, weil ich die Situation sehr gut verstand und weil man darüber nicht zu diskutieren brauchte, das ging völlig in Ordnung. Aber ich dachte trotzdem, dass es mir schon gefallen hätte, wenn sie mich von Zeit zu Zeit mal einfach so angerufen hätten, nur so zum Spaß, oder auch, wenn sie sich hätten zurückrufen lassen, um sich mal nach mir zu erkundigen oder was von sich hören zu lassen, und nicht immer nur wegen irgendwelcher Probleme oder Gefallen. Aber ich wusste, das wäre vergebliche Liebesmüh gewesen, sie hätten «jaja» geantwortet und es nie gemacht. Wohl weil sie wussten, dass ich früher oder später sowieso anrief, um mich zu erkundigen oder was von mir hören zu lassen. Oder weil sie ganz einfach nicht das gleiche Bedürfnis wie ich hatten, mal einfach so anzurufen, ohne besonderen Anlass.

Und auch was die Gefallen und Probleme anging, sagte ich mir, dass man unter Brüdern, auch unter Halbbrüdern, sich eigentlich nicht schämen und lange um den heißen Brei herumreden musste: «Antoine, hier ist Thomas. Antoine, hier ist Ben. Antoine, hier ist Emerson. Kannst du mich bitte zurückrufen?» Ich wusste nie, was mich trauriger stimmte: der Stolz und der schmerzliche Anstand meiner Brüder oder die Distanz, auf die sie mich dadurch hielten.

Diesmal war Marie-Pascale diejenige, die anrief. Die stundenlangen tiefsinnigen Gespräche, die sie und ich bei meinem letzten Besuch dort geführt hatten, hatten ein Verhältnis geschaffen, das jetzt ohne jegliches Getue auskam:

«Antoine, hier ist Marie-Pascale. Kannst du mich bitte zurückrufen?»

Ihre Beherrschtheit deutete an, es musste etwas so Schlimmes passiert sein, dass sie sich eine Begrüßung sparte, aber die konnte man auch noch nachholen.

Ich sagte: «Okay, bis gleich», versuchte dabei, den Klang meiner Stimme unter Kontrolle zu bringen, machte eine lange Atempause, um mich zu beruhigen, und wählte schließlich die Nummer. Marie-Pascale hob beim ersten Läuten ab und verkündete mir geradeheraus, dass mein Vater, als er am Vorabend mit dem Auto aus Richeterre hinausgefahren war, eine Herzattacke gehabt hatte, er wollte allein zum Stadion, um sich ein Fußballspiel anzuschauen, zum Glück sei das Auto durch das Gebüsch zum Stehen gekommen und er habe keinen schweren Schock erlitten, nur einen fetten Bluterguss auf der Stirn, sein Kopf sei nämlich auf das Armaturenbrett aufgeschlagen («Du weißt ja, hier fährt keiner mit Sicherheitsgurt»), er sei ohnmächtig geworden und zum Glück habe ihn der Pächter des Hotels von nebenan, der genau hinter ihm fuhr, sofort ins Allgemeine Krankenhaus gebracht, wo sie ihm erst Aspirin gegeben hätten, bevor es ihnen gelungen wäre, ihn mit einem alten … *Defibrillator*?, «ich glaube, der heißt so», wiederzubeleben, und der Arzt hätte zu dem Pächter des Hotels gesagt, dass das zum Glück am Ortseingang passiert wäre, sonst hätte mein Vater es nicht überlebt, «ja, keine Sorge, es geht ihm jetzt besser, es ist schon vorbei, er atmet wieder normal, es geht ihm viel besser, wir haben dich nur nicht eher benachrichtigt wegen der Zeitverschiebung, in Frankreich war es schon mitten in der Nacht, als das passiert ist, und wir, weißt du, wir haben ja auch nicht gleich davon erfahren, und Thomas hat gemeint, dass es nicht nötig wäre, dich in Panik zu versetzen, er hat gesagt, wir warten bis heute in der Früh, um es dir zu sagen … Ja, sicher, es geht ihm gut, er ist wieder bei Bewusstsein, er redet, er macht sogar Witze, du kennst ihn ja. Er hat gerade ein bisschen was gegessen, und Thomas hat beschlossen, ihn nach Port-Garcia verlegen zu lassen, in die Klinik Des Rosiers, weil das Krankenhaus hier nicht ausgerüstet ist, du weißt, wie es hier ist, die haben gar nichts, und es gibt auch nicht genug Platz, um ihn in ein Einzelzimmer zu legen. Und außerdem arbeitet in der Klinik Des Rosier Doktor Brabancienne, den kennt er gut. Und ausgerechnet Brabancienne hat zu Thomas gesagt, dass dein Vater zur Beobachtung auf der Intensivstation im Herz-Lungen-Zentrum bleiben muss», der Herzspezialist müsse noch Untersuchungen und Analysen machen, das alles würde ganz schön ins Geld gehen, aber weder Thomas noch Ben noch Emerson und am wenigsten mein Vater würden je den Vorstoß wagen und mich um irgendetwas bitten, «du kennst sie ja. Also bitte ich dich: Mach was, sag ihnen nicht, dass ich dir gesagt habe, dass du das tun sollst, sag ihnen einfach, dass ich dir von dem Unfall erzählt habe, nichts weiter, biete ihnen an, was zu machen, als ob es deine Idee wäre, nur so nehmen sie es an, du kennst sie ja, du weißt, wie stolz sie sind.»

Während sie so sprach, fragte ich mich, wie ich reagiert hätte, wenn sie mir mitgeteilt hätte, dass er tot sei, ob ich geweint hätte oder nicht.

«Ich komme», entschloss ich mich gleich mit fester Stimme, während ich im Geiste die Promotiontermine durchging, die ich absagen musste, zum Glück war der größte Teil der Tour schon vorbei. «Ich komme. Am Freitag in einer Woche habe ich ein wichtiges Vorsprechen, aber gleich danach komme ich für ein paar Tage zu euch, und ich übernehme die Kosten für das Krankenhaus, ich kaufe mir gleich heute ein Ticket.»

«Da werden sie sich freuen», bemerkte Marie-Pascale mit einer Begeisterung, die indirekt vor allem ihre eigene Freude, mich wiederzusehen, verriet.

Etwas verlegen setzte sie sogleich hinzu:

«Was ist das genau, ein Vorsprechen?»

Ich mochte diese bewundernde Ehrerbietung an der Grenze zum Eingeschüchtertsein, mit der mir nahestehenden Verwandten manchmal einfiel, mich anzuhimmeln.

«Na ja, da probt man im Grunde für eine Rolle. Man steht einem Regisseur gegenüber, manchmal ist sogar der Produzent da, und dann soll man entweder eine Szene aus dem Film spielen oder improvisieren, das kommt drauf an. Beim Vorsprechen gibt es immer mehrere Kandidaten, und anschließend wartet man, bis man aufgerufen wird und gesagt bekommt, ob man für die Rolle genommen wird oder nicht, voilà. Und bei diesem speziellen Vorsprechen», ergänzte ich zu meiner privaten Befriedigung, «bei diesem speziellen Vorsprechen will der Regisseur sehen, ob ich zu der Hauptdarstellerin passe, die sehr berühmt ist.»

«Echt? Wie heißt sie?»

«Aliénor Champlain.»

«Ah, kenn ich nicht.»

Marie-Pascale schien es zu stinken, dass sie sie nicht kannte, und zugleich war sie enttäuscht, dass ich nicht Cameron Diaz oder Sophie Marceau geantwortet hatte.

«Sie ist bestimmt nicht der *allergrößte* Superstar», rechtfertigte ich mich, obwohl ich nicht im Geringsten beleidigt war. «In Frankreich ist sie sehr bekannt, sag ich mal. Aber ich bin mir sicher, dass du ihr Gesicht schon mal gesehen hast, das ist in allen möglichen Zeitschriften. So eine Dunkelhaarige, weißt du, so eine kleine Femme fatale, sehr weiblich. Sie sieht ein bisschen aus wie, ich weiß nicht, ob du dich erinnerst, das ist lange her, sie sieht ein bisschen aus wie das Mädchen, das in dem Video zu *Wishing Well* von Terence Trent D'Arby mitgespielt hat, sie sitzt auf einer Bank, liest *Le Monde* und sieht nicht so fröhlich, eher merkwürdig aus.»

«Ojemine! Mir kannst du ja alles erzählen», platzte Marie-Pascale lachend heraus, «natürlich kenne ich das Lied, aber was glaubst du, woher soll ich mich an das Video erinnern?»

«Im Juli war sie sogar auf der Titelseite von *Public*», brachte ich noch hervor, ich war mit meinen Argumenten am Ende. «Weil sie was mit Matt Damon hatte. Die Zeitschrift *Public*, die kriegt ihr dort doch auch? Weißt du, wer das ist, Matt Damon?»

«Nein.»

«Na, das war der Soldat Ryan in *Der Soldat James Ryan*. Den hast du doch gesehen, den Film, oder?»

«Hab ich auch nicht gesehen. Ich kenn mich mit Kino nicht so gut aus, Antoine.»

«Egal.»

Scheinheilig dachte ich mir, dass es zum Glück Leute wie Marie-Pascale gab, die mir von Zeit zu Zeit meine Grenzen aufzeigten.

«Weißt du, dass wir dich neulich im Fernsehen gesehen haben, auf TV5?»

«Echt?», täuschte ich leichtfertig ein Erstaunen vor und genoss, dass dieses «wir» bedeutete, dass auch Thomas das gesehen haben musste, dass er, auch wenn er am Telefon Anspielungen auf meine Karriere noch so sehr vermied, die Höhe meines Aufstiegs nicht ignorieren konnte.

«Ja, sie haben Ausschnitte aus dem Film gezeigt. Warum haben sie dich so angezogen?»

Kurz darauf brach Marie-Pascale das Gespräch unvermittelt ab, wahrscheinlich fand sie, dass unsere Unterhaltung eine zu ungezwungene Wendung genommen hatte, sie ließ eine Pause entstehen, die ich zu füllen hatte, es ging schließlich immerhin um meinen und nicht um ihren Vater. Und um Marie-Pascale nicht noch mehr in Verlegenheit zu bringen, bat ich sie, mir die Nummer der Klinik Des Rosiers zu geben.

Die Telefonistin ging mit einem sehr beflissenen Ton ans Telefon, der den Anrufern bedeuten sollte, dass man in der Klinik Des Rosiers, im Gegensatz zu all den anderen öffentlichen Krankenhäusern auf den Concordinen, erstens ans Telefon ging und zweitens ein korrektes Französisch sprach und dass diese beiden Fakten die Seriosität der Einrichtung hinlänglich garantierten.

Wegen der schlechten Satellitenverbindung kam das Echo meiner Stimme nach gut einer Sekunde zu mir zurück, und als die Telefonistin mich ins Zimmer meines Vater durchstellte, musste ich mich sehr anstrengen und konzentrieren, um meine Sätze normal und mit dem gebotenen feierlichen Ernst aneinanderzureihen, ohne mich vom Widerhall meiner eigenen Wörter ablenken zu lassen.

«Hallo?»

«Hallo, Papa?»

Mir war durchaus bewusst, dass ich zu meinem Vater «Papa» sagte, ein bisschen so, wie ich zu den Mädchen «Ich liebe dich» gesagt hatte, bis Elvira gekommen war: weil man es in bestimmten Momenten doch sagen muss und weil es eh keine anderen Wörter gibt.

«Nein, hier ist Thomas. Wer ist dran? Du, Antoine?»

«Ja, ich bin's. Ihr zwei habt echt die gleiche Stimme, das ist unglaublich, ich verwechsle euch jedes Mal», sagte ich zu ihm, als wäre ich einfach ein Freund der Familie. «Wie geht es ihm?»

«Er ruht sich gerade aus.»

«Ist er bei dir? Kann ich kurz mit ihm sprechen?»

«Lieber nicht. Er ist sehr entkräftet. Du kannst es später nochmal probieren, wenn du magst.»

Er ist sehr entkräftet: Thomas redete wie in einem schwülstigen Dialog eines schlecht synchronisierten Fernsehfilms. Ich wusste, es würde nichts bringen, ihm vorzuwerfen, dass er der Beziehung zwischen meinem Vater und mir Steine in den Weg legte, ich merkte, er wartete darauf, dass ich mich aufregte, um dann aus der Ferne meine Machtlosigkeit genießen zu können, ich packte ihn lieber bei den Gefühlen und gestand ihm ein bisschen seine Bedeutung als Ältester und Lieblingssohn zu, wobei er ganz genau wusste, dass ich das nicht für so wichtig hielt wie Ben oder Emerson.

«Du hast recht, wir wollen ihn nicht überstrapazieren. Zum Glück bist ja du da. Hauptsache, du bist da, Tom. Das ist das Beste, damit er zur Ruhe kommt.»

Angriffe abzuwehren, indem ich gleich die andere Wange hinhielt, war mir ein seltsames Vergnügen, bei Thomas wie im Übrigen bei jedem anderen auch. Thomas wiederum ließ sich die Schmeicheleien gefallen, aber seine Befriedigung ließ er sich nicht anmerken. Vor allem weil ich sein Spiel artig mitspielte und er sich wohl nicht dazu herablassen wollte, sich dafür erkenntlich zu zeigen. Aber auch weil er nicht blöd war und schon merkte, dass mein *Ich bürste dir das Fell nicht gerade gegen den Strich* einen frechen und hinterhältigen Unterton hatte. Um es kurz zu machen, mein Verstand war kritischer als der von Ben oder Emerson, und auch deswegen würde ich in seinen Augen nie wirklich einer von ihnen sein. Doch aus dem gleichen Grund respektierte er mich mit zurückgehaltener Feindseligkeit, auf halber Strecke zwischen Hass und Bewunderung, weitaus mehr, als er die anderen je respektieren würde.

Thomas begann also, ungefähr mit den gleichen Worten zu wiederholen, was mir Marie-Pascale schon erzählt hatte, mit einer Feierlichkeit, die zu seinem Status eines Interimsfamilienoberhaupts passte. Dann, mitten im Satz, hörte ich anstelle von Thomas' Stimme die meines Vaters, der wahrscheinlich von seinem Bett aus ungefragt den Hörer an sich gerissen hatte.

«Hallo? Bist du's, Antoine?»

«Ja, ich bin's. Wie fühlst du dich, Papa?»

«Ah, mein Sohn, schön, dass du mich anrufst. Ich bin so froh, deine Stimme zu hören!»

Mein Sohn. Die Formulierung war zweifelsohne eine grundlose Gemeinheit des alten Patriarchen im Zustand zeitweiliger Schwäche und sollte Thomas eifersüchtig machen. Aber ich sagte mir, dass es bei meinem Vater mit den netten Worten wie mit den Telefonanrufen war: Man musste es artig nehmen, wie es kommt, die Spielregeln akzeptieren und durfte nicht versuchen zu verstehen.

Ich fand mich also am folgenden Freitagabend, viel schneller als gedacht, bei Mélikian wieder. Der Kerl hatte mich mit meiner Antwort beim Wort genommen und mir gleich am nächsten Tag gemailt, ich solle doch am Samstag derselben Woche in die Schule kommen. Mir kam das leicht überstürzt vor, meine Lust war inzwischen wieder vergangen, kurz, das Ganze ging mir auf die Nerven. Doch ich hatte weder einen guten Grund abzusagen (jedenfalls nicht den Herzinfarkt meines Vaters) noch den Mut, stichhaltige Märchen zu erfinden nach den «Wie schön, von dir zu hören» und «Ich würde mich sehr freuen, dich wiederzusehen» und anderen «Ich kann kommen, wann du willst, sehr gute Idee mit den Filmvorführungen am Samstag», womit ich meine Nachricht gespickt hatte.

Ich beschloss also, das auf mich zu nehmen und nicht auf mich warten zu lassen, ich sagte ja zum Lycée am Samstag, und gleich darauf auch ja zu der Einladung zum Essen am Abend zuvor bei ihm und seiner Frau zu Hause, in Paris, zum Glück wohnten sie nicht außerhalb. Das ging mir genauso auf die Nerven, dieses Abendessen, aber ich fand für mich einen guten Grund hinzugehen, ich sagte mir nämlich, dass es durch den Erfolg womöglich selten werden würde, bei ganz normalen Leuten eingeladen zu sein. Zudem musste ein Schauspieler, um seinen Beruf auf glaubwürdige Art auszuüben, sooft sich die Gelegenheit bot, sich durch die genaue Beobachtung ganz normaler Leute Inspiration holen. Schließlich würde ich noch einen Abend lang nicht an Elvira denken müssen.

Das Taxi hielt vor Mélikians Haus, und ich stieg letztlich ziemlich locker und zufrieden aus, mit einer Flasche Pomerol-

Wein in der einen Hand und Blumen für Madame in der anderen. Zufrieden, frei und relativ berühmt zu sein, einen beneidenswerten Beruf zu haben, niemanden beneiden zu müssen, mich spontan für die einfachen Dinge eines Allerweltsmenschen (eine Einladung zum Abendessen, in der Hand einen guten Wein und Blumen) hergeben zu können, wobei ich vor allem das so besondere Privileg genoss, dass mein Ruf mir vorauseilte, ich musste mich bei diesen ganz normalen Leuten, die mich mit faszinierter Neugier erwarteten, überhaupt nicht anstrengen, ich musste bloß erscheinen.

Ich gab an der Haustür die Codenummer ein, fuhr mit dem Aufzug nach oben und stand Mélikian, der mich an der Schwelle seiner Wohnung erwartete, gegenüber. Zwischen uns konnte keine Rivalität aufkommen: Er war nicht schön, nicht so groß wie ich, und seine Haut war nicht so straff wie meine, aber er sandte keine Zeichen von instinktiver Feindschaft mir gegenüber aus: umso besser für ihn. Trotz seines krummen Rückens, seiner Krähenfüße und seiner bereits graumelierten Haare (ich hatte maximal acht oder zehn graue Haare), die bei ihm genauso frühzeitig auftraten wie damals im Collège seine Brust- und Armbehaarung aufgetreten war, die mittlerweile gar nicht weiter auffiel, erkannte ich ihn auf der Stelle wieder.

Ich machte gleich die Bemerkung, er und ich, wir träfen uns nun, nachdem wir uns auf dem aufsteigenden Ast unserer Jugend kennengelernt hatten, übergangslos am Anfang des körperlichen Verfalls wieder, wir hätten das Alter der Anonymität erreicht, das Alter der Abteilungsleiter, der kaufmännischen Direktoren und Marketingfunktionäre, das Alter, in dem man allmählich zögert, gleichaltrige Menschen noch zu duzen. Und all das könne dazu verleiten, über so etwas wie «Die verblichenen Hoffnungen des *Wenn wir einmal groß sind*» nachzudenken, über das Zukunftsversprechen, das die Zeit letzten Endes nie einhält oder auch zu schnell einlöst, ohne dass man wirklich Zeit dazu gehabt hätte, es zu merken.

Ich muss das genauer erklären: Als ich Mélikian sah, der mit einem Mal älter geworden war, als ich auf diesem Treppenabsatz *uns* beide so betrachtete, zwanzig Jahre später, «jung geblieben», wie man so schön sagt, mit unseren 35 Jahren, unseren ersten Falten und mehr oder weniger offensichtlichen grauen Haaren, dem Alter, wo man zum ersten Mal Bilanz zieht, als ich ihn also sah, da dachte ich: Was erwarteten wir eigentlich vom Leben, als wir zwölf waren und aufs Marivaux gingen? Wir gingen jeden Morgen in die Schule, packten unsere Hefte aus und drehten vor jeder Prüfung durch, weil unsere Eltern und unsere Lehrer sagten: «Es ist zu eurem Besten, ihr werdet das später im Leben sehen.»

Da stehen wir nun «später im Leben», nach zwanzig Jahren, rechnen wir also ab: Mélikian und ich haben die Schule abgeschlossen, wir sind erwachsene Menschen geworden, gehen einem Beruf nach (meiner ist sicherlich sexier als seiner). Kurz, wir haben beide unseren festen Rhythmus und wissen jetzt, wozu wir all die Jahre der ersten Erfahrungen bestimmt waren. Aber wann war nochmal genau unsere «Blütezeit»? Was haben wir in unserer Jugend (sagen wir mal, zwischen 20 und 25?) Außergewöhnliches vollbracht, was man als den würdigen Höhepunkt dieser Jugend bezeichnen könnte? Die ungefähr zehn Mädchen, die ich in den Jahren, in denen ich kleine Scheißjobs gemacht habe, vernaschte, die ich kaum wagte, auf mein Dienstbotenzimmer mitzunehmen, das innen kein Klo hatte? Die ganzen stinklangweiligen Bücher und Vorlesungsmitschriften, die er pauken musste, um seine Lehramtsprüfung zu bestehen, die ganze Referendarzeit? Wenn du nicht Arthur Rimbaud oder Britney Spears heißt, dann wartest du mit 20 oder 25 immer noch auf irgendwas, auf Sachen, die in Erfüllung gehen, auf das pralle Leben, in dem du nicht ankommst, entweder weil du immer noch erste Erfahrungen sammelst oder weil du Sehnsüchte und Enttäuschungen mit dir rumschleppst, weil du noch nicht reif bist, dich mit dem, was du hast, zufriedenzugeben. Und hinterher, nachdem du dich richtig abgerackert hast, falls du das Glück hast, mehr oder weniger das zu kriegen, was du gewollt hast, suchst du nach deiner Jugend. Dann fragst du dich: «Und *wann* findet das Leben statt? Wann *hat* es stattgefunden?»

Darauf wird man mir antworten: «Genau *so* ist es im Leben. Man gestaltet es sich nach und nach. Das Leben liegt gleichzeitig vor und hinter dir, *carpe diem*, Alter. Man kriegt nicht alles gleichzeitig, das wäre reizlos, so ist es einfach, alles zu seiner Zeit, so sind die Spielregeln.» Man wird mir antworten: «Und worüber beklagst du dich überhaupt? Du bist noch jung, du hast ein schönes Gesicht und einen schönen Beruf: Was willst du mehr?» Und da überlege ich einen Augenblick und sage: «Ja, stimmt, du hast recht: Ich bin noch jung, ich habe keine Wampe, ich stehe aufrecht im Leben, ich treibe Sport, ich bin gesund, mein Beruf ist sexy, ich habe einigermaßen Geld, und ich kann fast alle Weiber bumsen, die ich will, sogar mehr als mit zwanzig. Ich wohne in keinem Dienstbotenzimmer mehr, ich habe eine Wohnung mit Innenklo, echt, ich stehe mitten im Leben, das Leben findet jetzt statt und ich koste es in vollen Zügen aus, das Obst ist noch reif zur Ernte, es ist überhaupt nicht faul, die zehn grauen Haare und die paar kleinen Falten um den Mund herum und auf der Stirn werden mir nicht alles verderben. Eigentlich ist alles, was ich gerade gesagt habe, ein bisschen geheuchelt. Eigentlich bin ich mit meinem Schicksal sehr zufrieden, aber als ich Mélikian mit seiner krummen Haltung und seinen graumelierten Haaren gesehen habe, keine Ahnung, da ist mir das eingefallen, weil ich gesehen habe, wie er sich mit allem abgefunden hat, als ob er sich die Frage nach seiner Jugend gar nicht mehr stellen würde, als ob er nicht daran denken würde, sich die Frage nach dem eigentlich Wichtigsten im Leben zu stellen. Okay, ich weiß nicht, was in mich gefahren ist, genug davon, ich nehme alles zurück, ich will nichts gesagt haben.»

Ich sah also Mélikian, der in seiner Wohnungstür auf mich wartete, und legte sofort die Blumen und den Pomerol-Wein im Hausflur auf den Boden. Ich ging auf ihn zu, und dann drückte ich ihn mit einem übertriebenen Lächeln in meine Arme und klopfte ihm auf den Rücken. Ich umarmte ihn wie in einem amerikanischen Film, umarmte ihn, um ihm zu zeigen, wie herzlich und offen ich war, und hielt es für angebracht, meinen Überschwang in singendem Tonfall mit lachhaften, wiederum amerikanischen Ausrufen zu begleiten, mit Ausrufen, die *absolute friendship* bedeuteten: «Heeey! Bernaaard! Waaahnsinn!»

Doch ich stellte schnell fest, dass Mélikian für diese Sorte Gefühlsausbrüche nicht die richtige Person war. Sein Hemd verströmte einen unangenehmen Schwall von trockenem Schweiß, er lag stocksteif in meinen Armen, war im Grunde ziemlich peinlich berührt. Aus Marivaux-Zeiten hatte er sich diese eigentümliche Art bewahrt, sein Gegenüber mit tiefstehenden Lidern aufmerksam zu fixieren, aber genau unterhalb der Augen, à la Salman Rushdie, das Ganze gab ihm etwas Verschlafenes und dabei Gelassenes, etwas Langweiliges und zugleich Scharfsinniges. Außer einem Paar Camper-Schuhe mit sehr abgerundeten Spitzen, die *Ich bin Lehrer, aber ich kann unberechenbar sein, wenn ich will* ausdrückten, trug er nichts, was von Geschmack zeugte, er hatte alles von einem Menschen, der rein im Geist lebt und sein Äußeres vernachlässigt: buschige

Augenbrauen, kein Haarschnitt, fettige Haut, braune Zähne mit Belag, erloschenes Lächeln, keinerlei irgendwie geartete Aufgesetztheit, kurz, er schien ganz «er selbst» zu sein.

Im Eingangsbereich der Wohnung roch es nach Unordnung, Büchern, Kippen und einem Rest von Katzenpisse, das war alles rührend und recht sympathisch, aber ich begann trotzdem, mich zu fragen, warum zum Henker ich hierhergekommen war.

Mélikian führte mich ins Wohnzimmer, wo ein weiterer Gast etwas nervös auf der Seitenlehne eines sehr durchgesessenen Bettsofas saß. Er stellte sie mir als Kollegin aus dem Lycée vor, aber ich vergaß gleich wieder ihren Vornamen (Fanny oder Leslie, irgend so was), weil ich zu sehr damit beschäftigt war, ihr auf die natürlichste Weise der Welt den meinen zu sagen, im Stil von:

«Ich sage: *Antoine, freut mich, dich kennenzulernen*, als wäre ich irgendein Antoine, der zum gleichen Essen eingeladen ist wie du, aber ich weiß, dass du weißt, dass ich Antoine Mac Pola bin, *der* Antoine Mac Pola aus *White Stuff* (unter anderem, auch wenn die anderen Filme, in denen ich mitgespielt habe, nicht so gut gelaufen sind), *der* Antoine Mac Pola jedenfalls, dessen Gesicht du vor zwei oder drei Monaten im Fernsehen oder in Zeitschriften gesehen haben musst, und ich weiß, dass dich das beeindruckt, ich weiß, dass du seit einer guten Viertelstunde, vielleicht sogar länger, auf diesem Sofa wartest und dein Glas Orangensaft zwischen den Händen hin und her drehst. Wie ein kleines Mädchen mit klopfendem Herzen hast du gewartet, dass ich hier in dieses Zimmer hereingeschneit komme, damit du mich endlich in echt siehst, ich weiß, dass du dich seit heute Morgen oder vielleicht sogar seitdem du weißt, dass wir beide zum gleichen Essen eingeladen sind, auf diese Begegnung vorbereitest. Ich weiß, dass du dir zu Hause

Zeit gelassen hast, um dich zu schminken, um deine Klamotten und dein Parfum auszusuchen (und vielleicht bist du in der Aufregung vor dieser Begegnung sogar losgerannt, um dir extra eins zu kaufen), ich weiß, du kannst es kaum fassen, dass du als Normalo heute Abend das Privileg besitzt, mit mir an einem Tisch zu sitzen, auch wenn du *Freut mich, dich kennenzulernen* zu mir sagst, wie du es zu irgendeinem anderen Antoine auch sagen würdest.»

Fanny oder Leslie war nicht umwerfend hübsch, nichts an ihr konnte mich das Bild von Elvira auch nur ein klein wenig vergessen lassen (besonders missfielen mir ihr Pferdegebiss und ihre Habichtsnase), aber sie war feminin, sichtlich gepflegt, obwohl sie rauchte, und geschmackvoll angezogen. Vom ersten Augenblick an war mir klar, dass ich den Abend hauptsächlich darauf verwenden würde, sie gemächlich anzubaggern, um dann bei mir oder bei ihr zu landen, warum nicht, das würde wahrscheinlich schon hinhauen, schließlich hatte sie keinen Macker mitgebracht.

Dafür brachte es mich ganz durcheinander, als Mélikians Frau, sie hieß Géraldine, hereinstürmte. Ich dachte angesichts ihres zerstreuten Lächelns, ihrer großen und verhältnismäßig aufrechten Gestalt, der ziemlich freien Schultern, ihrer langen Haare und ihrer großen Brüste, in denen eine unbekümmerte Lebenslust steckte, dass ihr der triviale Vorname doch ganz gut stand (der Name *Géraldine* hat bei mir immer den Gedanken an eine grüne, fruchtbare und robuste Pflanze ausgelöst), auch wenn ich mir das Urbild von Géraldine blond und ordentlicher als diese vorstellte, aber am Rande der sterilen Einfalt. Nicht einmal ihre breiten Sandalen, plumpe Birkenstock-Imitate, konnten ihrem unfreiwilligen Sexy-Aussehen etwas anhaben. Ihr Erscheinen warf ein wenig meine Absichten über den Haufen: Während ich versuchen würde, die andere rumzukriegen, würde ich indirekt *sie* verführen wollen, in der Hoffnung, sie vielleicht in baldiger Zukunft auszuziehen und in Ruhe flachzulegen, bei mir oder im Hotel, ihr Mann, von dem ich dachte, vielleicht zu Unrecht, dass er andere Sorgen hatte, als eifersüchtig zu sein, und vor allem, dass er sie körperlich nicht so sehr wie ich verdiente, kriegt davon nichts mit, ich weiß, es ist nicht nett, so zu denken, aber so ist es nun mal, so bin ich nun mal, wir sind in der Hinsicht mehr oder weniger alle so.

Meine Selbstsicherheit begann jedoch angesichts der Gleichgültigkeit, mit der sie meine Blumen hinnahm, zu bröckeln. Ich hatte auf ein Lächeln gehofft, das zusätzlich zu ihrer Faszination von meiner Berühmtheit etwas bedeuten würde wie: «Wenigstens Sie haben das Feingefühl und schenken mir Blumen. Nicht so wie Bernard, der von Frauen nichts versteht und so richtig einer aus seiner Generation ist, die jede Anstandsregel ins Lächerliche zieht. Wo das doch so aufregend ist, wenn ein Mann galant einen Blumenstrauß reicht.»

Anstelle dessen nahm sie also das Bündel und sagte mit geradezu enttäuschter Miene «Ach, danke», als wäre das Letzte, woran sie gedacht hätte, dass man ihr Blumen mitbringt. Sie setzte hinzu: «Das Problem ist, dass ich gar nicht weiß, wo ich sie hintun soll, ich kaufe ja nie Blumen ein», und legte sie schließlich, wie sie waren, also noch eingepackt, auf das Wohnzimmerbüfett zu einem bedenklich schwankenden Stapel von Ordnern und anderem Papierkram. Unmöglich außerdem, ihrem Blick ein heimliches sexuelles Einverständnis zu entlocken: Sie kam mir immer mehr wie ein undurchdringlicher Bio-Felsen vor, der nicht die Spur eines Hintergedankens aufwies. Ich folgerte daraus, dass sie und Mélikian alles in allem vielleicht doch besser zueinanderpassten, als man ihnen ansah, umso schöner für die beiden, schade für sie.

Fanny oder Leslie dagegen unternahm gewaltige Anstrengungen, meinem Blick auszuweichen, Anstrengungen, die in einem umgekehrten Verhältnis zu der Wirkung standen, die ich auf sie auszuüben schien. Verkrampft hielt sie sich an ihrem leeren Glas und ihrer Zigarette fest und bemühte sich, Haltung zu bewahren, indem sie ein verächtliches und weggetretenes Gesicht aufsetzte. Doch ich war gerührt von der Schüchternheit dieser Tussi, die ich mir sehr gut im Unterricht vorstellen konnte, wie sie den spöttischen und erbarmungslosen Jugendlichen gegenüberstand, wie sie alles gab, um sich nicht fertigmachen zu lassen, und wie sie dann wie ein kleines Mädchen am Abend zu Hause weinte und ihrer Mutter am Telefon erzählte, was für einen miesen Tag sie gehabt hatte und wie sehr sie ihren Beruf hasste.

Mélikian gab mir ein Zeichen, mich zu setzen. Auf dem Couchtisch angebrochene Zigarettenschachteln, ein schon voller Aschenbecher, ein paar nicht zusammengehörige Gläser und die Drinks und Snacks der ewigen Jugend (viele Lehrer meiner Generation sind mit ihren Jeans, den Turnschuhen und den Rucksäcken anscheinend ewig jung geblieben): eine Schüssel Erdnüsse und eine Dose Pringles-Chips, die nicht anzurühren ich als meine Pflicht betrachten würde, um meine Ablehnung deutlich zu machen, nicht allzu frisches Büchsenbier von Kronenbourg, Orangen- und Apfelsaft im Tetrapak vom Billig-Supermarkt Leader Price, schal werdende Cola. Betrübt bat ich um ein Glas Wasser, im Wissen, dass die genaue Angabe «Mineralwasser» umsonst wäre, ich lächelte breit und versuchte, nicht zu viel an das zu denken, was bei diesem Essen auf mich zukam, der ganze Zigarettenqualm, der dabei war, meine Klamotten und meine frischgewaschenen Haare zu ruinieren.

Dann, nachdem sie für einen Moment verschwunden gewesen war, tauchte Géraldine mit zwei kleinen Knaben im Schlafanzug wieder auf, die den Gästen guten Abend sagen sollten, bevor sie ins Bett gingen, und deren Namen ich auch vergessen habe, so was wie Romain und Thibaut oder Maxime und Arthur, ich weiß nicht mehr. Sie hatten beide ernste und aufmerksame Gesichter, die mir zuwider waren. Ich fühlte mich plötzlich deprimiert und etwas fehl am Platz. Ich hätte die beiden lieber nicht kennengelernt, aber ich spielte trotzdem perfekt die Rolle des coolen Erwachsenen, gab ihnen Küsschen und fragte sie, ob sie gern das entfernte Geklirre des Bestecks in den Tellern und das Gelächter der am Tisch sitzenden Großen hörten, wenn sie im Bett lagen und die Zimmertür einen Spalt offen blieb, ob ihnen das angenehm war und beim Einschlafen half. Der Größere schüttelte lächelnd den Kopf und fragte mich, wie man das schrieb, «Geklirre». Ich fragte mich erst, ob «Geklirre» wirklich das richtige Wort war, ob nicht etwas wie «Klappern» oder «Aneinanderstoßen» oder «Gestoße» treffender gewesen wäre, dann buchstabierte ich es ihm und hoffte, dass Géraldine von diesem Gespräch berührt war.

Sie ging die Kinder ins Bett bringen, und ich beschloss, zum Zeitvertreib die Unterhaltung in die Hand zu nehmen. Ich richtete mich im Sessel auf, beugte mich nach vorn und blickte Mélikian tief in die Augen, dabei verbannte ich absichtlich Fanny oder Leslie aus meinem Blickfeld, ich setzte eine konzentrierte Miene auf und sagte zu ihm:

«Das ist schon was, wenn man zusammen in der Klasse war: Hast du gemerkt, was das gleich für eine Einheit schafft? Dadurch entsteht sofort Vertrauen, das ist wie eine Familienbande, findest du nicht? Das ist merkwürdig und auch ein bisschen magisch, ein echt seltsames Gefühl, das erinnert dich an etwas ganz Wesentliches, an eine Art Unschuldszustand, der über dem ganzen Schein, dem gesellschaftlichen

Theater und all diesem Zeug steht, oder? Ich kann mir zum Beispiel nicht vorstellen, wie wir uns gegenseitig zum Narren halten sollten. Weil du bestimmt in mir, so wie ich in dir, immer noch den siehst, der ich mit zwölf war, und nicht den erwachsenen Menschen, der ich geworden bin, oder? Auf jeden Fall habe ich, wie ich dich gesehen habe, gleich wieder an die US-Army-Taschen gedacht, die du am Marivaux getragen hast und wo mit Edding *Trust*, *Police* und AC⚡DC draufgeschrieben war, gar nicht so sehr daran, dass du jetzt über 30 bist und eine Frau, diese Wohnung, deinen Job und die Kinder und all das hast. Mir sind auch deine Kickers eingefallen, mit dem roten Punkt an der linken Sohle und dem grünen an der rechten. Erinnerst du dich noch an deine Kickers? Du warst der Einzige, der die damals hatte, und alle hatten ihre Zweifel, ob die noch so richtig in Mode kommen.» (Immerhin traute ich mich nicht anzufügen: «Um deine Kickers scherten sich alle einen Dreck, ich im Übrigen auch.»)

Mélikian stimmte mir stumm zu, sicherlich überrascht von meinem mitreißenden Enthusiasmus. Ich sagte zu ihm:

«So ein Wiedersehen wirkt auch beruhigend, das ist eine gute Art, sich klarzumachen – oder sich davon zu überzeugen, wie soll ich sagen (ich stieß ein kurzes und dämliches Lachen aus) –, dass du nie wirklich älter wirst, dass ‹erwachsen sein› nicht wirklich Sinn macht. Weil diejenigen, die mit dir älter werden, in deinen Augen zwangsläufig immer jung bleiben. Schau, kommt es dir nicht auch so vor, als wären die Mädels unserer Generation, wie zum Beispiel Vanessa Paradis oder Charlotte Gainsbourg, die wie wir die 30 weit überschritten haben, nun ja, also kommt es dir nicht so vor, als wären sie immer noch 16? Die Jahre am Collège, das ist übrigens bei fast jedem eine empfindliche Stelle, da bin ich mir sicher, glaubst du nicht?»

Ich fuhr in diesem Ton ganz von selbst noch eine Minute lang fort, dann hielt ich es für richtig, wollte ich doch einen Austausch herbeiführen, auf konkrete Anekdoten zu sprechen zu kommen, auf Klassenkameraden und Lehrer, und meine Fürsorge ging so weit, dass ich tat, als würden mir bestimmte Namen auf der Zunge liegen, nur um Mélikian das Glück zu bereiten, mir die Antwort liefern zu dürfen. An diesem freilich einfachen Spielgenuss nahm er mit vernünftigem Eifer teil, mehr nicht. Mélikian war wirklich sehr okay, keine billige Seichtheit, keine blöde Nostalgie, wahrlich nicht der Typ, der beim Surfen auf die Freunde-Suchmaschine *Copains d'avant* geht oder der die Titelmelodie von *Captain Future* wie eine Hymne vor sich hin summt. Er war ganz bestimmt ein sehr integrer und sehr interessanter Mann. Aber nichts zu machen, er interessierte mich trotzdem nicht, wahrscheinlich war er mir nicht oberflächlich und nicht verdorben genug.

Ich dachte schon an die nächsten Fragen, die ich ihm stellen musste, um ein Stocken der Konversation zu verhindern (nicht, dass mich ein betretenes Schweigen gestört hätte, im Gegenteil, aber ich wollte ihm wirklich eine Freude machen), ich war dabei, undeutlich nach einer Eingebung zu suchen, als ein neuer Gast klingelte und dann ins Wohnzimmer hereinkam. Auch er war sichtlich aufgeregt, mich kennenzulernen, vor allen Dingen ohne sich die Aufregung dabei ansehen zu lassen, und begrüßte hastig die ihm bereits bekannte Fanny oder Leslie. «François, Antoine», stellte uns Mélikian nüchtern vor, womit ich an diesem Abend, aber das brauchte niemanden zu täuschen, für alle *Antoine* und nicht Antoine Mac Pola war.

François war ganz klar der Alibi-Intellektuelle von Mélikian, der mit dem Lycée nichts zu tun hatte. So erfuhr ich schnell, dass er knapp durch die Aufnahmeprüfung an der staatlichen Filmhochschule FEMIS gefallen war, dass er halbwegs regelmäßig Filmkritiken für eine vierteljährlich erscheinende Zeitschrift schrieb, die ich nicht kannte, dass er Lubitsch und Tarkowski «verehrte» und zurzeit einen Produzenten suchte, der ihm seinen ersten Kurzfilm finanzierte. «Der Dialogfilm, das etwas anspruchsvollere Kino, das interessiert die Produzenten gar nicht, so viel steht fest, das *bringt keine Kohle.*» In einer halben Minute hatte der Bursche einem vollkommen Unbekannten (mir) alles aufgetischt, was ihm im Leben wichtig war, und wahrscheinlich verfluchte er schon seine Überstürztheit. Ich für meinen Teil lächelte naiv, als würde ich die mir hingeworfenen verächtlichen Spitzen, die gleichzeitig einen Wink mit dem Zaunpfahl darstellten, nicht bemerken. Denn auch wenn er sicher zu denjenigen Typen gehörte, die *White Stuff* in ihrem Käseblatt zur Minna machten («Ein erbärmliches Drehbuch, eine mutlose Regie, ein zweitklassiger Hauptdarsteller»), würde er mir sein Drehbuch im Laufe des Abends trotzdem in einem geeigneten Moment zum Lesen anbieten, dabei es aber nicht wagen, mich allzu offen darum zu bitten, es ausgewählten Kontaktpersonen gegenüber zu erwähnen.

Sanft sägte ich ihn ab:

«Ach ja, ja genau, das hört sich gut an, echt gut, mach weiter, viel Glück. Wenn du dranbleibst und dein Ding wirklich gut ist, wird das am Ende schon klappen. Warum auch nicht, Qualität setzt sich immer durch, Kohle hin oder her. Irgendwo gibt es immer irgendjemanden, der das erkennt und dir eine Chance gibt. Geduld, was anderes bleibt dir sowieso nicht übrig.»

Den endgültigen Rest besorgte ich François während des Essens in der unumgänglichen Diskussion über Filme. Géraldine hatte als Vorspeise zermanschte gekochte Eier mit einem

Thousand-Islands-Fertigdressing serviert, nach «Wenn-man-schon-Leute-zum-Essen-einlädt-muss-man-auch-eine-Vorspeise-machen»-Art. Als Hauptgericht pikardisches Kalbfleisch mit weißer Soße, ein total verkochter Rundkornreis aus dem Kochbeutel als Beilage und zum Dessert Dean & Lucas-Sorbets, um dem Ganzen eine Note «Ich-kann-nicht-kochen-aber-ich-weiß-was-gut-ist» zu verleihen. In puncto Wein kapierte ich nicht, ob sie meinen Pomerol aus Unachtsamkeit oder mit Absicht (welcher?) in der Küche hatte stehen lassen. Dafür gab es einen schwefelhaltigen Fusel für drei oder vier Euro, von dem ich mir sehr schön ausmalen konnte, dass sie ihn ausgesucht hatte, weil «Bordeaux» und «Mis en bouteille au château» auf dem Etikett stand und weil 2003 im Jahr 2006 lange genug her war, um das für einen guten Jahrgang zu halten, kurz, so machen das jedenfalls die allermeisten Franzosen in solchen Fällen.

Beim Essen, zwischen dem Runterschlucken, beim Wein und während der unvermeidlichen Zigarettenpausen redeten wir also übers Kino. Ich ließ die anderen ihr Urteil abgeben über die Filme, die zuletzt angelaufen waren, stimmte, so weit es ging, zu und war so aufmerksam wie möglich, indem ich Sachen sagte wie: «Nein, den habe ich nicht gesehen, aber ich habe davon gehört. Ist der gut? Ach ja? Wirklich? Dann muss ich ja zusehen, dass ich mir den anschaue», oder andere Sachen wie: «Ja genau, Hitchcock ist phantastisch, das ist wahr», oder gar: «Lohnt sich diese Abonnementkarte für die UGC-Multiplexe wirklich?»

Mélikian schaltete sich kaum ins Gespräch ein, nicht so sehr, weil er zu dem Thema nichts zu sagen hatte, sondern weil ihm wohl seine angeborene Bescheidenheit dies vorschrieb. Er schwieg, weil er glücklich war zu sehen, wie ich überwiegend mit François debattierte, weil er dachte, dass ich

Vergnügen daran fand, weil ihm das reichte, um den Abend als gelungen zu betrachten.

Géraldine übte die gleiche Zurückhaltung, die sie für mich erneut begehrenswert machte. Beide schienen sie auf eine bewegend einfache Weise so überrascht wie beruhigt, an ihrem Tisch jemand Berühmten sitzen zu haben, der nicht so aussah, als hätte er irgendwo anders etwas viel Besseres zu tun. Für meinen Teil war mir immer noch nicht ganz klar, ob ich mich aus Narzissmus bemühte, umgänglich zu sein, oder ob ich tatsächlich nicht fähig war, zu einem arroganten Schnösel zu mutieren. Was Fanny oder Leslie angeht, so versuchte sie, offenbar enthemmt durch die langjährige Diskussionserfahrung im Lehrerzimmer, mit einigen ungestümen Beiträgen durchaus zu beweisen, dass auch sie eine Meinung hatte.

Es ging mir richtig auf den Geist, was meiner Höflichkeit keinen Abbruch tat, aber ich begann, etwas ungeduldig zu werden. Darum beschloss ich beim Dessert, ihnen ohne großartige Motivation die Kurzversion meiner üblichen, vor allem das Schaffen von Steven Soderbergh betreffenden Rede aufzutischen, die ich seit einigen Monaten hielt und bis auf ein paar Ausnahmen auswendig kannte.

Wenn man gewöhnlichen Laien die eigene Liebe zum Film darlegt und dabei den Namen Steven Soderbergh fallenlässt, enttäuscht man automatisch. Es sei denn, man ist wie ich ein einigermaßen berühmter, verführerischer und zungenfertiger Schauspieler. In dem Fall ist das einzig und allein aufgrund der Achtung, die man diesem Status instinktiv entgegenbringt, erlaubt (und da muss ich ganz schön lachen, weil sich meine Ansichten seit der Zeit, in der ich nicht bekannt genug war, um ernst genommen zu werden, gar nicht so weiterentwickelt haben). Beim Dessert also kam ich wieder in Schwung, ich weiß nicht mehr genau, woraufhin, und in vollendetem

Wissen, wie subversiv und provokant meine Rede bei Lehrern guten herkömmlichen Geschmacks ankommen musste, sagte ich:

«Natürlich gibt es Typen wie Tarantino, David Fincher oder James Gray, natürlich gibt es den unglaublichen Gus Van Sant. Aber in meinen Augen ist Steven Soderbergh derjenige, der von diesen ganzen Genies gewissermaßen die meiste Begabung und Raffinesse, den besten Witz, die größte Klasse und den größten Sinn für Kompositionen hat.»

Woraufhin Fanny oder Leslie, die dank meiner Unkompliziertheit, die sich im Laufe des Essens herausgestellt hatte und durch den Wein schließlich total befreit wirkte, glatt antwortete:

«Der *Ocean's Eleven* und *Erin Brockovich* gemacht hat? Aber das ist doch der totale Kommerz!»

Aus den Augenwinkeln sah ich François an, der immer noch vor einem Rest Neid und Bitterkeit triefte und versuchte, sich davon zu überzeugen, dass ich in der Tat so ungebildet war, wie er sich vorgestellt hatte, als er meine Interviews und meine Fresse in Zeitschriften gesehen hatte, ein leichtfertiger und hirnloser Typ, ein zeittypischer Hochstapler.

Ich fragte mich, ob es überhaupt die Mühe wert war, lange Minuten zu opfern, um diesen Leuten, die so wenig für mich zählten, aufzuzeigen, warum *Ocean's Eleven* ein extrem raffinierter, geschickter, klasse, witziger und gelungener (und – umso besser für Soderbergh – kommerzieller) Film war. Doch bloß um François zu beweisen, dass ich mir ein Urteil bilden konnte, sagte ich und tat dabei so, als würde ich mich an Fanny oder Leslie wenden:

«Man muss sich schon darüber im Klaren sein, dass Soderbergh macht, *was er will* (ich hob mein *was er will* unbeholfen hervor), und sich das auch erlauben kann, sogar in Hollywood, wo alles so genormt zu sein scheint, auch wenn seine Filme auf den ersten Blick total geradlinig und formatiert daherkommen. Soderbergh ist im Grunde vollkommen frei. Er macht Filme, wie sie ihm einfallen und wie er Lust hat, man kann ihnen zu Recht vorwerfen, dass es ihnen allgemein an Leidenschaft und Gefühl fehlt, sie haben eine gewisse Kälte, manchmal neigt Soderbergh sehr zum Parodistischen, zum Comichaften, das ist ein bisschen viel ‹Männerkino›. Aber ich finde, das ist derart brillant und meisterhaft gemacht, dass es die fehlende Leidenschaft kompensiert. Ich meine, Soderbergh kann seine Sequenzen so lange dauern lassen, wie er will, er kann den Rhythmus und das Register von einer Einstellung zur anderen wechseln, mit dem Drehbuch spielen, etwas vollkommen Überzogenes ausprobieren und mit den Schauspielern halsbrecherische Übungen veranstalten, alles scheint ihm mit Leichtigkeit zu gelingen. Es gibt eben Künstler, wie in Frankreich Claude Lelouch, das muss man jetzt natürlich im Verhältnis sehen, die einen natürlichen Instinkt für das rechte Maß und die richtige Balance haben (ich betonte diesmal *Balance*) und die sich daher alles erlauben können. Soderbergh filmt in dem gleichen Rhythmus, in dem er atmet, bei ihm kommt nie etwas falsch rüber, mit dem Rhythmus hat er nie ein Problem, weil er eine natürliche Gabe hat und einen angeborenen Sinn für die rechte Balance, von seiner Genialität beim Casting bis in die kleinsten Nebenrollen brauchen wir gar nicht erst zu reden. Er hat Begabung, Witz, Intelligenz, Intuition, und er ist unberechenbar, basta! Er hat alle Freiheiten und kann sich an alle Genres heranwagen, Brüche in der Narration erzeugen (ich finde, das klang ziemlich nach Filmhochschule und Philologie, *‹Brüche in der Narration›*), er kann ein fertiges Drehbuch völlig umschreiben oder einen fertigen Film völlig umschneiden, alle Erwartungen ins

Leere laufen lassen, es funktioniert fast jedes Mal. Aber okay, fest steht, man muss sich manchmal ein bisschen ranhalten, wenn man die ganzen Nuancen des Drehbuchs richtig kapieren will, Soderbergh hält den Zuschauer nicht für blöd, er fordert viel vom Zuschauer. Wenn er dann in der französischen Presse manchmal noch dazu schlecht kritisiert wird, liegt das daran, dass man in Frankreich die Hälfte der Witze und Anspielungen in seinen Filmen nicht begreift. Außerdem ist dieser Typ ein wahrer Ideengeysir. In allen seinen Filmen wimmelt es von Ideen, und diese Ideen, die hat nicht jeder.»

Fanny oder Leslie hörte mir nicht richtig zu: Sie ließ sich, wie alle anderen, von meiner Verve und meinem Charisma hinreißen. Ich war in Fahrt gekommen und sprach weiter:

«Schau, du hast das Beispiel von *Ocean's Eleven* gebracht: Erinnerst du dich an die Szene, wo Don Cheadle in der Nacht das ganze Licht in Las Vegas ausschaltet? Ist das nicht eine irre Idee, Las Vegas ausschalten? Also Las Vegas, Mann!»

Ich konnte nicht anders, als kurz in mich hineinzulachen. Ich vermutete ja, dass Fanny oder Leslie die Szene vergessen hatte und ihr der Name Don Cheadle gar nichts sagte. Im Übrigen war François derjenige, der sprach:

«Na ja, das ist eigentlich eher eine Idee des Drehbuchautors als des Regisseurs. Und ich bin mir nicht sicher, ob Soderbergh auch der Drehbuchautor von *Ocean's Eleven* ist.»

Dieses Arschloch wollte mich in die Enge treiben. Und dann hatte es auch noch recht: Das Drehbuch zu Soderberghs Remake von *Ocean's Eleven* hatte nicht er selber, sondern ich weiß nicht mehr wer geschrieben.* Aber diese Ungeniertheit im Ton von François, diese Art, mir widersprechen zu wollen, als ob ich so ein dahergelaufener Trottel wäre, ich weiß nicht,

* Ted Griffin

ob ich das als kränkend oder als beruhigend empfand. Einen Augenblick lang verstand ich immerhin den natürlichen Instinkt bekannter Persönlichkeiten, solche Lümmel sorgfältig auf Distanz zu halten, jeder soll in seiner Welt leben (auch wenn niemand an diesem Tisch ahnte, dass ich, wenn ich allein zu Hause war, einen nicht unwesentlichen Teil meiner Zeit damit verbrachte, meinen Namen in die Internet-Suchmaschinen einzugeben, um zu sehen, was man in privaten Blogs über mich sagte, dass ich deprimiert war, wenn ich feststellte, dass man manchmal schlecht über mich redete, und dass der einzige Grund, mich nicht einzuschalten, war, dass ich meinen Status aufrechtzuerhalten hatte, weil ich wusste, man geht nicht davon aus, dass ein Promi sich dazu herablässt zu gucken, was irgendwer wohl über ihn im Netz plappert).

Ohne eine Miene zu verziehen, nahm ich das Heft wieder in die Hand:

«Ja, aber das so zu filmen wie Soderbergh, mit diesem Sinn fürs Detail, das hat etwas Eigenes, das hat er sich von niemandem abgeschaut. Das ihm Eigene ist es, diesen Lieferwagen für die Bande um Clooney auszusuchen, die nachts in Los Angeles ihr elendes Schurkending dreht, in diesem schlecht überwachten Forschungszentrum oder so, wo sie dann diese total abgefahrene Maschine klauen, die keiner außer ihnen klauen würde ... Wie heißt das nochmal? Wie sagt er? *A ... A pinch!*, genau: *A pinch.* Ich weiß nicht, wie sie das ins Französische übersetzt haben (ich haute richtig auf die Kacke, aber war mir egal), wisst ihr, dieses elektromagnetische Teil, dieses dicke durchsichtige Rohr mit gelben Blasen drin, das aussieht wie ein Apparat aus *Star Trek*, dieses Teil, mit dem Don Cheadle dann Las Vegas ausschaltet, erinnert ihr euch daran nicht? Na ja, was soll's, jedenfalls muss man auf die Idee, dass ganz Las Vegas ausgeschaltet werden soll, erst mal kommen, noch dazu von einem einzigen Typen, der in dem Moment, wo er in seinem elenden Lieferwagen sein Gerät einschaltet, lächerliche Anwandlungen von Unschlüssigkeit hat. Und das dann so zu filmen wie Soderbergh. Das sind Bilder, die man im Kopf behält, das sind Sequenzen, an die man sich gern erinnert, über die man gern an so Abenden wie diesem beispielhaft spricht. Denn was ist ein guter Film oder ein gutes Buch anderes als etwas, wovon man bestimmte Bilder im Kopf hat, die zu richtiggehenden persönlichen Referenzen geworden sind?»

Ich nahm den Mund recht voll, doch die Gesichter am Tisch bekamen allmählich einen Ausdruck, der besagte: «Wir erinnern uns an gar nichts, aber er weiß anscheinend, wovon er spricht, und er spricht so gut von dieser Szene, dass man sogar Lust kriegt, sie nochmal anzuschauen.»

«Ich finde, diese Szene ist aus einem Anti-Hollywoodfilm. Das ist wie in *L'Anglais*: Habt ihr den gesehen? Eigentlich heißt er *The Limey*, aber die Franzosen haben das dämlich mit *Der Engländer* übersetzt. Da spielt Terence Stamp mit, der Typ aus *Teorema – Geometrie der Liebe* (das fügte ich hinzu, um ihnen zu zeigen, dass ich, wenn ich wollte, auch klassischere Referenzen hatte, und ich ließ dabei den Namen Pasolini absichtlich weg, als ob sich der für jeden von selbst verstehen würde). Also gut, jetzt zu dieser unglaublichen Montage in dem Film, zu Soderberghs Geschick, mit Flashbacks umzugehen. Ich nehme bloß das Beispiel vom Ende. Da gibt es eine Verfolgungsjagd am Strand mit Terence Stamp und Peter Fonda (ich fügte nicht hinzu: Wisst ihr, der Typ, der in *Easy Rider* mitgespielt hat). Diese Szene hat *nichts* (ich betonte unbeholfen mein *nichts*), aber rein gar nichts Hollywoodmäßiges: Erstens sind die Typen weit von jugendlichem Heldentum entfernt. Zwei Männer, beide um die 60, die auf der Leinwand einmal gut ausgesehen haben, die einem mit ihren Zahnprothesen aber nicht mehr viel vorgaukeln können. Kein Sandstrand, nur überall Kies und Felsen. Es ist Nacht, und die beiden Alten reißen sich beim Laufen sämtliche Beine aus, aber sie schaffen es nicht richtig, einen Fuß vor den anderen zu setzen, sie schieben sich wie die Schnecken vorwärts, und man fragt sich die ganze Zeit, ob Terence Stamp, von dem man annimmt (ich sage aus Prinzip nie *vermutlich*), dass er Peter Fonda abknallen wird, ob Terence Stamp nicht aufgeben wird, so mühsam kriecht er über die Felsen. Außerdem schießt er unter aller Kanone, die Knarre ist ihm zehnmal zu groß, er kann sie kaum gerade halten, die Schüsse klingen erbärmlich, er hat zwei linke Hände, und seine schwächlichen Beine schlottern in seiner Jeans, es ist lachhaft. Aber es ist keine Sekunde lächerlich, vielmehr die lachhafte Seite des Realismus (eine weitere schöne Formulierung für die Lehrer). Und das heißt es doch, auf intelligente Weise das System zu sprengen …»

Ich fühlte, dass meiner Argumentation etwas abging, vor allen Dingen etwas, das sie endgültig von Soderberghs «Intelligenz» überzeugte. Aber egal, ich war müde, ich hatte zu viel über Soderbergh geredet, ich hatte zu lange die ganze Zeit *«Soderbergh, Soderbergh, Soderbergh»* gesagt, am Ende hatte es mich selber angewidert, es war zu viel davon, ich hatte mich als übertrieben lyrisch erwiesen. Ich mochte Soderbergh zwar sehr, aber okay, man brauchte ja auch nicht zu übertreiben.

Doch um mit Soderbergh endgültig abzuschließen, hätte ich, nur um François mit seinem Laurence Olivier und seiner Gena Rowlands und Konsorten, an denen er sich wohl berauschte, auf den Wecker zu fallen, das Beispiel von George Clooney und Jennifer Lopez zitieren können, die in *Out of Sight* (um mich aufzuspielen und um sie zu ärgern, hätte ich *Out of Sight – audofseit* – gesagt und nicht *Hors d'atteinte*, wie der

Film auf Französisch heißt) hinten im Kofferraum des Wagens liegen.

Ich hätte sagen können:

«Das ist die coolste Szene seit der Schöpfungsgeschichte: Der Parkplatz der Strafanstalt von Belle Glade in Florida bei Mondschein, Stille, nur die Riesenkröten krächzen, die Straßenlaternen sind lang und hell, Ferienstimmung. Plötzlich schlüpfen zwei Silhouetten geschwind aus einem Loch in der Erde. Zwei Häftlinge, die zu fliehen versuchen. Jennifer Lopez ist Cop, sie befindet sich in dem Moment auch auf diesem Parkplatz, sie sitzt in ihrem Wagen, bemerkt die beiden und hupt gleich ein paarmal. Die Wachturmscheinwerfer spüren die Flüchtenden auf, die Aufseher schießen, treffen aber nicht. Dann steigen noch zwei andere aus dem Loch und werden abgeknallt. Aber ihr Sterben wird durch das Clowneske an diesem Ausbruch, durch die milde Luft, die sich mit dem Scheinwerferlicht vermischt, durch die jazzige Musik von David Holmes vollkommen entdramatisiert. Das ist wie im Theater. Dann klettert ein völlig rußbeschmierter Mann, der das Durcheinander nutzt, aus dem Loch: George Clooney, mit schwarz-weißen Brauen über weit aufgerissenen Augen, wie in einem Chaplin-Film, er steckt in einer Gefängnisaufseheruniform, die ihm dreimal zu groß ist. Er kommt seinem Komplizen Ving Rhames hinterher. Die beiden sehen sich gezwungen, Jennifer Lopez, die ihnen im Weg steht und sie aufhalten will, als Geisel zu nehmen. Während Ving Rhames ihr die Knarre abnimmt und den Wagen startet, damit sie das Weite suchen können, zwingt Clooney Jennifer Lopez dazu, sich mit ihm im Kofferraum ihres eigenen Wagens zu verstecken. Da drinnen ist nur das Taschenlampenlicht, das er in der Hand hält. Es sieht aus, als würden sie nach dem Geschlechtsakt miteinander im Bett liegen, die Positur erinnert an eine Sexstellung (die Löffelstellung). Jennifer Lopez ist zwar gereizt und verkrampft, doch die guten Manieren, der Witz und die Lässigkeit des Entführers bezaubern sie allmählich, bis sie sich schließlich entspannt. Es entwickelt sich eine fließende und geistreiche Unterhaltung. Bis hierher hat Soderbergh schon viel über seine Sicht der Dinge ausgesagt: Regen wir uns nicht auf, gönnen wir uns Momente des Glücks, so dramatisch die Lage auch daherkommen mag, machen wir uns nicht zu Affen, das Leben ist kurz und der Schein trügerisch. Aber am erstaunlichsten ist ja, was sie überhaupt sprechen: Zweimal während der Fahrt reden sie über Filme, über *Bonnie and Clyde* und Faye Dunaway. Und beide versuchen anhand bestimmter beispielhafter Filmszenen, das Ulkige an ihrer eigenen Situation zu illustrieren. Und das ist die zweite Lehrstunde, die Soderbergh erteilt: die Mise en abyme, der Film im Film. Wenn das gut gemacht ist, da kann man nichts sagen, dann ist es ein echter Intelligenzbeweis.»

Um mich selbst nicht als Fanatiker hinzustellen und ihnen zu zeigen, dass ich Einschränkungen machte, um zu belegen, dass auch ich mich sehr wohl als guter Franzose erweisen konnte, der sich für nichts begeistert, ohne es dabei trotzdem ein bisschen zu kritisieren, hätte ich auch sagen können:

«Das Einzige, woran Soderbergh scheitert, das ist, woran alle noch so großen amerikanischen Regisseure durchweg scheitern: Wenn sie von etwas anderem als Amerika erzählen wollen, wenn ihre Drehbücher anderswo spielen. Sie sind *unfähig* (ich hätte *unfähig* betont), sich andere Blickwinkel, andere Umgangsformen als die ihrigen anzueignen, ohne zu einer Karikatur zu werden. Die Prager Beamten in *Kafka* von Soderbergh reden und verhalten sich wie amerikanische Beamte, genauso wie die arabischen Emire in *Syriana*, der von Soderbergh und Clooney produziert worden ist, so aussehen, als wären sie eben erst vom Actors' Studio abgegangen. Der italienische Kommissar in *Ocean's Twelve*, der von der Bande hereingelegt wird, ist eine Karikatur der italienischen Carabinieri aus den B-Filmen. Die Figur, die Vincent Cassel spielt in dieser Szene, wo er sich als André Ciment vorstellt, mit dieser ovalen Brille, seinem saublöden Haarschnitt, der hohen Stimme, dem spitzen Schnurrbart, dem Handkuss, wenn er mit seinem saublöden französischen Akzent englisch redet, das ist eine Karikatur des Bildes, das sich die Amerikaner von den Franzosen machen. Und beim nächsten Mal geht's genauso in die Hose, wenn er unter dem Namen François Toulour aufläuft und, so französisch wie er nun mal ist, ein amerikanisches Gesicht aufsetzt, amerikanische Haltung annimmt und amerikanische Schauspielerwörter sagt, um dem amerikanischen Publikum glaubwürdig zu erscheinen. Genauso lächerlich und unwahrscheinlich ist es, wenn Brad Pitt in seinem Seidenhemd wie ein gewöhnlicher Taschendieb auf der Piazza Navona in Rom, die voller Touristen ist, von vier Carabinieri verfolgt wird. Soderbergh will hier wieder mit Anspielungen auf alte europäische Filme hantieren, aber das klappt nicht. Es ist das alte Lied, das Übersteigerte wirkt lächerlich. Dasselbe gilt für die Szene, in der Clooney und Scott Caan in diesem TGV-Abteil so tun, als ob sie wie die Idioten aufeinander eindreschen würden, um diese beiden Security-Leute von Fabergé abzulenken. Clooney und Scott Caan haben ihre Baseballkäppis auf und sehen total amerikanisch aus, so sauber, zivilisiert, geldig und lebensfreudig. Welcher Europäer, welcher durchschnittliche französische Zuggast kauft einem so etwas ab? Habt ihr so was schon mal gesehen, wie die Amerikaner sich in Paris die Fresse einschlagen, wie sie das in ihren Filmen und bei sich zu Hause in Los Angeles oder in Chicago tun? Amerikanische Regisseure sollten verdammt nochmal aufhören, uns für

Knallköpfe zu halten. Oder sie sollten ein bisschen die Augen aufmachen und sich ein bisschen in Bescheidenheit und Aufgeschlossenheit üben. Ich meine, diese peinlichen Versuche schaden ihrer Glaubwürdigkeit.»

Ebenso gern hätte ich Spielberg und seinen Film *München* erwähnt, in dem Michael Lonsdale und Mathieu Amalric französische Geheimagenten spielen, die haargenauso reden wie mehr oder minder korrupte CIA-Agenten in amerikanischen Filmen und an denen nichts Französisches ist außer der schwarze Citroën DS und die sonntäglichen Mahlzeiten im Kreise der Familie mit Pasteten, Rotwein und Hartwurst. Ich hätte gesagt: «Die Amis sind immer noch nicht von ihrer dämlichen Haltung losgekommen, die in den neunziger Jahren die amerikanischen Produzenten von *Die Besucher* zu der Forderung veranlasst hat, dass Christian Clavier und Jean Reno strahlend weiße Gebisse tragen sollen und nicht ihre verfaulten französischen Zahnstummel, damit sie dem amerikanischen Publikumsgeschmack besser entsprechen.»

Ich hätte noch jede Menge Beispiele anführen können, aber ich hielt mich zurück. Denn auch wenn ich das Gefühl hatte, dass ich keine Missverständnisse hatte aufkommen lassen, hatte ich doch entschieden zu viel geredet, meine Rede nicht richtig zu dosieren verstanden, sie war zu lang gewesen, viel zu lang. Also beschloss ich zu schweigen und die anderen reden zu lassen.

Das Problem war, dass sich niemand mehr dazu irgendwas zu sagen traute. Nicht so sehr weil sie unvermittelt meiner Analyse beipflichteten, sondern eher weil sie anscheinend verunsichert waren, oder vielmehr benommen, fast erschlagen. Fanny oder Leslie, die ich offenbar nachdenklich stimmte, zog mit sorgenvoller Miene, aus der man schließen durfte, dass sie überlegte, an ihrer x-ten Zigarette. Géraldine kratzte gesenkten Blickes mit dem Teelöffel mechanisch einen Rest von virtuellem Eis aus ihrem Schälchen, und Mélikian musste sich mit seinem unentschiedenen Augenausdruck hinter halb verschlossenen Lidern und seinem Mona-Lisa-Lächeln gar nicht erst verausgaben, um ein Mysterium zu bleiben. François dagegen kramte in seinem Hirn nach etwas, was er sagen könnte, und wurde übrigens auch fündig:

«Und wo steht bei all dem der französische Film?»

Die Frage sollte provokant und ironisch sein, doch sie legte schon dadurch, dass sie gestellt wurde, eindeutig fest, dass an diesem Tisch ich derjenige war, der eine Meinung hatte und den man nach dieser Meinung fragen musste, um sich eine genaue Vorstellung von den Dingen machen zu können. Ich dachte: «Die Bereitschaft der Leute, sich Lehrmeister zu suchen, ist ja irre.»

«Also auf dieses Thema», antwortete ich, «lasse ich mich lieber erst gar nicht ein, da kann ich nämlich ziemlich schnell unangenehm werden, auch ungerecht und starrköpfig.»

Und diesmal war ich tatsächlich nicht um Nuancen bemüht. Ich blies mich etwas zu sehr auf und sagte aggressiv: «Welcher französische Film denn? Wo habt ihr ihn denn gesehen, den französischen Film?» Ich sagte, das zeitgenössische französische Kino würde mich, abgesehen von Leuten wie Claire Denis, die sich Mühe gaben, sich für andere Themen als urfranzösische zu interessieren, ankotzen, im Übrigen genauso wie die Chansons und die zeitgenössische französische Literatur, ich würde mir nie französische Filme im Kino anschauen, ich würde mir auch keine französischen Filme auf DVD kaufen, so wie ich im Buchladen auch keine zeitgenössischen französischen Romane kaufte, das französische Kino sei dilettantisch, gekünstelt und nachahmerisch, kein Know-how und keine Imagination, schlechte, obendrein oft hässliche Schauspieler, abscheuliches Licht, kein Gefühl für Rhythmus, schlampige Drehbücher und in jeder Einstellung Zigaretten, die die Hände der Schauspieler beschäftigen sollen (sh. Desplechin), dazu Dialoge, die zu 95 Prozent nicht echt klingen. Ich sagte, bestenfalls und höchstens könne der französische Film sich einbilden, echt zu klingen, zum Beispiel *Eine fatale Entscheidung* von Xavier Beauvois. Aber das Ganze hätte naturgemäß keine weitreichenden Folgen, es wäre nicht nur eine Frage fehlender Mittel und des Mangels an talentierten Regisseuren und Drehbuchautoren, sondern schlichtweg auch eine Frage der Kultur, der Höhe der Ansprüche und der sozietären Gegebenheiten (die *sozietären Gegebenheiten* gefielen mir ziemlich gut).

Ich fuhr in meinem gezügelten Wutausbruch fort und erklärte, dass französische Filmemacher so ängstlich, langweilig, geistig unbeweglich und selbstzufrieden ihre Themen angingen, wie Frankreich und die Franzosen ängstlich, langweilig, geistig unbeweglich und selbstzufrieden wären. Ich sagte, die wichtigen Themen, Naturschauplätze, Weltraum, das Übermäßige, bedeutende menschliche und soziale Schicksale, Dramen von universeller Gültigkeit, eine echte Gegenüberstellung der Kulturen, eine echte Infragestellung der Systeme, das Abenteuer, die Veranlagung zum Abenteuer, die modernen Mythen, das alles gehöre der amerikanischen Kultur und nicht unserer an, unsere sei so ruhig und gemütlich, dass die Pariser Filmemacher der Bourgeoisie-Bohème nicht mehr wüssten, was sie noch anstellen sollen, um noch das geringste Fleckchen zu finden, das sich zu einem Drehbuch verbraten ließ. Ich schloss mit den Worten, dass ich ohne zu zögern 150 romantische Komödien mit Jean Dujardin, Gad Elmaleh, Mathilde Seigner, Karin Viard und Konsorten, was im Übrigen keine schlechten Schauspieler wären, doch würden sie von der Regie so schlecht geführt, dass ihr wirklichkeitsfernes Spiel sich auf das ganze Land übertragen würde («Man spielt in Frankreich nicht mit seinen Gefühlen, sondern mit dem Kopf»), dass ich also 150 dieser sogenannten französischen Komödien, und ich würde sogar 150 Filme dieser Pseudo-Autoren vom Schlag eines Christophe Honoré oder Gaspard Noé oder was weiß ich von wem sonst noch obendrauf legen, dass ich das alles also eintauschen würde gegen einen einzigen gut gemachten Hollywoodstreifen oder auch, seht her, gegen einen äußerst antikinematografischen Jean Eustache, in der Art von *Une sale histoire*, grobe Übergänge, starre Einstellungen, null Glamour und unaufhörliches Geschwätz, dass ich ohne zu zögern 150 Stück von dieser nicht exportierbaren gequirlten Scheiße eintauschen würde gegen einen einzigen ein bisschen persönlichen und anständigen Film.

«Und was ist mit Jean-Pierre Bacri und Agnès Jaoui?», warf Fanny oder Leslie beleidigt ein, die meine Breitseite gegen die französische Kultur persönlich nahm. «Gefallen dir die auch nicht?»

«Ach ja, stimmt», gab ich zu, «ich weiß nicht, warum ich die beiden ständig vergesse, die sind nicht schlecht, stimmt. *Lust auf Anderes* und *Schau mich an!* waren Filme, die mir gut gefallen haben, stimmt. Mir gefällt, abgesehen davon, dass in diesen Filmen alles ‹richtig› ist (ich malte mit den Fingern lächelnd zwei Gänsefüßchen in die Luft), mir gefällt, dass die beiden keine Komplexe haben, dass sie nicht unterschwellig die Amerikaner imitieren wollen, so wie Guillaume Canet zum Beispiel. Guillaume Canet nimmt alles zu wörtlich und macht dadurch unrealistische Filme, die überhaupt nicht zu unserer Kultur passen. Ich weiß nicht, ob ihr *Ne le dis à personne* gesehen habt, aber genau das ist es. Ich sage das nicht, weil ich neidisch bin auf Guillaume Canet, der als Schauspieler ja viel berühmter ist als ich. Ich sage das, weil ich Leute nicht mag, die nicht echt wirken, die sich unbedingt so wichtig machen wollen wie der Ochs auf'm Berg (und insgeheim dachte ich: ‹Die *Froggies*, die sich so wichtig nehmen wie das *Beef*, nicht schlecht, das ist ja fast wie in der Fabel von Jean de La Fontaine›).»

Zugleich dachte ich, dass ich ihnen, was Canet anging, nicht ganz die Wahrheit sagte: Ich war unbestritten neidisch auf den Erfolg von Guillaume Canet, weil er neben seinen Ambitionen als Regisseur ein ohne Ende gefragter Schauspieler war. Ich konnte zwar viel klüger wirken als er, viel mehr Verstand zeigen und viel distanzierter sein als Schauspieler im Allgemeinen, aber vielleicht war es ja gerade das, was meinen Schauspielerambitionen und meiner Karriere hauptsächlich entgegenstand: Ich hatte zu viel Abstand zu den Dingen, zu viel Bewusstsein, ein zu durchtriebenes Ego, das nicht auf eine blinde Art überzogen war (in gewisser Hinsicht war ich zu «französisch»).

«Und was denkst du über Jacques Audiard?», fragte Mélikian, der hinter seinen gutmütigen Lidern einen konzentrierten Eindruck machte, im freundlichen Stil von: «Okay, ich will schon ein bisschen mit dir einer Meinung sein, aber trotzdem, der ist doch nicht schlecht, oder?»

«Na ja, *Der wilde Schlag meines Herzens* zum Beispiel fand ich nicht schlecht, bis zu dem Moment, wo Niels Arestrup mit einer Kugel im Kopf in seiner Wohnung liegt und die Wand mit seinen Hirnresten bespritzt ist. Sobald in einem französischen Film eine Knarre ausgepackt wird, ist es sowieso nicht mehr stimmig. Knarren gehören nicht zu unserer Kultur. Das ist wie mit Verfolgungsjagden, blutüberströmten Szenen, Schlägereien, Actionszenen generell: Wir müssen endlich mal begreifen, dass solche Sachen nicht unser Gebiet sind. Das ist so wie, was weiß ich, wie wenn man in Kalifornien Camembert herstellen würde: Da würden wir uns ganz schön kringeln vor Lachen, oder? (Ich hätte einen viel besseren Vergleich finden können, aber was soll's.)»

«Also hör mal, ich finde, du bist echt hart», meinte Fanny oder Leslie mit verzerrtem Gesicht. «Und denkst du auch über Grynszpan so? *White Stuff* ist doch, ich will das ja nicht kritisieren, aber nach allem, was du sagst, ist das doch auch sehr französisch, oder?»

Es folgte ein Schweigen. Fanny oder Leslie hatte soeben einen Fauxpas begangen, und heimlich waren wir ihr alle dankbar dafür: Endlich würden wir über mich, meinen Beruf, meine Rollen reden, vor allen Dingen aber auch über meine Position als halber Star, über die Interviews, die Zeitungen, das Fernsehen, das Leben im Rampenlicht, Promis, über all diese Sachen, die die Normalsterblichen so faszinieren. Deswegen war ich gekommen, und die anderen ja auch. Aber seitdem wir aßen, hatte uns so etwas wie eine gegenseitige Scheu von diesem Thema abgehalten, das doch das einzige war, das uns wirklich interessierte. Sie, weil sie Hemmungen hatten und nicht wussten, woran sie bei mir waren («Wie spricht man diesen Typen, der nie von sich selber spricht, der so einfach zu sein scheint, so gar nicht promi-like, und der mit uns wie mit seinen Freunden redet, auf sich selbst an oder bringt ihn dazu, von sich selbst zu reden?»), und mich, weil mich falsche Bescheidenheit zierte («Ich warne euch, wenn ihr euch nicht dazu durchringen könnt, über mich zu reden, werde ich euch diesen Gefallen auch nicht tun, ich habe nämlich meinen Stolz»).

Ich setzte also ein extrem uninteressiertes Gesicht auf, das so viel wie «Ich wollte das Thema nicht unbedingt anschneiden, aber okay, sei's drum, wenn ihr darauf besteht» hieß, und antwortete Fanny oder Leslie:

«Über Grynszpan denke ich ganz ehrlich gesagt ein bisschen das Gleiche wie über die anderen, wenn ich auch finde, dass er allgemein etwas schlauer ist. Mir gefällt auch, dass er den Mut besessen und für seinen Film einen ziemlich anspruchsvollen englischen Titel genommen hat. Der ist ganz schön gut. Aber okay, nachdem er mich die Hauptrolle in seinem Film hat spielen lassen, werde ich auch nicht über ihn herziehen, das wäre ja leicht zynisch von mir. Man ist automatisch milder und differenzierter gegenüber Leuten, mit denen man arbeitet, umso mehr, da diese Leute dein Leben verändern. Denn ich vergesse nicht, dass ich dank Grynszpan und *White Stuff* immerhin von meinen kleinen Fernseh- und Werberollen weggekommen bin, dass ich jetzt richtig Anerkennung genieße, endlich interessante Angebote kriege und mich als vollwertigen Schauspieler betrachten kann.»

«Was für Angebote zum Beispiel?», unterbrach mich Fanny oder Leslie, die sich offensichtlich an die Spitze der Gegenoffensive gestellt hatte.

Ich hätte es aus Aberglaube für mich behalten sollen. Aber da ich es selber nicht fassen konnte, gönnte ich mir das Vergnügen und ließ die Katze aus dem Sack (außerdem sind diese kleinen inoffiziellen Genugtuungen das eigentlich Interessanteste an solchen Berufen):

«Na, am Freitag zum Beispiel habe ich ein Vorsprechen zusammen mit Aliénor Champlain.»

«Ah ja, in Ordnung», rief Géraldine im Namen aller bewundernd aus.

Damit hatte ich wirklich schwer beeindruckt. Ich merkte, dass die Information allen die harte Realität ins Gedächtnis rief: Wir lebten ganz sicher nicht in der gleichen Welt, obwohl ich seit über zwei Stunden mit ihnen am Tisch saß. Mehr noch: Meine Zugänglichkeit kam einer Sanftmütigkeit nahe, und meine Gegenwart an ihrer Seite wurde erdrückend, ja erniedrigend.

«Aber wisst ihr», sagte ich fast zur Entschuldigung, «wisst ihr, so schlecht ich über diese ganzen Leute rede und so schlecht ich auch über Grynszpan reden würde, wenn ich ihm nicht so dankbar wäre, so schlecht könnte ich auch über mich selbst reden. Ich weiß, wo mein Platz ist und was für eine Bedeutung ich habe. Ich bin weder Al Pacino noch Denzel Washington, nicht mal ein zweitrangiger Hollywoodschauspieler, und ich werde nie einer werden, so viel steht fest, ich spiele nicht in derselben Liga. Ich sehe mich als durchschnittlichen französischen Schauspieler, der in durchschnittlichen französischen Filmen mitspielt und der von Hollywood wie von einer unmöglichen Weihe träumt, und so nehme ich mich an. Ich würde mir ganz sicher nicht meine eigenen Filme anschauen, wenn ich ein einfacher Zuschauer wäre. Aber ich tu, was ich kann, was meine Kultur und meine Vorstellungskraft hergeben, so beschränkt sie auch sein mögen, ich tu das, was ich imstande bin zu tun. Obwohl, die meiste Zeit reiße ich mir eigentlich kein Bein aus, ich zahle das Minimum an Verbandsbeiträgen, ich verlasse mich auf meinen Instinkt und komme damit immer irgendwie durch. Ich hänge mich nicht genug rein, ich bin zu träge. Jedes Mal, wenn ich einen Film mit mir sehe, sehe ich bloß meine Defizite und Schwächen, ich finde, ich bleibe immer unter meinen Möglichkeiten, ich sage mir, das hätte ich viel besser machen können. Aber trotzdem bin ich mit der Zeit langsam dahin gekommen, dass ich im Endeffekt denke, obwohl ich ständig unzufrieden bin und das Gefühl habe, dass ich meine Rollen nie wirklich «bis ins Detail» ausspiele, wobei ich immer an den nächsten Film denke und mir vorsage: ‹Bei der nächsten Rolle hängst du dich richtig rein, du gibst alles›, trotzdem bin ich mit der

Zeit dahin gekommen, dass ich denke, na ja, womöglich passt das, was ich mache, im Endeffekt ganz gut zu mir, womöglich gebe ich schon jedes Mal alles. Meine ‹Karriere› läuft halt so, wie sie läuft, aber sie passt zu mir, ob ich mit ihr zufrieden bin oder nicht. Und ihr könnt euch nicht vorstellen, wie befreiend es ist, sich das bloß vorzusagen. Meine Rollen sind so, wie sie sind, im internationalen Maßstab ist das vielleicht wenig, aber für mich reicht es, sie geben mir das Gefühl, dass ich nicht ausgeschlossen bin, dass ich frei bin und mein Leben daher lebenswert ist. Und ich finde, damit ist schon viel gewonnen, Punkt. Ist das jetzt nicht ein schönes Happy End?»

Viertel vor zwölf schien mir eine sehr vernünftige Zeit zu sein, um mich zu verabschieden von Leuten, mit denen ich nicht eng befreundet war und die ich wahrscheinlich nie wiedersehen würde. Abgesehen davon merkte ich, dass die späte Stunde und der Alkohol allmählich in meinen Gesichtszügen, die mir leichter entglitten, als das noch mit 25 der Fall war, erkennbar wurden. Ich wollte gehen, aber nicht alleine nach Hause gehen, denn ich wusste, ich würde nicht gleich schlafen können und ich wäre zu faul, um im Bett zu lesen oder eine DVD in den Player zu schieben. Dafür würde ich mich vor den Computer setzen und in Versuchung geraten, ohne allzu großen Kummer Elviras Lächeln auf den Fotos unseres letzten gemeinsamen Portugalurlaubs wiederzusehen.

Ich würde insbesondere daran zurückdenken, wie wir in dieser Morgendämmerung mit dem Bus nach Faro fuhren, unsere schmuddeligen Rucksäcke lagen am Boden, sie wartete darauf, dass am Busbahnhof die Schalter öffneten, damit sie die Tickets kaufen konnte, während ich eine *pastelaria* im Viertel zwecks Frühstück suchte. Ich würde an dieses klare Licht im Morgengrauen zurückdenken, bei dem ich mir dann vorstellte, dass das mit uns nie vorbei sein würde, dass Elvira angesichts der in diesem rosa Himmel erwachenden Stadt genauso ergriffen war wie ich und dass sie genauso wie ich überzeugt war, dass sich auf ganz selbstverständliche Weise hinter der fließenden Aufgabenteilung (sie holt die Tickets, ich das Frühstück) ein künftiges, solides und dauerhaftes Zusammenleben abzeichnete.

Was sollte ich also machen? Elvira zum hundertsten Mal hinterherweinen? Oder sollte ich mich doch, schließlich war sie trotz der starken Momente, die es zwischen uns gegeben hatte, nicht bei mir geblieben, schließlich hatte sie diese Momente nicht so intensiv erlebt wie ich, hatte nicht begriffen, dass man nicht einfach so aus einer Laune des Gefühls oder des Kopfes heraus über diese Momente hinweggehen konnte, sollte ich mir also doch unbedingt einreden, dass sie es, na ja, letztlich nicht wert war, wenn alles nicht genug gewesen war, um sie zum Bleiben zu bewegen?

Lange Rede, kurzer Sinn: Um nicht in den sauren Apfel beißen zu müssen, trug ich mich ernsthaft mit dem Gedanken, Fanny oder Leslie mit zu mir zu nehmen. Wir saßen alle da im Wohnzimmer, keiner sagte mehr etwas Großartiges, sie saugten stumm an ihren nicht enden wollenden Glimmstängeln, und ich sagte: «Na dann okay, ich glaube, ich brech mal auf.» Ich stand auf, setzte hinzu: «Ich werd mir ein Taxi rufen», rief von meinem Handy aus an, und dann, als das Taxi bestellt war, ging ich auf Fanny oder Leslie zu, es kümmerte mich einen ziemlichen Dreck, was sie über mich denken würde, beugte mich zu ihr hinab und flüsterte ihr leise genug zu: «Wenn du auch vorhattest, nach Hause zu fahren, und bei mir im Taxi mitfahren willst, kein Problem, ich kann dem Taxifahrer sagen, dass er einen Umweg fahren soll, also wie du magst.»

Sie zögerte eine Sekunde, in der sie sich wohl fragte, wie sie mein Angebot zu interpretieren hatte. Dann sagte sie sich bestimmt, dass man eine derartige Gelegenheit, ob das nun ein eindeutiges Angebot war oder nicht, nicht verpassen durfte, wahrscheinlich dachte sie, dass die Annäherungsversuche eines Antoine Mac Pola so schnell nicht wiederkommen würden, denn sie sagte zu mir: «Hm, okay, sehr nett, ich fahre mit, danke. Ich hol meine Sachen und bin gleich da.»

Wie jedes Mal, wenn ich auf mich zukommen sehe, dass ich binnen kurzer Zeit eine nackte Unbekannte umschlingen werde, packte mich ein leichter Schauder der Aufregung, vermischt mit Furcht, zu dem sich nun die Obsession gesellte, dass ich den falschen Hoffnungen, die eine Frau sich von den Liebesleistungen eines halbwegs berühmten Schauspielers machen konnte, gewachsen sein musste. Fanny oder Leslie stand auf, während ich mich von den anderen verabschiedete, die, wenn sie sich auch bestimmt ihren Teil dachten, so viel Stil hatten und diesen Simultanaufbruch nicht kommentierten. Ich wusste auch zu würdigen, dass Mélikian mir zwecks meines Auftritts am nächsten Morgen, den ich im Übrigen am Ende ganz vergessen hatte und worüber wir kaum geredet hatten, mitteilte, dass der Direktor am Lycée angeregt hatte, mir die Taxifahrt hin und zurück zu erstatten. «Wir haben nicht wirklich darüber gesprochen, aber bei deinem Elan und deiner Art, dir die Dinge zu Herzen zu nehmen, mache ich mir eigentlich keine Sorgen», sagte er mit einem schelmischen Lächeln, das immerhin seine Bedenken gegenüber den Bemerkungen, die ich bei Tisch gemacht hatte, anmeldete. Dann, immer noch im gleichen scherzhaften Ton, jedoch mit einem Anflug von Besorgnis: «Das fängt Punkt halb zehn an: Ist das in Ordnung, nicht zu früh? Weißt du, wie das Lycée heißt und wo es ist, ja?» – «Keine Sorge, ich bin pünktlich», bemühte ich mich, ihn zu beruhigen, und realisierte, dass der ganze Spaß mich nötigen würde, spätestens um sieben Uhr aufzustehen, schon wieder eine Nacht im Arsch, ich konnte mir schon meine Augenringe vorstellen, die körperliche und nervliche Ermüdung, die mich unsympathisch aussehen lässt, ich runzle dann immer unbewusst die Stirn und kneife die Augen zusammen wie unter einer betäubenden Sonne, man steckt das in meinem Alter nicht mehr so weg wie mit 25, das ist wie mit dem Alkohol.

Fanny oder Leslie wohnte im 18. Arrondissement, und wir

gaben beim Fahrer wie geplant erst mal ihre Adresse an. Ich mochte, ganz besonders in der Nacht, das gedämpfte und stattliche Dröhnen der Taxireifen, wenn sie über die Pariser Straßen huschten. Wir saßen bequem im Halbdunkel nebeneinander auf der Rückbank, die Ampellichter und Neonlampen der Boulevards streckten sich wie glühende Pfeile entlang der Windschutzscheibe und schmiegten sich an Fannys oder Leslies unansehnliches Profil an. Sie redete, sie redete mich ganz dusslig, bestimmt um ihre Nervosität zu überspielen, sie redete, und ich hörte ihr nicht zu. Ich dachte an Elvira und sagte mir:

«Warum hänge ich eigentlich so an ihr? Warum hänge ich so an ihr, dass ich sie immer noch nicht vergessen kann, dass mich am Ende alles an sie erinnert: ein nächtlicher Boulevard, ein Boulevard am Tag, das Stadtleben, das Landleben, Meer, Nebel, Sonne, Winter und Sommer, ein Lied, ein Film? Weil sie außergewöhnlich schön war? Weil sie in jeder Hinsicht schön war, schon am Morgen beim Aufwachen, eine Schönheit, von der ich glaubte, dass ich nie genug von ihr kriegen könnte? Ist es ihr Gesicht, was mir am meisten abgeht? Hänge ich an ihr, weil sie blond war? Weil sie Spanierin war und weil ich durch sie und durch die Lieder, die wir zusammen in ihrem Auto auf den Straßen von Barcelona und Pineda de Mar hörten, ganz Barcelona, ganz Spanien lieben konnte? Und weil ich plötzlich ganz Spanien verloren habe, wie sie mich von einem Tag auf den anderen sitzengelassen hat? Weil noch immer jedes Mal ganz Spanien in mir aufsteigt, wenn ich jemanden spanisch reden höre, wenn die Ergebnisse von Barça im Radio kommen, wenn ich das Gesicht von Antonio Banderas auf einem DVD-Cover sehe oder wenn ich es mir antue, auf meinem iPod mir die Alben von Mala Rodriguez, Bebe, Amaral, Ojos de Brujo und Macaco wieder anzuhören? In ihr verdichteten sich für mich maßlos viele Lieder, eine Stadt, ein ganzes Land, ein Sommer, die Sonne der immerwährenden Ferien: Womöglich bringt mich das, was ich mit ihr verbinde, weit mehr als sie selbst so ins Schwärmen und dazu, dass ich sie so verkläre? Ist es die Macht der Erinnerung? Ist es, weil sie kein Französisch konnte, in Barcelona wohnte und weil alle Leute, die sie mir vorstellte – ihre Freunde, ihre Eltern – auch kein Französisch konnten? Weil mir alles so viel intensiver, schöner, intelligenter und unendlicher vorkommt, wenn ich es anderswo in einer Fremdsprache erlebe? Weil ich der geborene Träumer bin, zu viel Phantasie habe und mich deswegen dermaßen in sie verliebt habe, dass ich so schlecht wieder auf die Beine komme nach dieser Trennung?»

Ich dachte:

«Wie sie mich verlassen hat, war ihr gar nicht klar, was sie da aufgibt, so einen wie mich findet sie nicht wieder, eines Tages wird sie sich deshalb die Fingernägel abkauen.»

Ich dachte:

«Sie wird ihre Launen bereuen. Sie findet keinen, der so in sie verliebt ist, wie ich es gewesen bin, sie findet keinen, der es ihr besorgt, ihr zuhört und gute Ratschläge gibt, sie versteht und erträgt, wie ich es ihr besorgt, ihr zugehört und gute Ratschläge gegeben habe, sie verstanden und ertragen habe. Das wird sie eines Tages erkennen, bald, aber auch nicht gleich, sie ist noch zu jung, um das zu verstehen, und zu spanisch, um zu kapieren, dass ich in Frankreich eine wichtige Persönlichkeit bin und dass sie auch das aufgegeben hat: meinen Job, meinen Ruhm, die Filmsets, das Blitzlichtgewitter, die Zeitschriften, den Glamour: Das ist doch schon was, oder?»

Ich dachte:

«Scheiße, was war bloß in sie gefahren! Wir waren uns so nah, wir haben so viele starke Momente miteinander erlebt, wir konnten über alles reden! Sie hatte mir auf eine ganze schlichte Art das Gefühl gegeben, dass wir für immer unsere Intimsphäre teilen würden: Wie konnte sie das alles so grob zunichte machen? Sie hatte mich den Leuten aus ihrer Arbeit vorgestellt, ihrem Chef, ihrer Großmutter und den vielen kleinen Händlern aus ihrem Viertel, sie hatte mir dauerhaft den zweiten Schlüssel für ihre Wohnung überlassen, wir putzten uns die Zähne mit derselben Bürste, sie hatte mir die Geheimzahl von ihrer Mastercard gegeben, damit ich Geld für sie abheben kann, mir eine CD-ROM mit Babyfotos von ihr gebrannt, mir die Tagebücher ihrer Jugend gezeigt und mich mit in das Ferienhaus ihrer Kindheit genommen. Ich nahm Anteil an ihren Zweifeln, den melancholischen Anwandlungen, ihren Ängsten und den Problemen in der Arbeit: Wie konnte sie, von einem Tag auf den anderen, das alles zunichte machen, alles abhaken und mir dermaßen fremd werden, nach all dem, was wir erlebt und einander gesagt hatten, wir wollten ja sogar gemeinsam ein Baby haben?»

Ich dachte:

«In den Armen welches popeligen und altersgerecht gestylten Kiffer-DJs wird sie gerade liegen? In den Armen welches verkrachten Musikus, der es nicht versteht, zärtlich zu ihr zu sein, der nach einer Minute kommt, außer Atem einschläft und ihr den Rücken zudreht?»

Ich dachte:

«Wann wird sie mir endlich eine Mail oder SMS schicken, in der in ihrem vor Hispanismen strotzenden Englisch steht: ‹Antoine, ich bitte dich um Verzeihung, ich habe eine Dummheit begangen, als ich dich verlassen habe, ich will zu dir zurück, die Typen in meinem Alter sind kleine egoistische und unreife Arschlöcher, seitdem wir uns getrennt haben, hat mich niemand so gebumst, sich so um mich gekümmert, mich so zum Lachen gebracht und so mit mir geredet wie du das getan hast›?»

Ich dachte an Elvira, Fanny oder Leslie redete und redete, ich nickte mit dem Kopf, um höflich zu bleiben, ich betrachtete sie, fand sie nicht anziehend und dachte: «Ich hätte eine viel hübschere Frau finden können, aber jetzt ist es nun mal so», ich betrachtete ihre gebleichten und zu dünnen Haare, die extreme Anspannung, die sich von ihrer vorspringenden Nase hin zur Oberlippe zog, ich betrachtete dieses dermaßen französische Profil, urfranzösisch, eine mittelalterliche und wahrscheinlich noch ältere Franzosenvisage, ich dachte mir, sie musste gewiss ihrem Vater ähneln, ich beugte mich zu ihr rüber und küsste sie wie einen vorübergehenden Unterschlupf, indem ich sie nämlich küsste, vergaß ich Elvira, ich probierte diese Lippen und diesen warmen Sabber aus, was mich trotz alledem elektrisierte, denn es machte mir Spaß, neue Frauenmünder zu küssen, auch solche mit zu festen Lippen und einem Pferdegebiss drinnen.

«Ist dir das ganz egal, was ich sage?», warf sie mir halb wütend, halb scherzhaft vor, als ich wieder meine Ausgangsposition auf der Bank einnahm.

«Ja», lächelte ich so herzlich wie möglich zurück. «Stört's dich, wenn wir zu dir gehen?»

Weil ich meinen etwas zu ungehobelten Ton leicht bedauerte, setzte ich hinzu:

«Entschuldige, wenn ich dich erschrecke, ich bin etwas müde, da bin ich lieber ganz offen. Nimm's mir nicht übel, das ist keine Spur abwertend gemeint. Außerdem, wenn's dir nicht passt, kein Problem, dann setze ich dich ab und fahre nach Hause.»

So hatte ich das unangenehme Gefühl, mit einer Frau zu schlafen und dann neben ihr einzuschlafen, die die Situation viel mehr verwirrte, als sie es sich selbst eingestehen wollte, und die sich zwang, sich locker zu geben, um auf mich nicht wie eine Idiotin zu wirken. Morgens etwa um halb sieben klingelte mein Handy-Wecker, ich stand auf und zog mich in der Dunkelheit dieses Zimmers, in dem ich mich null auskannte, schnell an, mein einziges Ziel war, noch bei mir zu Hause vorbeizuschauen, zu duschen und saubere Sachen anzuziehen, bevor ich zu Mélikians Schule fuhr. Ich registrierte, dass Fanny oder Leslie auch wach war, also ging ich auf das Bett zu und überwand mich, mit einer Hand durch ihre Haare zu streichen, mehr freundschaftlich als liebevoll, und murmelte ihr zu: «Also gut, ich geh jetzt, tut mir leid, dass du auch aufgewacht bist, danke für alles, alles Gute, ich zieh die Tür zu und bin weg.»

Im Halbschlaf fragte sie, wieder mit diesem unentschlossenen Vorwurf in der Stimme: «Könnten wir nicht wenigstens unsere Telefonnummern austauschen?» Ich antwortete geradeheraus: «Hör mal, Fanny, echt nicht, ich glaube, das ist nicht nötig. Nimm's nicht persönlich, aber ich glaube, wir sollten es damit gut sein lassen. Wir haben uns gegenseitig etwas Gutes getan, und damit ist die Sache erledigt, das ist gut so, finde ich.» Sie: «Ich heiße nicht Fanny. Warum sagst du Fanny zu mir?» Ich korrigierte mich: «Oh, Pardon. Äh, Leslie, oder?» Sie empörte sich: «Nein, auch nicht Leslie. Nelly.» «Tut mir leid», schloss ich und band meine Schuhe fertig zu.

Sie richtete sich im Bett auf, zog die Decke hoch, um ihren Busen zu verdecken, und starrte mich schweigend an. Dann sagte sie diese letzten Sätze: «Nimm's nicht persönlich, wie du so schön sagst, ich bin keine Rassistin, überhaupt nicht. Aber ich hab schon schwarze Lover gehabt oder Mulatten wie dich. Und jedes Mal, ich weiß nicht, warum, ihr habt doch keinen Sinn für Anstand. Ist das kulturell bedingt, oder wie?»

Seit dem Abitur hatte ich keinen Fuß mehr in ein Lycée gesetzt, ich dachte mir zwar, dass eine Banlieue-Schule auch nach 16-jähriger Pause eine Banlieue-Schule blieb, mit ihren Hinweisschildern, Gitterzäunen, Wänden, ihrem Pausenhof, dem einheitlichen Inventar, der Grünflächenquote, ihren Stundenplänen, Aufsehern, Lehrern und Klassenzimmern, doch hatte ich dafür den Eindruck, dass sich die Schüler erheblich verändert hatten. Oder vielmehr, dass sie sich im Grunde zwar gar nicht so verändert hatten, dass ein Teenager grundsätzlich ein Teenager blieb, mit seiner Haltung, seiner Musik, seiner Unbedarftheit und seinen alterstypischen Regelverstößen, doch schien mir diese geballte Jugend meine eigene Rückständigkeit anzuklagen.

Ich ging durch das Eingangstor und sah die Gruppen von Jugendlichen: die Stillosen, die Rapper mit Kapuzenshirt und Trainingshose, die Mädels, Miezen mit gestreiften, ausgewaschenen Jeans, dünnen Turnschuhen, gegelten Beckham-Frisuren, hautengen T-Shirts und Rucksäcken, und ich sagte mir gleich:

«Sie schauen sich Castingshows im Fernsehen an, sie schauen sich Serien an, Werbung und Gangsta-Rap-Videos oder R-'n'-B-Videos, sie haben alle Handys, lesen Mangas, benutzen Wörter, die ich nicht kenne, hören auf ihren MP3-Playern oder ihren PSP Bands, deren Namen ich noch nicht mal kenne, sie schicken sich gegenseitig SMS und MMS, chatten auf MSN, haben ihre Seite bei *myspace*, sind quasi mit dem Internet geboren, Internet ist für sie normal und keine technologische Revolution wie für jemanden aus meiner Generation. Diejenigen, die einen Computer auf ihrem Zimmer haben, lassen ihn Tag und Nacht laufen, um sich bei eMule Filme und Platten runterzuladen, sie füllen den Arbeitsspeicher auf ihrem PC mit Raubkopien von CDs und DVDs aus dem Netz. Sie kaufen nie CDs und DVDs, das sind sowieso Dinge für Leute meiner Generation, genauso wie das Fernsehen. Wenn man ihnen die Musik vorspielen würde, die ich in ihrem Alter gehört habe, würden sie sich schieflachen, das Gleiche mit den Klamotten, die ich in ihrem Alter getragen habe, oder mit den Ausdrücken, die ich benutzt habe, sie würden sich auch schieflachen, wenn sie den Ausdruck *sich schieflachen* hören würden. Nicht einmal Sexualität, Pornofilme und so weiter, das haut sie alles nicht mehr vom Hocker. Sie sagen wörtlich zueinander: ‹Ich liebe dich›, ‹Du und ich, das ist eine Sache auf Leben und Tod› und ‹Du hast mein Herz zerstört›, wie in den kitschigen Hits. Sie träumen von einem bestimmten Look, davon, berühmt zu werden, ein ‹Star› zu sein, so wie Patxi aus der ‹Star Academy›, der französischen Ausgabe von ‹Deutschland sucht den Superstar›, oder wie der Fernseh-Meteorologe Sébastien Folin, sie träumen von Fernsehauftritten, bei denen ihr Gesicht in Großaufnahme nach großen Gefühlen aussieht, und davon, dass sie mit 20 Sachen sagen können wie: «*Das ist der schönste Tag meines Lebens, auf diesen Tag habe ich mein ganzes Leben gewartet, ich liebe euch alle so, ich liebe euch*», so wie die richtigen unerreichbaren Stars, die ihrem Publikum dennoch etwas schuldig sind und die mit einer perfekt sitzenden Haarsträhne von Tony & Guy in Tränen ausbrechen, weil sie so emotional und ‹gefühlsbetont› sind. Sie phantasieren sich in die Videos der Erben und Erbinnen von Céline Dion hinein, genau das tun sie, diese kleinen Maschinen mit ihren vorgekauten Gefühlen, genau das sind sie.»

Ich sagte mir:

«Die sind für mich wie Marsmenschen, aber trotzdem faszinieren sie mich. Diese blasierte Naivität, diese herausfordernde Teilnahmslosigkeit, diese Gleichgültigkeit gegenüber allem. Mich fasziniert diese relaxte Art und so weiter. Mich fasziniert ihre Jugend, die Tatsache, dass es sie kaltlässt, dass sie 16 sind und wir mitten im digitalen Zeitalter leben, im Endzeitalter der alten Kulturen, im Endzeitalter der Sprache, im Zeitalter von ‹Star Academy› und Ragga-Zouk à la Lord Kossity. Und in der stillen Resignation dieser so materialistischen und virtuellen Epoche sind sie 1000-mal zeitgemäßer als so ein Typ wie ich, der in ihrem Alter noch Tonbandkassetten gehört hat und sich jetzt so viele unnütze Fragen stellt, für die sich höchstens die alten Knacker oder die Schickimicki-Bohème meiner Generation interessieren. Lange Reden, Glossen, Analysen und *Esprit* sind nämlich schon Sachen, die der Vergangenheit angehören, ich sage das ohne Bitterkeit.»

Ich dachte mir:

«Ich sage das vielleicht ohne Bitterkeit, aber ich rede trotzdem daher wie ein altes Arschloch. Typen meiner Generation halten das gern von sich fern, dass sie einmal alte Arschlöcher werden können, aber ich muss einfach vergleichen, urteilen, klagen, nichts zu machen, ich kann nicht anders, wie unsere Eltern und Großeltern. Trotzdem schwöre ich, ich schätze diese jungen Leute nicht gering. Sie machen mich einfach stutzig, sie werfen mich auf mich selbst zurück, deswegen stelle ich mir Fragen, ich möchte begreifen.»

Ich dachte:

«Die einzige Möglichkeit, kein altes Arschloch zu werden, besteht darin: Man muss das eigene Alter endlich akzeptieren, man muss akzeptieren, dass man nicht alles verstehen kann, nicht mehr ganz mitkommt, dass die Dinge nicht mehr so sind wie früher, und man darf vor allem nicht so tun, als wäre man derjenige, der sich nicht drankriegen lässt, voilà.»

Ich ging über den Pausenhof, ich fühlte mich etwas unwohl, wie zu der Zeit, als ich selber Angst vor der Schule hatte, ich bemühte mich, locker zu bleiben und mich nicht von all diesen Blicken der Schüler, die mich sowieso nicht mehr als einen der Ihren ansahen, einschüchtern zu lassen. Ich sah flüchtig die straffe Haut und die astreinen Haare der Schüler und dachte zu meiner Beruhigung: «Sie werden auch eines Tages aus der Mode gekommen, nostalgisch und verbittert sein, sie werden auch ihre ersten grauen Haare kriegen.» Ich dachte: «Ich sollte das nicht zu weit treiben, nicht ins Lächerliche ziehen, ich neige zu sehr dazu, das ins Lächerliche zu ziehen. Es ist auch eine Frage der Erziehung, des sozialen Umfelds, von solchen Sachen, das ist immer so gewesen. Zu meiner Zeit (‹Zu meiner Zeit!›) war das eigentlich ganz genau so, wir schauten alle japanische Zeichentrickfilme im Fernsehen an und redeten wie in der Serie *Objectif Nul*. Meine Generation war in den Augen der Generation meiner Eltern die der kleinen, ungebildeten, vom Fernsehen übersättigten Arschlöcher. Die Generation meiner Eltern verkörperte das Chaos in den Augen der De-Gaulle-Generation, über die sich wiederum die störrischen Alten der III. Republik wohl ganz schön empörten. Sprache und Kultur entwickeln sich, und das soll auch so sein. Nur was es wirklich wert ist, soll über Epochen hinweg Bestand haben. Und außerdem haben sich in den letzten 20 Jahren eigentlich nur die Turnschuhmodelle, die Schnitte der Jeans und die Technologie verändert. Splitternackt, ohne Haargel und Strom sind wir alle gleich, basta.»

Mélikian erwartete mich im Eingangsbereich und führte mich gleich durch die Gänge. Er hatte alles prima vorbereitet. An strategisch wichtigen Punkten, an den Glastüren und Schwarzen Brettern, hatte er mit Tesa das Plakat des Films, den er ausgesucht hatte (*L. A. Crash*, von Paul Haggis), in A3-Farbkopien befestigt, daneben ein gar nicht so schlechtes Foto von mir, unter dem folgender Text stand: *Filmvorführung und anschließendes Gespräch mit Antoine Mac Pola, Schauspieler. Samstag, 4. November, Mehrzweckraum, 9 Uhr 30. Die Veranstaltung ist für alle zugänglich.* Und tatsächlich bemerkte ich schnell, dass auf den Gängen eine gewisse Unruhe herrschte: Unterdrücktes Gelächter und übertriebenes Getue bei den Mädchen, stille, aber starke Neugier bei den Jungs. Ich wurde erkannt, man fotografierte mich mit dem Handy, redete laut über mich, stieß sich mit dem Ellbogen an, einige gingen mir sogar nach. Aber niemand wagte es, mich anzusprechen.

«Du bist so was wie das Ereignis der Woche», meinte Mélikian mit einem wie immer sehr fairen Lächeln.

Durch eine kleine Tür erreichten wir einen Raum, der bis obenhin voll mit Jugendlichen war. Der Lärm ging in ein zartes, vornehmlich weibliches Gekreische über, als wir eintraten. Ein oder zwei Pfiffe der Bewunderung, Gelächter, ein oder zwei kurze hysterische Schreie, ein irgendwo geflüstertes *Er sieht ja super aus! Wie Maxwell!*, Mélikian und ich gingen auf die Mitte des Raumes zu und wandten uns dann zum Publikum hin. Die Rollos waren zugezogen. An der Wand eine Leinwand heruntergelassen. An den Seiten standen zwei tragbare Lautsprecher auf Stativen. Auf einem Tisch ein Beamer, ein Verstärker und ein DVD-Player.

Man merkte, dass Mélikian so selbstsicher auftrat wie jemand, der es gewohnt ist, vor ganzen Klassen zu paradieren, dass seine Selbstsicherheit aber durch meine Anwesenheit ein klein wenig beeinträchtigt wurde. Ich begnügte mich damit, so breit wie möglich zu lächeln, cool, aber gerade dazustehen und nicht so viel an meine Hände zu denken. Von Zeit zu Zeit senkte ich den Blick und ließ ihn im Publikum umherschweifen, was so viel wie *Ich weiß, ich bin unwiderstehlich, aber seht her, wie bescheiden ich bin* heißen sollte. Der Raum erschien dadurch, dass er so voll war, doppelt so groß, als er in Wirklichkeit war. Ich spürte die Wärme, die Energie, den Sog dieser Körper und Gesichter, die ausschließlich gespannt auf mich gerichtet waren, und ich dachte an den Adrenalinstoß, den Bühnenkünstler zu kriegen behaupten, wenn Publikum da ist. Mein Alter störte mich nicht mehr, auch nicht, dass ich mit meinem weißen Kaschmirhemd und dem V-Kragen ganz meinem Alter entsprechend aussah. Ich kam mir einfach wie ein respektierter und sogar bewunderter älterer Typ vor. Ich dachte: «Wahnsinn: Auf der Straße schauen mich die 17-, 18-jährigen Mädels nicht mehr an, aber nachdem sie mich auf einem Plakat gesehen haben oder wenn man ihnen sagt, dass ich im Fernsehen aufgetreten bin, merken sie, dass ich sexualisierbar bin.»

Mélikian war kurz davor, das Wort zu ergreifen, und drehte sich entzückt zu mir um:

«Das ist echt das erste Mal, dass ich hier so viele Leute habe. Normalerweise ist das am Samstag … Heute haben wir sogar extra Stühle für die anderen Klassen holen müssen, weil die auch kommen wollten.»

Dann wandte er sich ans Publikum, hieß alle mit lauter Pädagogenstimme willkommen, nannte noch einmal den Titel des Films und stellte mich vor mit den Worten:

«Und ich möchte mich ganz besonders bei Antoine Mac Pola dafür bedanken, dass er gern heute gekommen ist. Er wird sich mit uns den Film anschauen, und danach können wir, glaube ich, wen das interessiert, können wir mit ihm ein bisschen über den Film diskutieren …»

In rührender Ergebenheit drehte er sich wieder zu mir rum, als wolle er «Glaubst du, das geht? Habe ich mich da nicht ein bisschen zu weit aus dem Fenster gelehnt? Findest du mich nicht zu dreist? Stört es dich wirklich nicht dazubleiben?» sagen. Ich verstand es so, dass jeder andere ein bisschen angesehene Schauspieler wohl nicht gekommen wäre oder höchstens zum Rumzicken oder um seine Launen auszulassen. Ich dagegen investierte meine ganze Überheblichkeit eben in meine Offenheit und mein nettes Wesen. Ohne falsche Bescheidenheit sagte ich mir: «Das ist das wahre Genie.»

Ich lächelte also noch mehr, machte einen Schritt nach vorn, bedankte mich bei Mélikian und sagte zu den Schülern, wobei ich nacheinander fest in so viele Augenpaare wie möglich schaute, sagte, ohne irgendwelche Spielchen zu treiben, und traf dabei den richtigen Ton, dass ich heute hier war, weil Mélikian und ich vor 20 Jahren in die gleiche Klasse gegangen waren, dass ich mir komisch dabei vorkam, «vor 20 Jahren» zu sagen, denn wenn ich sie so vor mir sah, hätte ich das Gefühl, dass ich gestern erst so alt wie sie gewesen bin, und dass es zugleich bewegend und ein wenig einschüchternd sei, jetzt hier zu sein, dass ich es nicht gewohnt war, vor Leuten zu sprechen, dass sie mich daher entschuldigen müssten, wenn meine Rede nicht sehr ausgefeilt war, doch ich hätte mich, ganz ehrlich, sehr gefreut über die Einladung, mit Vergnügen würde ich zusammen mit ihnen den Film anschauen, und sie sollen sich bloß nicht scheuen, mir nach dem Film die Fragen zu stellen, die ihnen so einfielen, nur keine Scheu, auch solche Fragen, die ihnen a priori peinlich oder banal vorkamen (ich dachte mir: Es ist gut, Sachen wie *a priori* oder *banal* zu sagen, rede richtig mit ihnen, so zeigst du 1000-mal mehr Respekt ihnen gegenüber, und die Wahrscheinlichkeit, dass sie dich für ein Arschloch halten, ist 100-mal geringer, als wenn du das Ich-rede-doch-wie-ihr-Spielchen mit ihnen treibst).

Ich sagte, ich wäre hier, um ihnen Rede und Antwort zu stehen, ich sagte, seid nicht schüchtern, ich bin zwar nicht Brad Pitt oder Samuel L. Jackson, davon wäre ich weit entfernt (einen Augenblick lang fragte ich mich, ob sie wussten, wer Brad Pitt oder Samuel L. Jackson war, ob ich nicht besser Fabrice Eboué und Lorant Deutsch gesagt hätte), ich sagte, ich bin zwar kein «Star», aber ich würde mich freuen und geschmeichelt fühlen, wenn ich ihnen etwas über meinen Beruf erzählen dürfte, also einfach drauflosfragen, bloß keine Scheu, wir sollten versuchen, ein paar schöne Augenblicke miteinander zu verbringen, und uns nicht auf die Nerven gehen (diese provokante verbale Entgleisung tat mir etwas leid, aber na ja), fertig.

Ich hatte *L. A. Crash* schon gesehen, als der Film in den Kinos angelaufen war, ich fand ihn prätentiös und misslungen, lächerlich sogar, und hatte ungewöhnlich gereizt reagiert auf die allgemeine Begeisterung für dieses Teil, das 2006 sogar den Oscar für den Besten Film bekommen hatte. Es handelt sich um einen der wenigen Filme, bei denen ich mir sicher bin, dass sie misslungen und geschmacklos sind (was ich im Übrigen aufzuzeigen mich nicht scheute, sobald ich Gelegenheit dazu hatte), es handelt sich also um einen der wenigen Filme, die ich mich stets scharf und mit Methode niederzumachen bemühte, doch ohne dass sich am Ende je jemand meiner Meinung anschloss, die hauptsächliche Ausrede war, dass er drei Oscars bekommen hatte, und der Oscar wäre nicht der César, der französische Filmpreis, das wäre kein Witz, normalerweise würden die Amerikaner nicht irgendwas auszeichnen, mit Qualitätskino kennen die sich aus.

Ich gab zurück: «Stimmt, geht vollkommen in Ordnung, den Oscar kriegt nicht irgendwer, damit bin ich voll und ganz einverstanden. Aber in dem Fall glaube ich, ohne einen auf paranoid machen zu wollen, ich glaube, man hat den Film überschätzt und den Preis rein aus politischen Gründen vergeben. Das ist eigentlich sogar ein Konsensfilm, der auf eine verlogene Art provokant ist. Der hat in den USA allen eine Freude gemacht: Er hat den Schwarzen wie den Weißen, den Asiaten und den Latinos gefallen wollen, er war gut für den Zustand der Gesellschaft, er war gut, um ein wenig die Obsessionen nach dem 11. September in Sachen Araber und Terrorismus zu dämpfen. Das kann ihnen nämlich auch passieren, den Amerikanern, dass ihnen ein Konsens lieber ist als der gesunde Menschenverstand, darauf kannst du dich verlassen, schau dir die Affäre um O. J. Simpson an.»

Mein Argument war, in wenigen Worten, dass *L. A. Crash* eine unterschwellige Nachahmung von *Magnolia* war, mit diesen ganzen Parallelschicksalen, die sich zum Schluss miteinander verweben, mit dieser um ein übernatürliches Ereignis herumkonstruierten Auflösung, bis hin zur moralischen Leier am Ende.

Das neuerliche Sehen hatte meine Meinung nicht geändert. Als der Film zu Ende war, machte Mélikian nach den unausweichlichen paar Sekunden, in denen alle etwas unschlüssig und betreten in die Realität zurückkehren, in einer ziemlich hirnrissigen Stille das Licht wieder an und steckte die Geräte aus. Unabhängig von der Qualität des Films (der übrigens hervorragend geeignet war, um eine Diskussion anzustoßen) sagte ich mir, dass er die Schüler natürlich angeödet haben musste, im Jahr 2006 konnten sich 17-Jährige nicht mehr über zwei Stunden lang in der Dunkelheit auf einen ernsthaften Film auf einer großen Leinwand konzentrieren, der bis oben hin voll mit Dialogen war und keine special effects hatte. Im Jahr 2006 hielten 17-Jährige nur noch Ausschnitte von Videoclips und diversen Sendungen aus, die sie sich in kleinen Fenstern und in schlechter Auflösung bei *YouTube* ansahen. Ich schwankte zwischen dem Gefühl, dass es ihnen guttat, wenn man sie derartigen Zwängen aussetzte, und dem der Scham, man muss es so sagen, dass ich selber in ihren Augen Werte von vorgestern vertrat.

An ihrem Verhalten war nichts, was irgendeine durch den Film hervorgerufene Emotion verriet, aber alle schauten mich an, in der Hoffnung, dass wenigstens mein Beisein etwas am Schulalltag ändern würde. Mélikian fragte, ob es Reaktionen gebe, und bat, der- oder diejenige möge dann eventuell aufstehen, das wäre höflicher.

Ein Senegalese (oder Malier) meldete sich zu Wort und sah mir dabei fest in die Augen:

«Entschuldigen Sie, ich wollte mich bloß erkundigen: Woher kommen Sie?»

«Meine Mutter ist Französin», antwortete ich. «Sie kommt aus der Gegend von Nizza. Und mein Vater ist von den Concordinen, ich weiß nicht, ob ihr wisst, wo das ist.»

«Wie Willy», fuhr der Typ fort und deutete mit dem Daumen auf den besagten Willy zu seiner Rechten, welcher den Kopf senkte.

«Ah, sieh mal einer an!», lächelte ich Willy zu. «Comwé yo dowin' ti frè'?»

Ich hatte den Satz so losgelassen, wie man es dort macht, mit Kopf ein wenig zurücklegen und der dazugehörigen Aussprache. Komplizenhaftes Gelächter seitens der Schwarzen und der Araber im Raum, verständnisloses, aber wohlwollendes Lächeln vonseiten der Weißen. Ich hoffte bloß, dass Willy mich nicht in ein Gespräch auf Kreolisch verwickeln würde, das ich viel weniger beherrschte, als ich mir den Anschein gab.

«Na, geht schon», gestand er mir mit einem netten Anstand zu, aus dem man jedoch den Stolz über die unvermutet gleiche Gesinnung heraushörte.

Die Stimmung lockerte sich. Es passte ideal, dass ich so einfach und spontan war, die Schüler machten im Ganzen den Eindruck, dass sie wirklich froh waren, gekommen zu sein. Mélikian nahm die Gelegenheit wahr und fragte, was sie von dem Film gehalten hätten, ob er ihnen gefallen habe, sie bräuchten sich vor allem nicht zurückzunehmen, wenn sie was dazu zu sagen hätten, deswegen wären wir doch hier.

«Ich finde, dass der Film rassistisch ist», erklärte ein Typ, der anscheinend von der Elfenbeinküste oder aus dem Benin kam.

Ich freute mich, dass als Erstes zwei Schwarze das Wort ergriffen hatten.

«Rassistisch?», wunderte sich Mélikian ehrlich. «Wieso rassistisch? Kannst du das begründen, Kouamé?»

Er war Ivorer.

«Was weiß ich, sie sagen die ganze Zeit: ‹Ihr Schwarze, Ihr Weiße, Ihr Chinesen›, sie reden von nichts anderem, es ist so, als ob sie nichts anderes im Kopf hätten.»

Das war gut beobachtet. Eines der Probleme an dem Film war, dass die Handlung zu 80 Prozent aus Sequenzen und Dialogen bestand, die sich systematisch um Rassenkonflikte und rassistische Bemerkungen drehten, das wurde irgendwann ungenießbar.

«Aber das ist doch gerade das Thema des Films», verteidigte sich Mélikian, der mit dieser Äußerung in meinen Augen die Grenzen seines kritischen Verständnisses offenbarte.

Kouamé gab auf. Er senkte den Blick, zuckte mit den Achseln, was wohl so viel wie «Macht nichts, vergiss es, du bist ja der Lehrer» hieß.

Ich konnte nicht anders, als mich einzumischen:

«Ich bin so ziemlich der gleichen Meinung wie du, Kouamé. Das mag vielleicht das Thema des Films sein, aber auch wenn wir im richtigen Leben alle über Rassismus reden und alle unsere Vorurteile haben, ist das noch lange nicht unser hauptsächliches Gesprächsthema, wie der Film uns anscheinend weismachen will.»

Mein «das mag vielleicht», das «ist das noch lange nicht» und das «wie der Film uns anscheinend weismachen will» hatten mir richtig gut gefallen. Anerkennendes Nicken bei Kouamé, ein ganz leicht beleidigt verzogener Mund bei Mélikian, beglückt entdeckte ich, dass auch er wie alle anderen etwas angespannt sein konnte.

Übrigens setzte er hinzu:

«Wir dürfen nicht vergessen, dass die Vereinigten Staaten der Ort der Handlung sind und nicht Frankreich. Vielleicht passieren da wirklich solche Dinge.»

Das war vielleicht nicht falsch, aber niemand hatte dem Thema noch irgendwas hinzuzufügen, also war seine Bemerkung unberechtigterweise für die Katz.

Ein Araber hob den Finger.

«Ja, Nassim», sagte Mélikian.

«Ich finde auch, dass der Film rassistisch ist. Warum ist zufälligerweise ausgerechnet ein Araber der Böse? Warum ist zufälligerweise ausgerechnet er gewalttätig?»

«Weil wir euch kennen, ihr seid alle so, ihr verfluchten Maghrebiner», schnitt ihm ein anderer Araber mit beißendem Spott das Wort ab.

Allgemeines lautes Auflachen. Ich lachte mit, obwohl mich der Kommentar an diesen Algerier aus Algier erinnerte, der bei einer Straßenumfrage von Radio France Internationale am Tag nach dem Weltmeisterschaftsfinale zum Kopfstoß von Zidane gegen Materazzi Stellung nahm. Voller Bewunderung hatte er gesagt: «Zidane ist ein wahrer Algerier: stolz und gewalttätig.» Und ich dachte mir, stimmt, die Algerier mögen die Gewalt, was war so schrecklich daran, das auszusprechen? Solange sie das zu sich untereinander sagten oder die Schwarzen untereinander, ging das ohne Probleme durch. Warum ging das aber auf gar keinen Fall durch, wenn ein Weißer das zu sagen wagte? Warum wurde ein Schwarzer oder ein Araber, der «Scheiß Weiße» sagte, oder ein Araber, der «Scheiß Schwarze» sagte, nicht so ernst genommen wie ein Weißer, der «Scheiß Schwarze» oder «Scheiß Araber» sagte? War das das stillschweigende Eingeständnis der Schwarzen und der Araber, dass die Worte eines Weißen mehr galten als die ihren?

«Das stimmt nicht, dass er als der Böse dargestellt wird», überlegte Mélikian. «Am Anfang ist er ziemlich aggressiv, einverstanden. Aber am Ende ist er gefasst, und dann findet man ihn sympathisch und menschlich, wie alle anderen auch. Das ist im Übrigen eine der Lehren, die man aus dem Film zieht, dass es keine Guten und keine Bösen gibt, dass wir alle, ungeachtet der Rasse, ebenso viele gute wie schlechte Eigenschaften in uns tragen. Ich glaube, das ist die Moral des Films, oder?»

Mit einer Bescheidenheit, die ich ergreifend fand, suchte er in der Runde nach zustimmenden Blicken. Die Schüler konnten froh sein, dass sie einen so besonnenen Lehrer hatten, der seinen Job gewissenhaft machte, sich für sie abrackerte und sie richtig respektierte. Ich dachte mir, Mélikian war echt in Ordnung. Aber mit mir, hier und jetzt, live, von Angesicht zu Angesicht, aus Fleisch und Blut, war er für seine Schüler natürlich nicht zu vergleichen.

«Hat übrigens, nebenbei bemerkt, jemand die Sprache erkannt, die diese Figur spricht? Woher stammt sie eurer Meinung nach?»

Schweigen im Walde, was wohl in etwa «Keine Ahnung und ist uns wurscht» hieß.

«Das ist Persisch. Er ist Iraner», verriet er mit einer leichten Freude über sich selbst.

Gleichgültigkeit in der Klasse.

«Da wir schon dabei sind, kann mir jemand sagen, in welchem anderen wichtigen Land außer dem Iran Persisch Amtssprache ist?»

Nichts zu wollen, die Schüler machten keinen Piep.

«In Afghanistan. Sagt euch das was, Afghanistan?»

Nach diesem Coup fragte ich mich dann doch, inwieweit Mélikian vielleicht ein Klugscheißer war, ob er sich vielleicht Sachen dachte in der Art von: «Unter euch sind jede Menge Araber, die einen auf *Ich bin stolz darauf, ein Araber zu sein, ich scheiß auf Frankreich* machen, aber es ist verdammt nochmal nicht einer dabei, der weiß, welche Sprache man in Afghanistan spricht. Und da braucht ihr einen Franzosen wie mich, der euch das sagt.»

Wieder Schweigen im Walde, dann hob wieder Kouamé die Hand, in selbstbewusster und etwas angeberischer Ich-bin-vielleicht-noch-jung-aber-das-ist-jetzt-meine-Diskussion-Manier:

«Ich hab's, ich weiß, warum ich das gerade gesagt hab, von wegen Rassismus und so. Der Dings ... der ... der den Film macht, wie heißt der?»

Mélikian warf mir geschwind einen Blick zu, der besagte: «Du bist zwar der Profi, aber ich bin der Lehrer. Deswegen werde ich antworten.»

«Der *Filmemacher*. Oder *Regisseur*, wenn man so will.»

«Genau. Der Regisseur ... Das ist ein Weißer, wetten?»

«Ja», bestätigte ich auf der Stelle.

«Na ja, also, ich meine, er benutzt die Schauspieler dazu, damit sie das laut sagen, was er leise denkt. Weil das, das würde er sich nicht trauen, den Leuten ins Gesicht zu sagen, dass die Schwarzen alle mit Kanonen rumlaufen und nichts in der Birne haben außer Leute anmachen, dass sie ständig reden wie der letzte Abschaum, dass die Araber alle Fanatiker sind, dass eigentlich bloß die Weißen kein Gesocks sind.»

Nicht schlecht, Kouamé. Er hatte, mit seinen eigenen Worten, mit der ihm eigenen Sensibilität und dem Instinkt eines jungen Afrikaners, der von klein auf genau lernt, dass schwarz nicht das Gleiche ist wie weiß, dass es zwecklos ist, ihm idealistischen Quark zu erzählen, den Film aus einer Perspektive gesehen, auf die ein bourgeoiser weißer Bohème-Kritiker von den *Cahiers du cinéma*, dessen Hautfarbe bequem sitzt in seinem weißen Land, nicht unbedingt gekommen wäre.

«Und die Figur des Polizisten?», protestierte Mélikian. «Die ist wahrscheinlich die schlimmste in dem Film, und die ist weiß. Und die Frau des Senators, die am Anfang Angst hat vor den beiden jungen Schwarzen und glaubt, dass sich der Latino-Schlosser eine Kopie von ihrem Schlüssel macht, damit er bei ihr einbrechen kann? Sie ist alles andere als nett, sie steckt voller Vorurteile. Und sie ist auch weiß, oder?»

Mélikian tat mir etwas leid, das hatte was von einer gegen alle: Der ehemalige Klassenkamerad und die eigenen Schüler fallen dem wahrlich liebenswürdigen und tapferen Weißen mit der fadenscheinigen Begründung, er habe nicht die richtige Hautfarbe, in den Rücken. Ich konnte mir sehr gut vorstellen, dass Mélikian Dinge dachte wie: «Mit den Schwarzen kann man echt nicht reden. Sobald man das Thema Rassismus anspricht, werden sie komplett paranoid, auch wenn man sich für sie einsetzen will, auch wenn man auf ihrer Seite steht, als ob sie das Thema für sich gepachtet hätten.»

So unerhört das auch klingen mag: Er tat mir leid, denn er konnte, obwohl er ganz ehrlich war, von Haus aus nicht begreifen, dass es einem Weißen niemals zustehen wird, über Rassismus zu sprechen, da kann man sagen, was man will. Was Kouamé diffus auszudrücken versuchte, war, dass ein Typ wie Paul Haggis, der mit seinem Film lauter gute Absichten hat, der nette Schwarze und böse Weiße zeigen will, aber auch böse Schwarze und nette Weiße, um ja nicht der Schwarzweißmalerei bezichtigt zu werden, dass so ein Typ mit seinen ganzen edlen Ansichten für nichts in der Welt den Platz, den er als Weißer einnimmt, gegen den eines Schwarzen eintauschen würde. Und dass alles, was er mit seinem Film gewollt hat, gar nicht so sehr das Anprangern von Vorurteilen war, sondern dass alle, Weiße, Schwarze wie Gelbe, am Ende sagen: «Ist der cool, der Haggis. Ist der cool und vor allen Dingen mutig, weil er ein so heikles Thema mit so einem gerechten, kompromisslosen und unparteiischen Blick auf die Dinge angeht, der jeden auf sein eigenes Gewissen zurückwirft. Der Mann hat keine Hautfarbe, das ist der Mensch von morgen.»

Was Kouamé auf seine Weise sagen wollte, im eigenen Namen, aber auch im Namen der Schwarzen aus seiner Klasse und all der anderen, sogar im Namen derer, die sich über so was keine Gedanken machen, wollte er sagen, dass ein Weißer, der so leidenschaftlich den Rassismus anprangert, zwangsläufig ein Weißer bleibt, der vor allem gegen seine eigenen Vorurteile ankämpft. Denn wenn die moderne weiße Gesellschaft schließlich verfügt hat, dass der Gedanke, dass die Weißen mehr wert sind als die Schwarzen, unannehmbar und abscheulich ist, wenn der Rassismus in den meisten weißen Gesellschaften heute derart verteufelt wird, dann deswegen, weil sie nie wirklich aufgehört haben zu denken, dass die Weißen tatsächlich mehr wert sind als die Schwarzen. Indem die Weißen den Rassismus verteufeln, führen sie einen Kampf gegen sich selbst, nicht gegen den Rassismus. Ein bisschen wie in *American History X*, wo der Regisseur mit der vorgeschobenen Begründung, das rassistische Gedankengut der amerikanischen Skinheads attackieren zu wollen, seine eigene allgemeine Einstellung zu Schwarzen zum Ausdruck bringt. Wenn die Deutschen des Holocaust gedenken, ist es das Gleiche.

Apropos, in Frankreich kapieren die weißen Franzosen nicht richtig, dass ein Typ wie Le Pen seine ganze politische Laufbahn hindurch für die weißen Franzosen mit all ihren edlen Ansichten ein viel größeres Monster dargestellt hat als für die schwarzen oder arabischen Einwanderer. Die Diskussion um Le Pen war eine Angelegenheit für weiße Franzosen: Solche, die ihre Vorurteile innerlich akzeptierten, standen solchen gegenüber, die vor allen Dingen die Vorstellung nicht ertrugen, mit den anderen gleichgesetzt zu werden. In den Anti-Rassismus-Demonstrationszügen, die sich zum Großteil aus weißen Franzosen zusammensetzten, riefen die Einwanderer: «Nieder mit Le Pen!» Aber nicht so sehr, weil sie sich über Le Pens Ideen empörten, sondern weil sie die Weißen nicht vergraulen wollten, die zu ihnen gesagt hatten: «Kommt und kämpft mit uns für eure Rechte.» Für die Einwanderer war Le Pen nicht das Problem, sie hatten andere Sorgen. Le Pen verstanden sie, und sie respektierten ihn, sogar mehr als man glaubt, und zwar genau deswegen, weil er sich nicht verstellte und keinen Hehl aus seinen Vorurteilen machte. Deswegen stellt jemand wie der schwarze Schauspieler und Komiker Dieudonné öffentlich eine gewisse Sympathie für Le Pen zur Schau: weil Le Pens Ehrlichkeit im Grunde eine Faszination auf ihn ausübt, die weit über den gängigen Hass hinausgeht. Wie oft hatte ich auf den Concordinen das gehört: «Wie können die Franzosen es hinnehmen, dass so viele Ausländer in ihrem Land sind?» Ausländer und Rassismus, das können sie verstehen. Sie wissen, dass das angeboren ist und den Menschen ausmacht. Sie bemühen sich nicht, das zu verbergen, um mit ihren edlen Ansichten ihre Geschäftchen zu machen wie ein Paul Haggis, bei dem man sich letztlich fragt, ob er sie unter seinen Samthandschuhen wirklich so respektiert, die Schwarzen, Latinos und Chinesen aus seinem Film.

Ich dachte wieder an den letzten James Bond, *Casino Royale*, den bei diesem Thema keine sonderlichen Skrupel plagen, davon ist er weit entfernt, genauso wie die meisten Hollywoodfilme der letzten Zeit, wie *Blood Diamond, Die Dolmetscherin, Lord of War – Händler des Todes* oder *Sahara – Abenteuer in der Wüste* überhaupt gar keine Skrupel plagen, wenn es darum geht, Afrika und die Afrikaner als Karikatur abzubilden, sie werfen alle – von Senegal bis Simbabwe, mit den gleichen Gesichtern, den gleichen Gewändern, der gleichen Mentalität, dem gleichen Elend, der gleichen Korruption und der gleichen sengenden Sonne – in den gleichen Topf. Zu Beginn von *Casino Royale* verfolgt jedenfalls Daniel Craig einen schwarzen Waffenhändler auf einem Baugelände. Während der Verfolgungsjagd hüpft und springt der Schwarze wie ein Gummiball, windet sich katzenartig an Kranseilen hoch, vollführt unglaubliche körperliche Kunststückchen. Er setzt seine Muskeln und seine Beweglichkeit ein, die klassischen Merkmale des Schwarzen. James Bond schafft es nur dank seiner Hartnäckigkeit und dank eines überlegten Einsatzes technischer Geräte, sich nicht abhängen zu lassen. Der Schwarze rennt schneller? James Bond holt ihn mit dem Bulldozer ein. Der Schwarze klettert mit bloßen Händen auf die Kranspitze? James Bond kommt mit dem elektrischen Lastenaufzug hinterher. Der Schwarze will flüchten?

James Bond kennt instinktiv die Struktur des Geländes und nimmt eine Abkürzung. Machen wir es kurz: Hier ringt die Wendigkeit des Körpers gegen die ausschließlich den Weißen vorbehaltene Wendigkeit des Geistes. In dem Film spielt auch der ivorische Schauspieler Isaach de Bankolé mit. Er hat die Rolle eines verkommenen und blutrünstigen ugandischen Guerillakämpfers. Er hat eine Che-Guevara-Mütze auf, spielt in seinem schwülen hinterwäldlerischen Pampanest Flipper und wirbt ohne mit der Wimper zu zucken zehnjährige Kinder für seine Schurkenarmee an. Bei festlichen Anlässen trägt er Anzug und Krawatte, und im Kampf Mann gegen Mann fühlt er sich nur wohl, wenn er die gute alte Lanze des potenziell ungeschliffenen Mannes bei sich hat.

Ich dachte auch an den Zeichentrickfilm *Madagascar*, in dem die Hauptfiguren (ein Löwe, ein Zebra, eine Giraffe und ich weiß nicht mehr, welches Tier noch) aus dem New Yorker Zoo ausbrechen, in dem sie ein etwas eintöniges Dasein fristeten, und auf der Suche nach wilden, ursprünglichen Gefühlen beschließen, Afrika auszukundschaften. Zufällig landen sie auf Madagaskar, das von hirnlosen Halbaffen bevölkert wird, die eine tiefe Ehrfurcht vor ihrem närrischen Monarchen haben und nur ans Partymachen denken. Es wäre verlockend, wegen der Strände und Savannen zu bleiben, aber ihre Wurzeln sind ihnen fremd geworden, nichts kommt gegen New York und die Zivilisation an. Also fahren sie wieder zurück. Das ist vielleicht etwas an den Haaren herbeigezogen, doch an die Stelle des Zebras, des Löwen und der Giraffe könnte man auch die Afroamerikaner setzen, die nach Afrika zurückwollen, wie das in den siebziger Jahren ja viele versucht haben mit Ghana oder Nigeria, bevor sie es aufgaben und sich damit abfanden, in die Vereinigten Staaten zurückzugehen.

Bitte schön. Ich wusste nicht, ob Kouamé den letzten

James Bond gesehen hatte, auch nicht, ob er *Madagascar* so interpretiert hatte wie ich. Aber ich bin mir sicher, es war ein bisschen von all dem, was er hatte er sagen wollen, was sich so nach *Leckt mich doch mit euren Lehrerfilmen am Arsch* angehört hatte.

An den Röttingers Health Club, wo ich dank meines Agenten Claude aufgenommen worden war, hatte ich 4000 Euro Jahresbeitrag bezahlt. Das war einer der Gründe, aus denen ich mich etwas schuldig fühlte, weil ich nicht öfter hinging. Als ich mich angemeldet hatte, hatte ich mich so gefreut, mir diese Grille leisten zu können, war ich so davon überzeugt gewesen, das Leben in Paris würde sich dadurch angenehmer und ausgewogener gestalten, dass ich gar nicht ernsthaft in Betracht gezogen hatte, dass mir schon die Lust verging, wenn ich daran dachte, dass ich, um dahin zu gelangen, jedes Mal mit der Métro fahren musste. Ich hatte gedacht: «Ich fahre mit dem Rad, ich jogge dahin, ich gehe jeden Tag oder jeden zweiten Tag hin oder wenigstens jeden dritten. Sieben Stationen mit der Métro bringen mich außerdem nicht um», usw. Doch drei Monate später war ich lieber morgens zu Hause geblieben und hatte meine Übungen lieber ungeduscht und unfrisiert, in der Unterhose und mit einem alten T-Shirt, auf meiner Weider-Bank für 150 Euro gemacht, mit meinem Wohnzimmer als Ambiente und France Info als Hintergrundsound.

Wegen des Vorsprechens um 15 Uhr brauchte ich mich diesmal nicht zu zwingen, das Bedürfnis, den Kopf total leer zu kriegen, war mächtiger als alles andere: mächtiger als die vergangene stürmische Nacht, das böse Erwachen, das schlechte Wetter draußen, meine Sporttasche, die ich herrichten musste, und die sieben Stationen mit der Métro. Ich kam also vor dem Health Club um 10 Uhr 30 an, mit dem Plan, nicht vor 14 Uhr 30 wieder zu gehen, um dann, wenn ich mich endlich entspannt hatte, in aller Ruhe ein Taxi zu SlimFilmS in der Avenue Kléber zu nehmen.

Jedes Mal, wenn ich durch die Drehtür des Gebäudes ging, an den Wachmännern, Pagen und anderem Empfangspersonal vorbeikam, die langen, mit Kelim-Wandteppichen, Kronleuchtern und frischgeschnittenen Lilien geschmückten Korridore entlangschritt, die zum Fitnessbereich führten, gab ich mir Mühe, nicht zu schnell zu gehen und den Kopf nicht zu sehr zu heben, damit ich meine Faszination für diesen ganzen Luxus nicht verriet. Ich beneidete die Jet-Set-Klientel, die mir begegnete, um die 50, im Blazer und in Tod's-Mokassins, diese Amerikaner, Brasilianer, Katarer, die ein ganz natürliches Verhältnis zu den internationalen Nobeladressen unterhielten, zu Geld im Allgemeinen, und die sich nicht bei jeder ihrer Verrücktheiten um ihren Kontostand scherten. Für mich waren die Jahreskarte von Röttingers Health Club, meine *York*-Stiefeletten von Paul Smith für 380 Euro, mein Samsung-Plasmabildschirm mit 104 cm Diagonale für 2200 Euro, mein 80-Gigabyte-iPod für 435 Euro, meine *Aspen-Couch* aus dem Conran-Shop für 2800 Euro, die DVDs, die ich bei FNAC in Zwölferstapeln kaufte, die Restaurants, die Taxis, das ganze technische Spielzeug jeglicher Art, das alles war vorübergehendes Blendwerk, eine Fata Morgana, das wusste ich genau. Um also die Angst- und Schuldgefühle zu verscheuchen, die mich einholten, wenn mir meine irrsinnigen Ausgaben ins Bewusstsein drangen, sagte ich mir: «Und warum sollte ich das Geld nicht sinnlos raushauen? Das Leben ist kurz und die Jugend erst recht. Und außerdem, du bist Schauspieler, das ist mindestens genauso viel wert wie die ganzen Platinum-Mitgliedsausweise dieser anonymen schmerbäuchigen Geschäftsleute, du hast genauso viel Recht auf Luxus wie die.»

Jedenfalls ließen sich die Blicke der Empfangshostessen im Club nicht verleugnen, sie dachten sich, dass ich mit meinem nicht allzu fortgeschrittenen Alter, meinem geilen Gesicht und meinem leichten Afrolook in so einem Etablissement jemand Bekanntes sein musste, aber wer? Der Name, der auf meinem Mitgliedsausweis stand, sagte ihnen nicht viel, aber ich spürte, dass sie sich sicher waren, mich schon mal im Fernsehen gesehen zu haben. Wer mochte das sein, ein Schwarzer mit so viel Kohle? Ein Sänger? Ein Sportler?

Bevor ich in die Umkleidekabine ging, machte ich für 13 Uhr einen Termin für eine Stunde Shiatsu aus, die 90 Euro kostete. Angespornt von meinem iPod, wo Pharrell, The Black-Eyed Peas, Outcast und der von Lalo Schifrin komponierte Soundtrack von *Der Mann mit der Todeskralle* auf der Playlist standen, trabte ich bei 14 km / h 45 Minuten lang auf dem Laufband, machte auf der Flachbank achtmal 15 Kurzhantelübungen mit 40 kg, stretchte mit 14 kg fünfzehnmal für die Armmuskulatur, sechsmal hintereinander, dann nochmal für die Deltamuskeln fünfmal 12 Kurzhantelübungen auf der Schrägbank, schließlich noch 250 Situps, erst mit, dann ohne Trainer. Mit vollkommen aufgepumpten Muskeln erreichte ich danach das smaragdgrüne Salzwasserbecken, wo ich im gedämpften Schein wasserdichten Lichts langsam 20 wohltuende Bahnen Kraul schwamm. Anschließend 15 Minuten Hammam, eine erste eiskalte Dusche und mein Frottébademantel, in den das Zeichen des Health Club eingestickt war: Es war kurz vor 13 Uhr.

Die Shiatsu-Frau war nicht übermäßig hübsch. Aber durch die Frische des Massageraums, das perfekte Dämmerlicht, den von einem massiven Brenner aus rostfreiem Metall verbreiteten ätherischen Geruch des Eukalyptusöls, die völlige Stille im Raum, die durch die Schwingungen eines kaum hörbaren Gongs intensiviert wurde, der mich an das verlangsamte Schmelzen von Wachs in Lavalampen erinnerte, meinen strammen Körper in Unterhose in den fleißigen Händen einer Frau ohne Gesicht, deren ruhiges und regelmäßiges Atmen ich irgendwo über meinen geschlossenen Lidern hörte, den sauberen Weichspülerduft ihrer Baumwollbluse: Durch all das stellten sich letztlich intensive erotische Gefühle ein, und ich glaube schon, dass ich, wenn sie auch nur ein paar Sekunden länger zwischen meinen Schenkeln, in der Gegend meiner Eier, weitergemacht hätte, nicht gezögert hätte, ihr zu attestieren, dass ich einen Ständer hatte.

Als ich Aliénor Champlain zum ersten Mal sah, dachte ich sofort, ihre Ausdrucksstärke auf der Leinwand war nichts gegen ihre Ausstrahlung in der Wirklichkeit, und ich folgerte daraus, dass es tatsächlich nicht jedem beschieden war, ein Schauspieler zu sein, also ein richtiger. Oder genauer gesagt begriff ich, dass paradoxerweise ein sehr guter Schauspieler, wenn er auf einer Kinoleinwand eine ganz bestimmte Rolle spielt, seinem Publikum zugänglicher ist, als wenn er in Fleisch und Blut vor einem steht. Denn eine Schauspielerin vom Kaliber einer Aliénor Champlain ist, wenn sie in Fleisch und Blut vor einem steht, ein unlösbares Rätsel.

In dem Zimmer waren noch Claude, der Regisseur Nicolas Larrera, jemand von der Produktion und schließlich Maud Sitbon, die, wie Aliénor Champlain im Vergleich zu mir, in einer ganz anderen Liga zu spielen schien als Claude mit seiner in Premium-Kompromissen erfahrenen Miene. Trotz des von Prominenten immer wieder vermittelten Gefühls, von der Wirklichkeit und den «echten Leuten» abgeschottet zu sein, schien mir Aliénor Champlain ihren instinktiven Zugang zu wie auch immer gearteten Individuen bewahrt zu haben. Ich hatte also den Eindruck, als wir einander vorgestellt wurden, dass sie mich mit einer richtigen Neugier betrachtete, auch wenn ich dieses kleine Mehrinteresse zum Großteil meiner Hautfarbe zuschrieb, denn das schlechte Gewissen des Weißen macht auch Prominente Typen wie mir gegenüber aufgeschlossener und gnädiger.

Trotzdem hatte sie nichts Großmütiges an sich, nichts, was unbedingt sympathisch wirken wollte, um dem Bild des schönen Anmuts zu entsprechen, das man sich von einer großen Schauspielerin manchmal macht. Zwar war sie reserviert und geistesabwesend, hatte anscheinend 1000 wichtigere Dinge zu erledigen, als mich kennenzulernen, ich fand sie aber eher beunruhigend als verführerisch, und ihr leicht bestürzter Blick erinnerte mich ein bisschen an Isabelle Adjani früher, auch wenn es zwischen den beiden sonst keine äußeren Ähnlichkeiten gab. Ich schaute sie mir an und dachte: «Für welche Sorte von Typ wird so eine Frau erreichbar sein?» Und zwangsläufig konnte ich mir nur Matt Damon vorstellen, wie er es ihr besorgte. Dadurch verkörperte sie auch ein bisschen Hollywood. Und durch den Vorsprechtermin, den wir hier beide miteinander hatten, fiel auch ein Stückchen davon auf mich ab, von Hollywood.

Wir saßen auf zwei sich gegenüberstehenden Sofas, ich und Claude am einen Ende, die anderen am anderen Ende, die heimliche Macht von Aliénor Champlain in der Mitte, aber leicht zurückgesetzt. Larrera kam gleich zur Sache und fragte mich, was ich von den Szenen gehalten hätte, die er mir zum Lesen und Vorbereiten gegeben hatte. Für mich war es, ganz ehrlich gesagt, schwierig gewesen, von diesen Szenen überhaupt irgendwas zu halten, weil die Produktionsfirma sich geweigert hatte, Claude das vollständige Drehbuch des Films auszuhändigen, von wegen nebulöser Copyright-Geschichten. Auch auf die Gefahr hin, widersprüchlich zu klingen, bluffte ich mit meiner Antwort.

Ich warnte ihn, als nicht ganz weißer Schauspieler könne ich nicht anders, ich müsse auf das Thema der Hautfarbe zu sprechen kommen, ich entschuldigte mich im Voraus. Mir wäre besonders daran gelegen, ihm meine Dankbarkeit auszudrücken, weil er für eine Rolle, die ganz offensichtlich genauso gut von einem Weißen oder von irgendwem gespielt werden könnte, an mich gedacht hatte, das wäre, glaube ich, das erste Mal, dass ich Szenen zum Lesen bekomme, in denen die Figur, der *Charakter* stärker ist als das Klischee der Hautfarbe, das Schwarzen-Klischee. Natürlich würde ich nicht das komplette Drehbuch kennen, die Figur des Bruno wäre mir noch etwas unklar, mir würden einige Elemente fehlen, ich wüsste nicht einmal, was man von mir erwartete, welches Gewicht meine eventuelle Rolle in dem Film habe, aber ich hätte die Szenen zu schätzen gewusst, wo der «Schwarze» kein Disko-Rausschmeißer war, kein Dealer, kein kumpelhafter, leicht losermäßiger Rasta-Partylöwe, kein Hengst, der das sexuelle Elend einer weißen Frau stopft, auch kein ehrgeiziger Hilfs-Cop wie bei den Amerikanern, und aus diesem Grund, aus all diesen Gründen schiene es mir wichtig für den zeitgenössischen französischen Film, der – das ist keine Kritik – sich nie wirklich darüber Gedanken gemacht hat, wie man anderswo denkt, wenn man keinen rein französischen Kopf aufhat, genau so wie im Übrigen auch der burkinische oder der marokkanische Film oder der Film irgendeines anderen Landes sich nicht unbedingt darüber Gedanken macht, wie man anderswo denkt, wenn man keinen burkinischen oder marokkanischen Kopf aufhat, diese Gleichgültigkeit oder vielmehr dieses Unwissen schiene mir in all diesen Fällen sehr berechtigt, sehr verständlich, man könne von den Leuten auch nicht verlangen, dass sie sich an die Stelle anderer versetzen, es wäre normal, in Filmen, die in Frankreich und von weißen Franzosen für weiße Franzosen gemacht sind, wäre es normal, dass die Schwarzen, wenn man sich schon Gedanken über sie machen will, vor allem undifferenzierte «schwarze» Rollen spielen würden, so wie Aïssa Maïga immer die gleiche Frauenrolle der hübschen «integrierten» Schwarzen spielte, für einen Weißen wäre es nämlich in keinster Weise gerechtfertigt, die Rolle mit einer schwarzen Schauspielerin zu besetzen, außer es ginge darum, eine spezifisch «schwarze» Rolle zu spielen, die seinem Bild von den «Schwarzen» im Allgemeinen entspricht, aus diesem Grund brauchte man sich nicht zu beklagen, weil man im Kino nicht genug schwarze Schauspieler sieht, das könne einem zwar aberwitzig vorkommen, wenn man sich die vielen Schwarzen in Frankreich auf den Straßen und in der Métro anschaut, aber man dürfe den weißen Regisseuren auch nicht vorwerfen, dass sie sich dafür nicht genauer interessierten: Wenn die Schwarzen Filme mit Schwarzen sehen wollten, dann brauchten sie sie bloß selber zu produzieren und zu drehen. Es würde eben jeder in seinem eigenen Saft schmoren, und genau aus all jenen Gründen, man möge mir diesen Exkurs verzeihen, ich sei zu geschwätzig, aber genau aus all jenen Gründen fände ich Larreras Bruno, na ja, interessant und vor allem innovativ, weil es in diesen Szenen, die man mir zum Vorbereiten gegeben habe, nichts gebe, was auf Brunos Hautfarbe oder Herkunft verweist, dieser Bruno wäre, wenn ich so sagen darf, «grundlos farbig», aber vielleicht irrte ich mich ja.

Ich merkte wohl, dass keiner damit gerechnet hatte, dass ich Wörter wie «Klischee», «stopfen» oder «undifferenziert» in den Mund nehmen würde, auch nicht damit, dass ich in ein paar Sätzen eine engagierte und überzeugende Zusammenfassung hinsichtlich der Stellung der Schwarzen im französischen Kino abliefern würde, dazu noch einige sehr treffende Bemerkungen über das Kino und die Schwierigkeit von Interkulturalität im Allgemeinen.

(Da ich schon dabei war, wollte ich noch die Filme von Claire Denis und von Alejandro González Iñárritu erwähnen, die Stücke von Bernard-Marie Koltès und den wahren Willen, bei allen dreien, jenseits von Stereotypen zu begreifen, ihr wahres Interesse am anderen und ihre echte Beobachtungsgabe. Ich wollte über die Schwarzen bei Tarantino und bei den Coen-Brüdern reden, über die Weißen bei Spike Lee, besonders über die Rolle von Edward Norton in *25 Stunden*, inwiefern Spike Lee sie schwarz und inwiefern Spike Lee sie weiß angelegt hat, ich wollte über das Bild der Weißen in den Blaxploitation-Filmen reden und schließlich über die weißen Anwälte in *Bamako* von Abderrahmane Sissako. Aber es war nicht der richtige Zeitpunkt, ich würde Larrera am Ende verärgern. Und außerdem hatte ich, wieder mal, schon ausreichend geredet, zudem über Sachen, die nicht zum Thema gehörten.)

Larrera nickte nachdenklich mit dem Kopf. Ich spürte zweierlei: Erstens gefiel es ihm nicht besonders, wenn ihm ein einfacher Schauspieler vor den Augen des Stars intellektuell die Show stahl. Zweitens dachte er, ohne das zugeben zu dürfen, dass ich mir in Bezug auf die Figur des Bruno ganz schön viele Illusionen machte. Denn Larrera hatte an all das, was ich gesagt hatte, keine Sekunde lang gedacht, das war ja nicht *sein* Problem, doch er hatte schon gemerkt, dass meine Analyse etwas ganz Wesentliches ansprach. Ich nutzte die Gelegenheit, um zu prüfen, welche Wirkung mein Monolog auf Aliénor Champlain hatte. Ihr Gesicht gab nichts preis, doch in ihren Augen, die in zwar immer noch distanzierten, aber häufigeren und ausgedehnteren Schüben in die meinen schauten, las ich die Andeutung eines verführten Lächelns. Claude trug, ganz besonders in die Richtung von Maud Sitbon, eine Miene zur Schau, die so etwas bedeutete wie: «Du hast vielleicht Aliénor Champlain, aber ich, ich habe den gefunden: Der macht sich gut, oder? Okay, er ist schwarz, so viel steht fest. Aber Schwarze werden im Kino der Zukunft doch ihren Platz haben, oder?»

«Jedenfalls», fügte ich hinzu, um Larrera den Bauch zu pinseln (aber auch um ihn ein bisschen zu provozieren), «habe ich große Lust bekommen, den Rest des Drehbuchs zu lesen.»

«Ja», wehrte sich der sichtlich verlegene Larrera, «wenn ihr nicht das vollständige Drehbuch bekommen habt, dann deswegen, weil da noch Szenen drin sind, die überarbeitet werden müssen.»

Claude schickte sich an, sinnlose Einwände zu diesem Thema vorzubringen, als Aliénor Champlain aufstand und vorschlug, schnell zu proben, sie hätte nicht vor, den ganzen Nachmittag hier zu verbringen. Es mag idiotisch klingen, aber nach ihren koketten Blicken, die ich allmählich für bare Münze genommen hatte, kam mir diese Äußerung wie ein unerwarteter Sinneswandel vor. Larrera, Maud Sitbon, Claude und ich saßen dumm auf dem Sofa herum, warfen uns gegenseitig ein verschwörerisches Lächeln zu und warteten ungewiss darauf, dass einer von uns dieser kleinen Demütigung die Spitze nehmen würde.

Wahrscheinlich weil ich ein bisschen sauer auf sie war und weil ich für mich nach Gründen suchte, mich nicht herabzulassen, mich um diese Rolle zu prügeln, war ich, als unter den Augen von Larreras DV-Kamera die Leseprobe anfing, gegenüber Aliénor Champlain vollkommen ungehemmt. Ihrer beeindruckenden Fähigkeit, sich von einer Sekunde auf die andere komplett zu verwandeln und in eine Rolle hineinzuschlüpfen, begegnete ich mit nicht gestellter Gleichgültigkeit. Die Wörter sprudelten von alleine, ohne die Last ihrer abgedroschenen ursprünglichen Klangfarbe. Ich fühlte mich leicht, fließend, geschmeidig, ich glaube, ich vermittelte den Eindruck, dass ich mich mit der Güte eines erheiterten Gebieters für den Text hergab. Ich wandelte sogar ein paar Sätze ab, so schnurz war mir das alles letztlich.

Ich erwartete mehr oder minder, dass sich Aliénor Champlain gegen meine Lässigkeit sträuben und mich ganz schön spüren lassen würde, dass ich der Situation nicht gewachsen war, dass sie die Probe sogar glatt unterbrechen würde. Doch sie ließ sich im Gegenteil wie ein Jazzmusiker, der sich einem Harmoniewechsel anpasst, automatisch auf die von mir initiierte Spielart ein und fand ihre wahre Freude daran. Als ich also aus meinem Bruno-Mund etwas in der Art von «Schon lange hatte ich dir eine SMS mit dem Inhalt *Ich liebe dich bis ans Ende aller Tage und alle Tage* schreiben wollen, aber ich wollte nicht zugeben, dass mir das einmal eine Exfreundin geschrieben hat» sprach und als Aliénor aus ihrem Claire-Mund entgegnete: «Gut, dass du's zugibst, ich hätte dir nämlich sowieso gesagt, dass das nicht zu dir passt, hübsche Wortspiele zu machen», da bekam unser Dialog einen Hauch von Shakespeare.

Zwischen uns herrschte schnell ein Einverständnis, das über das Spiel hinausging und bei uns beiden die gleiche Art von Einfällen und Gespür erkennen ließ. Es war ein bisschen so, als ob wir einen Tango wie einen sanften Zouk tanzen würden. Oder, platt gesagt, als ob unsere Körper von der ersten Umarmung an im Einklang wären. Einen Moment lang dachte ich sogar an Laura Dern und Justin Théroux, die im letzten David Lynch zwei Schauspieler am Drehort spielen. Sie haben eine Sexszene vor der Kamera, und am Ende finden sie wirklich Geschmack an der Sache.

Aber als wir mit der Leseprobe fertig waren, legte Aliénor Champlain ihre Blätter auf den Tisch, setzte sich gerade auf ihren Stuhl, schaute mich kein einziges Mal mehr an und war damit gleich wieder von ihrer Aura der Unerreichbarkeit umgeben, als sei soeben zwischen uns gar nichts Außergewöhnliches passiert. Ich merkte schon, dass dieses grobe Hin und Her zwischen Nähe und Desinteresse bei ihr nicht vorgetäuscht, sondern vielmehr ein wesentlicher Charakterzug war. Oder vielleicht hing die permanente Distanz, die sie aufbaute, auch mit dem Syndrom des «Nicht-abschalten-Könnens» zusammen, das vor allem bei schönen und berühmten Filmmenschen auftritt, die, sobald keine Leinwand und keine Kamera mehr da sind, die Rückkehr zur Normalität mit allen Arten von Exzessen (Tyrannei, Drogen, Nervenzusammenbrüchen, verwüsteten Hotels) kompensieren und unbedingt weiter Wünsche und Träume verkörpern wollen; Menschen, die nicht mehr wirklich zwischen sich selbst und ihren Rollen unterscheiden können. Jedenfalls sagte ich mir, dass eine Frau, bei der es einem heiß und dann wieder kalt den Buckel runterläuft, zu sehr die Nerven strapaziert, wenigstens lief ich so nicht Gefahr, mich in sie zu verlieben, immerhin schon mal was.

Seltsamerweise gab Larrera zur Probe überhaupt keinen Kommentar ab. Er hielt es für überflüssig, auch noch die Szene mit Claire und Bruno im Park zu proben, machte seine Kamera aus und sagte uns einfach, Claude und mir, dass er die Aufnahmen dem Produzenten zeigen und uns Bescheid geben werde. Ehrensache, nicht mehr herauskriegen zu wollen, aber ich dachte an einige Momente meines Auftritts zurück, wo ich natürlich geglaubt hatte, dass er, hingerissen von meiner Leichtigkeit, mir die Rolle auf der Stelle geben würde. Jetzt sagte ich mir, dass seine Reaktion nichts Gutes ahnen ließ, und fand den Gedanken, vielleicht doch nicht so viel Talent zu haben, wie ich es mir nach dem Erfolg von *White Stuff* eingebildet hatte, etwas schwindelerregend.

Außerdem wusste ich immer noch nicht, als ich mit Claude die Geschäftsräume von SlimFilmS verließ, ob ich die Rolle um ihrer selbst willen oder um Aliénor Champlain wiederzusehen haben wollte oder ob ich das Ganze lieber vergessen sollte. Die letzten Züge des Erfolgs von *White Stuff* genießen, auf die Concordinen abschwirren, mir nicht den Kopf über meine berufliche Zukunft zerbrechen, mich ohne Verbitterung damit abfinden, nach meiner Rückkehr bei den Fernsehproduktionen der Öffentlich-Rechtlichen wieder Klinken putzen zu müssen. Ich wollte mir partout einreden, dass es weder in dem einen noch in dem anderen Fall schade drum wäre.

Aus diesem Grund befand ich mich in keinem besonders fieberhaften Zustand, als mich Aliénor Champlain gegen zwei Uhr morgens weckte. Ich hörte im Schlaf mein Handy klingeln, anfangs band ich das Klingeln in den Traum ein, den ich gerade hatte, dann, als mir bewusst wurde, dass mein Telefon tatsächlich klingelte, dachte ich nicht eine Sekunde, keine Ahnung, warum, die Zeitverschiebung, das wird Marie-Pascale oder Thomas sein, ich zog den vollkommen willkürlichen Schluss, das könne nur Aliénor Champlain sein. Und sie war es wirklich. Ich sagte ihr das übrigens, nutzte die Gunst des Halbschlafs zu einer merkwürdigen Unterhaltung und sagte zu ihr: «Komisch, ich wusste, dass Sie es sind», und begriff dabei nicht gleich, dass die Bemerkung äußerst selbstgefällig anmuten konnte.

Als Antwort stieß sie ein hysterisches Lachen hervor, das entweder auf einen Alkohol- oder einen Kokainexzess oder, was wahrscheinlicher war, auf einen vorübergehenden Anfall von Wahnsinn hindeutete. Ich hatte seit dem ersten Blickwechsel durchschaut, dass Aliénor Champlain eine Frau der Ellipse, der sprachlichen Codes war, eine Frau, die einen mit Worten auf die Probe stellt und für die ein banales Gespräch unverzeihlich ist. So wie sie daher zu mir nicht «Habe ich Sie geweckt?» sagte, vermied ich es, sie Dinge zu fragen wie: «Woher haben Sie meine Telefonnummer?» Oder: «Wieso rufen

Sie mich an, Sie haben doch vorhin kaum auf Wiedersehen zu mir gesagt?»

Ihr Anruf schmeichelte mir sehr, auch wenn er aufgrund ihres getrübten Bewusstseinszustands eigentlich keinem ehrlichen Impuls folgte. Ihre Art, mir den Vorschlag zu unterbreiten, jetzt gleich zu ihr zu kommen, hatte nichts Unschlüssiges an sich, doch hatte sie nur zweckmäßige schöne Worte übrig, keinerlei Emotion. Bis dahin hatte ich gedacht, dass schöne, berühmte Schauspielerinnen einsam und depressiv waren und nie Sex hatten, weil die Typen zu viel Angst vor ihnen hatten. In dem Fall sagte ich mir, dass sie mich, wie bestimmt so viele andere vor mir, bloß brauchte, um eine sehr flüchtige Laune zu befriedigen. Ich fragte mich: «Wo wird die Schwachstelle bei dieser Plattwalzmaschine liegen, die einen überhaupt nicht zum Zuge kommen lässt? Wer könnte wohl die Unschuld und Zerbrechlichkeit eines solchen Geschöpfs zutage fördern? Ihr Vater? Ihre Großmutter? Die erste Liebe?»

Ich fühlte mich plötzlich wie das Nichts am anderen Ende der Leitung, zum ersten Mal seit sehr langer Zeit spürte ich, dass mein Narzissmus am Rande des Einsturzes stand, aber das hielt mich nicht ab, mir eine Adresse im siebten Arrondissement und eine Codenummer geben zu lassen. Ich sagte: «Ich bin gleich da», als wäre das ganz selbstverständlich, sprang auf, zog mich an, putzte mir die Zähne, frisierte mich, wusch mir den Schwanz, betupfte mich mit Parfum und rief ein Taxi. Im Wagen, während ich mechanisch prüfte, ob in der Innentasche meines Mantels Kondome waren, fragte ich mich mit Grauen, ob ich durch die Aufregung, mit Aliénor Champlain zu vögeln, vielleicht zu früh kommen würde.

Schon die Unauffälligkeit des Gebäudes, in dem Aliénor Champlain wohnte, deutete darauf hin, dass sich hier eine hochkarätige Persönlichkeit aufhielt. Eine Straße mit abgetrennten Grundstücken, kein Verkehr, keine Métro, keine Geschäfte in der Nähe. Auf der Tafel in der Eingangshalle, wo die Namen der Hausbewohner verzeichnet waren, fünf Namen, mehr nicht, allerdings stattliche, rätselhafte Namen: RICHET-POTOSKI, LEGRAND, BARNETT. Kein CHAMPLAIN, dafür im dritten Stock ein NORMANN. Wer war Normann? Ihr Macker? Ein Deckname? Oder war vielleicht Champlain der Deckname?

Im dritten Stock klingelte ich also. Doch Aliénor machte mir erst nach einer langen Minute auf. Sie war ungeschminkt, barfuß, dabei immer noch groß, hatte ein T-Shirt mit einem *Sesame Street*-Aufdruck und Jeans an. Das Handy am Ohr, sprach sie konzentriert und in perfektem Englisch mit jemandem, den ich mir mindestens genauso berühmt wie sie oder als Macht, die im Verborgenen wirkte, vorstellte. Sie warf mir einen abwesenden Blick zu, gab mir mit dem Kopf ein Zeichen, dass ich hereinkommen und mich in einem kleinen Salon niederlassen sollte, der mir eher einem Vorzimmer zu ähneln schien, dann verschwand sie, noch bevor ich die Art ihrer Unterhaltung mitbekommen konnte.

Keine Fotos, keine Bücher, kein Krimskrams, um es kurz zu machen, nichts, was wirklich die Phantasie anregen konnte in diesem unpersönlichen Luxus, der nach kurzem Hereinschneien roch und in dem alle Türen verschlossen waren, in dem man sich nur ausmalen konnte, wie groß die Wohnung dahinter war und dass Aliénor Champlain nicht jedermann

Zugang zu ihrer Privatsphäre gewährte. Für die Gemütlichkeit im Raum waren zwei rötlich und bläulich schimmernde *MissK*-Lampen von Philippe Starck sowie die gedämpfte Musik des Jazzsenders TSF zuständig, neben dem Sofa stand ein kleiner Tisch aus Ebenholz mit einer Jo-Malone-Duftlampe und einer Flasche Wodka drauf, eine Marke, die ich nicht kannte, außerdem ein Magellan-Gin und der Aperitif Kina Lillet, ein kleiner Kübel mit Eiswürfeln, in Schlangen geschnittene gelbe Zitronenschalen sowie zwei Cocktailgläser von Ypsilon. Einen Moment lang musste ich mir diese zwei Wörter *Kina Lillet* auf der Zunge zergehen lassen, bis mir einfiel, dass die drei Drinks die Grundlage bildeten für den bald denkwürdigen James-Bond-Drink *Vesper*: gar nicht so originell für eine angeblich unberechenbare Schauspielerin.

Aliénor Champlain kam endlich, und gewiss um einen förmlichen Austausch zu umgehen, sagte sie noch, indem sie die Tür schloss:

«Ich hab *White Stuff* gesehen.»

Obwohl mich ihre Neugierde anstachelte, sprang ich, um ja nicht narzisstisch rüberzukommen, auf diese Gesprächseröffnung absichtlich nicht an. Ich mimte denjenigen, der ruhig abwartete, bis sie das Thema von selber näher ausführte. Sie machte es sich in dem Sessel bequem, der dem Sofa, auf das ich mich gesetzt hatte, gegenüberstand, ließ ein oder zwei Sekunden verstreichen, in denen sie mein absichtliches Schweigen als Herausforderung aufnahm, dann fuhr sie fort:

«Jean-Michel, wie ist er drauf?»

«Nicht schlecht. Ich finde, er ist okay, er hat gute Ideen. Er hat eine genaue Vorstellung von seinen Figuren, seine Schauspieler verstehen, was er will, er kommuniziert gut. Er ist okay.»

«Du musst mit mir nicht wie mit einem Pressefritzen reden», sagte sie schroff. «Ich will wissen, ob du ihn magst oder nicht. Wie du ihn findest.»

Sie war fünf oder sechs Jahre jünger als ich, aber ich war eingeschüchtert wie ein kleiner Junge.

«Ja, ja, na ja. Jedes Wochenende würde ich nicht mit ihm verbringen wollen, aber das ist okay. Nach dem Dreh haben wir zwei-, dreimal miteinander telefoniert, öfter nicht. Wir hatten wegen der Promotion ein, zwei gemeinsame Fernsehauftritte, das war's. Wir haben nicht unbedingt die gleichen Interessengebiete, so kann man das sagen.»

«Okay, er ist also ein Arschloch, das willst du doch sagen.»

«Das habe ich nicht gesagt», verteidigte ich mich schlaff, unfähig, ihr auch nur einen Ansatz von Schneid entgegenzusetzen.

«Warum fragst du mich nicht, wie ich *White Stuff* gefunden habe?»

«Äh …»

«Bist stolz, was?»

«Äh, nein. Na ja, doch. Sehr.»

«Und du hast mich auch nicht gefragt, warum ich dich zu mir einlade, einfach so, mitten in der Nacht, wo wir uns doch kaum kennen?»

«Das habe ich mich nicht getraut. Ich dachte, das wäre dir zu banal.»

Ich hatte mich überwunden, sie auch zu duzen. In ihrem ganz natürlichen direkten Ton fuhr sie fort:

«Glaubst du, dass ich mit dir schlafen will?»

«Äh, ja, das habe ich geglaubt, das ist wahr.»

«Warum *hast* du das geglaubt? Glaubst du es jetzt nicht mehr?»

«Hör mal, mir ist das unangenehm», beschwerte ich mich endlich. «Ich komme mir vor wie ein kleiner Knirps, aber du bist ja – wie viel? – fünf, sechs Jahre jünger als ich? Es kommt mir so vor, als ob du mit mir spielen würdest, und selbst wenn, selbst wenn du nicht mit mir spielst, selbst wenn deine Direktheit, deine furchteinflößende Art, deine Überlegenheit ganz natürlich sein sollten, muss ich dir sagen, dass ich nicht weiß, was ich damit anfangen soll, ich brauche mehr Einfachheit, genau, das musste ich dir jetzt sagen, ich fühl mich nämlich überhaupt nicht wohl, seitdem wir hier angefangen haben zu reden.»

Sie schaute mich ohne besonderes Widerstreben oder Mitgefühl an: Mein Seelenzustand interessierte sie nicht. Wenn ich ein Problem hatte, war es an mir, das in den Griff zu kriegen. Dann sagte sie neckisch:

«Möchtest du dich jetzt wohl fühlen?»

«Was kommt jetzt? Koks, so was in der Art?»

«Bingo!»

Die Aufregung, die sie an den Tag legte, kam mir etwas pubertär vor. Sie erhob sich geschäftig aus ihrem Sessel, verschwand wieder für ein paar Augenblicke, kam dann mit einem kleinen Strohhalm und zwei zusammengefalteten Folien Pergamentpapier zurück, in einer davon war das weiße Zeugs. Ich sah das zum ersten Mal in Wirklichkeit, mein Herz pochte.

«Weißt du, ich hab das nie probiert.»

Ich rühmte mich damit ohne große Überzeugung, so hatte ich ihr das hingeworfen, ein bisschen so, als hätte ich mitten in einem Gespräch über Sex gesagt: «Ich bin noch Jungfrau, und was jetzt?»

«Es ist nicht kompliziert», sagte sie, ohne übermäßig überrascht zu wirken, «mach einfach so wie in den Filmen.»

Sie schüttete tatsächlich ein Häuflein von dem Pulver auf den Sofatisch, zog aus dem anderen Pergamentpapier eine

Rasierklinge hervor und formte damit geschickt vier parallele Linien zu je vier bis fünf Zentimetern.

«Jeder zwei, eine pro Nasenloch, mit dem Strohhalm ziehst du dir in einem schönen großen Zug die ganze Line rein, und passt auf, dass du nicht durch die Nase atmest, sonst hast du das alles hier rumfliegen.»

Ich hatte Koks nie probiert, weil mich das einfach nicht angezogen hatte, weil das chemisch war, weil das die Nasenknorpel und die Neuronen kaputt macht und weil ich schon bei dem Gedanken, das zu nehmen, unbeschreiblich schlecht draufkam, weil ich jemand war, der auf seine Gesundheit achtete, der so wenig Medikamente wie möglich nahm, auch wenn es nur um eine Tablette Aspirin ging, weil ich jemand war, der lieber natürliche Mittel nahm, der weder Joints noch Zigaretten rauchte, der Sport und frische Luft mochte, der das Leben und seine einfachen und legalen Genüsse liebte, weil ich das düster, siffig, dumpf, finster und sehr traurig fand, ein billiger Zauber, den ich nicht brauchte, um auf meinen Trip zu kommen, weil ich dachte, das war ein Trip für Leute mit Orgasmusstörungen, mit Depressionen, für Unglückliche, für Schwache, für Deprimierte, von den ganzen Fratzen, die ich mit Koks assoziierte, ganz zu schweigen, weil ich mich in solche Sachen nicht reinziehen lassen wollte, ich wollte das weder aus der Nähe noch von weitem mitkriegen, voilà, sollten sie mich für einen verklemmten Arsch oder Reaktionär halten, scheiß drauf.

Ich wollte Koks nicht anrühren, ich hatte immer rumerzählt, dass man mir das gar nicht anzubieten brauchte, im Übrigen bot mir auch nie jemand was an, so sehr musste mir das ins Gesicht geschrieben sein, dass ich so kerngesund war wie ein rotbäckiger Apfel. Aber was weiß ich: Weil eine so berühmte, begabte und faszinierende Persönlichkeit wie Aliénor Champlain es mir ganz unbefangen anbot, hatte ich keine Scheu und sagte mir:

«Sie ist zu berühmt und so ein Sonnenschein, da kann das gar nichts Düsteres sein. In deinem Alter wird es dich außerdem nicht gleich in den Drogensumpf ziehen, wenn du es einmal probierst. Nimm's als Erfahrung, dann weißt du wenigstens, wie es ist, wovon du redest, dann hast du wenigstens eine Vorstellung davon und kannst dir noch mal *Scarface* mit dem Blick eines Sachverständigen anschauen. Abgesehen davon hast du dann keine Skrupel mehr, wenn du mit ihr pennst, nach allem, was man so hört, kriegt man davon ja eine monstermäßige Latte und eine tierische Ausdauer. Und von den Nebenwirkungen redet keiner mehr, wenn ich morgen erst mal ordentlich im Parc des Buttes-Chaumont gejoggt und richtig gut Thymianöl inhaliert habe.»

Ich zog mir also etwas ungeschickt in jedes Nasenloch einen anständigen Zug rauf, gab gut acht, dass ich nicht durch die Nase ausatmete, und hatte dabei, genauso wie ich als Teenager bei den paar Malen, wo ich Joints mitgeraucht hatte, den Eindruck gehabt hatte, überhaupt nichts zu merken, das Gefühl, alles perfekt unter Kontrolle zu haben. Aliénor Champlain ging an die Sache mit deutlich mehr Know-how heran als ich und verlor dann als gewohnheitsmäßige Kokserin keine weiteren Worte über solche Nebensächlichkeiten. Mit dem Zeigefinger wischte sie gewissenhaft die am Tisch hängenden Reste des Pulvers weg, rieb sich damit das Zahnfleisch ein, alles wie im Film, dann packte sie die Rasierklinge wieder ein und bereitete mit großer Fingerfertigkeit und selbstverständlichen Bewegungen, die ich bei jemandem, der so berühmt und vom «wahren Leben» abgekapselt war wie sie, nicht vermutet hätte, mir einen Vesper zu, wobei ich nach meiner Meinung überhaupt nicht gefragt wurde.

Ich nahm das Glas an, vergegenwärtigte mir, dass es unhöflich wäre, mit dem Trinken anzufangen, bevor sie nicht ihren Drink fertig gemixt hatte, riskierte mit lauter Stimme nebenbei eine Bemerkung bezüglich der Qualität der Dialoge zwischen James Bond und Vesper Lynd bei ihrer Begegnung im Zug nach Montenegro, in demselben Remake von *Casino Royale*. Ich erinnere mich, ich fragte Aliénor Champlain bei der Gelegenheit, ob sie Eva Green kenne, und sie sagte ja, das wäre sogar eine Freundin von ihr.

Ich weiß noch, wir sprachen dann auch über die Concordinen, wo sie mit einem befreundeten Fotografen, der dort an einer Reportage für eine amerikanische Zeitschrift arbeitete, schon gewesen war. Ich weiß noch, dass mir das zu Herzen ging und dass ich den Namen des Freundes erriet, es hatte ja in den vergangenen Jahren nicht so viele Reportagen über die Concordinen gegeben. Ich erinnere mich, wie ich zu ihr sagte: «Du redest da von einem *befreundeten Fotografen*, so als wäre das irgendein Fotograf, du meinst nicht zufällig Pierre-Noël Le Fur?»

Ich weiß, ich stellte mir vor, wie sie in einem der *Hill's Angels*-Bungalows am B-Bay Beach bestimmt miteinander geschlafen hatten, denn der schöne, begabte und erfolgreiche Pierre-Noël Le Fur war zwar nicht Matt Damon, aber trotzdem genau das Kaliber, das Aliénor Champlain etwas bieten und sich mit ihr auf der Titelseite von *Voici* blicken lassen konnte. Ich weiß, ich redete viel, über Dinge, an die ich mich zum Großteil nicht mehr erinnere, ich weiß noch, einmal stand ich auf, um aufs Klo zu gehen, ich holte mir im Spiegel die Bestätigung, dass ich immer noch imstande war, geradeaus und jemandem tief in die Augen zu sehen, und dachte: «Du hast keinen Blödsinn geredet, du hast dich gut geschlagen, du redest gut, du hörst ihr zu, der Vesper verdreht dir ein bisschen den Kopf, aber du hast alles unter Kontrolle, ja, du hast es drauf, du steigst heute Nacht mit ihr ins Bett.»

Ich erinnere mich auch noch, dass ich auf dem Sofa die Initiative zum ersten Kuss ergriff und dass ich mir die Feststellung gönnte, eine so berühmte und anziehende Frau wie Aliénor Champlain zu küssen würde trotz ihrer etwas kleinen Zähne das übliche Gefühl beim Küssen ins Erhabene steigern. Die von einem Kuss erzielte Wirkung wäre dann keine Frage der Technik mehr, der Dicke der Lippen, des Geschmacks des Speichels, der Zungenhärte der geküssten Person, sondern ihrer Aura. Ich erinnere mich, ich dachte, mein Leben steuerte soeben auf einen Höhepunkt zu. Ich erinnere mich, ich sagte mir auch, dass sie noch so sehr der Star sein mochte, ich wäre doch der Mann, und seit der Erschaffung des Menschen wäre es die Aufgabe des Mannes, die Lust der Frau zu wecken, zu nähren und zu befriedigen. Ich erinnere mich, ich war dermaßen bestürzt, als ich merkte, dass sie sich vollkommen meinen Zärtlichkeiten und Küssen hingab und dass ich in dem Moment, in dem ich mir mein Kondom hätte überziehen und in sie eindringen sollen, immer noch keinen Ständer hatte. Ich steckte so in der Patsche und schämte mich so, dass die Wirkung des Alkohols und des Kokains in meinem Hirn schlagartig zum Erliegen kam. Als ich spürte, dass ihre Erregung nachließ, hörte ich auf zu gestikulieren und entschuldigte mich, gab auch anstandslos zu, dass sie mich zu sehr einschüchterte. Im Bewusstsein, wie lächerlich mein Resümee war, fügte ich hinzu: «Das passiert mir sonst nie.»

Sie streifte sich ihr T-Shirt zurecht, gab mir ein frostig gereiztes «Macht nichts» zur Antwort, das mich noch mehr demütigte, ich zog mich wieder an und sagte ihr, dass ich nach Hause gehen würde. Sie bot mir nicht an, bei ihr zu übernachten, wir verabschiedeten uns, sie schloss gähnend und ohne Gefühlsregung die Tür hinter mir, und ich fand mich auf dieser vornehmen Straße im siebten Arrondissement wieder, die durch die Morgenröte, in der die letzten Müllautos und ersten Straßenkehrer unterwegs waren, noch erdrückender wurde. Ich hatte einen anormal trockenen Mund, meine Nase lief die ganze Zeit, das war schon mehr als ein Kater. Ich schlug den Mantelkragen hoch, um für die wenigen Passanten, denen ich begegnete und die immerhin nichts von meiner Pleite wussten, wieder eine beherrschte Miene zu machen. Mit gespielt entschlossenen Schritten lief ich von Aliénor Champlains Haus weg und sagte mir, dass mir dieser Abend für den Rest des Lebens nachhängen würde und dass alle Bettgeschichten der Welt das nie wieder ausgleichen könnten. Ich marschierte aufs Geratewohl in Richtung der Boulevards. Ich dachte an Matt Damon und an Pierre-Noël Le Fur, ich sagte zu mir: «Das sind wenigstens echte Kerle, die haben wenigstens einen Ständer gekriegt und ihn ihr reingesteckt.» Ich fühlte mich schlimmer als ein Versager, und um mich vollends zu vernichten, fiel mir ein, dass ich immer noch nicht wusste, wie sie meinen Film gefunden hatte.

«Echt?», wunderte sich meine Mutter in Maßen.

«Ja, aber bloß ein kleiner, ganz harmloser Flirt, nur so. Eigentlich haben wir vor allem viel diskutiert. Sie ist eine merkwürdige Frau, wirklich komisch.»

Das Unbehagen, das dieses Thema bei mir hervorrief, zeigte sich vor allem in dem ganz besonderen Eifer, mit dem ich das Kokosnussfleisch in die Schüssel rieb.

«Sie hat dich mitten in der Nacht angerufen und gebeten, dass du zu ihr kommst? Na, die ist ganz schön frech. Meinst du echt, dass ich jetzt die Krabbenpaste dazutun soll?»

Ich beneidete meine Mutter nicht, weil ihr seichte Mythen und Promis echt egal waren, aber ich war ihr dankbar, weil sie mir davon ein gutes Stück mitgegeben hatte, sodass ich den Objekten meiner eigenen Faszination nicht vollends erlegen war und mich sogar dabei wiederfand, wie ich mich auf die einfachsten und grundlegendsten Dinge konzentrierte.

«O nein, bloß nicht, bitte! Lass das in der Schale, ich sag's dir schon, wenn ich's brauche. Hast du die Wasserkastanien gewaschen?»

Wenn ich bei ihr kochte, war es mir ein ganz besonderer Genuss, mit einer ans Herrschaftliche grenzenden Selbstsicherheit aufzutreten.

«Ja, fertig. Ich hab die Stiele so abgeschnitten, wie du's gesagt hast. Und wie geht's weiter, trefft ihr euch wieder?»

«Das würde mich wundern. Weißt du, es ist ja nichts passiert, gar nichts. Kannst du mir bitte zwei Knoblauchzehen auspressen? Und den Deckel von dem Topf hochhalten, ich tu jetzt die geraspelte Kokosnuss ins Reiswasser.»

«Und gibt's was Neues von der Spanierin? Du hast sie hoffentlich nicht wieder angerufen.»

«Nein. Das ist doch vorbei, aus und vorbei, ich hab das abgehakt, denk nicht mehr so oft dran.»

Nicht, dass ich versuchte, aus Stolz meine Sehnsucht nach ihr herunterzuspielen, aber indem ich darüber sprach und das sagte, indem ich sagte: «Ich denk nicht mehr an Elvira, die Sache ist abgehakt», kam es mir so vor, als würde ich tatsächlich Abstand zu ihr gewinnen.

«Na, das wurde Zeit. Ich mochte die ja nicht so. Nervt's dich, wenn ich dir sage, was ich von ihr halte, jetzt, wo ihr getrennt seid? Sie war sehr schön, stimmt, da kann man nichts sagen, sie war wunderschön, aber wie du sie mir vorgestellt hast, fand ich sie ja nicht gerade sehr großzügig. Stimmt, ich kenne sie nicht, aber die Geschichte mit den Ohrringen, da hat sich schon was in mir quer gestellt, muss ich dir sagen. Solche Unhöflichkeiten lassen tief blicken, finde ich. So, ich glaube, jetzt wird's Zeit für die Krabbenpaste. Sonst ist's zu spät, sonst schmeckt sie nach gar nichts mehr, deine Soße da.»

«Nein, Mama, noch nicht. Du tust das rein, wenn ich's dir sage, ich weiß schon, was ich tue. Du weißt nicht, wie man die Soße macht, du bildest dir ein, dass du es weißt, aber du hast deine eigene Vorstellung vom Kochen, und du tust immer Sachen rein, die gar nicht reingehören. Ich sage ja nicht, dass deine Soßen nicht gut sind, aber das sind keine Soßen *für richtige Mannsbilder*, da gehört kein Ingwer rein. Kannst du die Wasserkastanien aufsetzen?»

«Moment, frag mal deinen Vater, ob ich keine Soßen für richtige Mannsbilder gemacht hab, wie er seine Freunde zu mir nach Hause eingeladen hat. Da wollte mir keiner glauben, wie ich gesagt hab, dass ich nie einen Fuß auf die Concordinen gesetzt hab.»

Jedes Mal, wenn meine Mutter liebevoll von meinem Vater sprach, wenn sie mit diesem Gesicht, das sich seinen Teil dachte, aber trotzdem lächeln musste, «dein Vater» sagte, erinnerte ich mich, wie ich als Kind gehofft hatte, dass er bleibt, wenn er mich in Moissy besuchen kam.

«Weil sie dich alle anmachen wollen, Mama, deswegen sagen sie das, das weißt du ganz genau, du kennst sie doch, die Männer auf den Concordinen. Los, jetzt kannst du sie reintun, deine Krabbenpaste, und bitte verdünn sie gut. Aber lass den Fisch in Ruhe, sonst wird er kalt. Mit Elvira hast du recht, stimmt, dass sie nicht großzügig war, sie war ziemlich egoistisch und selbstverliebt. Aber ich glaube, das hat mich gar nicht so gestört, weil da noch was anderes war. Sie war egoistisch, selbstverliebt, zu jung, was du willst, aber gleichzeitig, keine Ahnung, hatte sie so eine Art große natürliche Anziehungskraft, sie war so ohne Kalkül, ich weiß nicht, wie ich dir das erklären soll. Ich war gern mit ihr zusammen, keine Ahnung. Sie war beschissen oft, aber gar nicht so kompliziert eigentlich und viel kritischer, als man denkt. Aber okay, je mehr ich darüber nachdenke, desto mehr sage ich mir, dass das, was mir abgeht, ihre Schönheit ist. Also echt, hast du so was schon mal gehört?»

«Na klar, sie war schön! Wie oft soll ich es dir noch sagen? Obwohl, wenn dich das so schmerzt und wenn dich das beruhigt, finde ich, wenn ich ganz ehrlich sein soll, na ja, dass sie etwas schmächtig war und ihre Taille nicht genug betont, dass sie einen krummen Gang hatte und dass ihre Beine ein bisschen stämmig waren, genau, ich sag das, weil ich weiß, dass dir das manchmal guttut, so was zu hören, du bist mir hoffentlich nicht böse, hm? Aber schön sein ist ja sowieso nicht das, was zählt. Ich sag das nicht, weil ich alt und hässlich geworden bin oder aus Eifersucht, ich sag das, weil es wahr ist. Was zählt in der Liebe, das ist, dass man nett zueinander ist, dass man großzügig miteinander umgeht, dass man geben kann, aufmerksam sein kann und nicht nur an sich denkt, das sind die Eigenschaften von Menschen, an die man sich erinnert. Die kostbarsten Frauen sind die, die einfach nett sind, das wirst du noch merken. Das Problem an einer schönen Frau ist, wenn du sie so auf einen Sockel hebst und wie eine Prinzessin behandelst, wie du das machst, dass sie dann irgendwann glaubt, dass sie wirklich eine ist. Auch wenn sie mit 40, nachdem sie sich 20 Jahre lang aufgeführt hat wie der Reiher aus La Fontaines Fabeln, wenn sie mit 40 dann alles begreift, weil sie dann nicht mehr so frisch ist, weil man sie nicht mehr so viel anschaut, weil sie nicht mehr jedem so leicht gefällt, weil die ganzen Freier weg sind und sie einsam ist wie ein stehengelassener Pudding. Aber das ist zu spät, ich weiß, wovon ich rede, du weißt, wie ich es bereut habe, dass ich Michel immer so von oben herab behandelt habe. Schöne Frauen haben im Allgemeinen nicht viel zu geben. Ich bin mir im Übrigen sicher, dass du das bei deiner Spanierin sehr schnell gemerkt hast. Aber du warst zu verliebt, um das zuzugeben.»

Sie hatte recht. Es tat mir gut zu hören, wie sie Elvira objektiv kritisierte. Das Ergebnis davon war jedes Mal, dass ich mich automatisch befreit fühlte. Mir ging es übrigens dermaßen besser, dass ich noch ein bisschen weitermachte, wie um das Fehlen des Schmerzes besser auszukosten:

«Und dann noch Spanien … Spanien! Stell dir vor, ich kann nicht mal mehr normal an einem Reisebüroschaufenster vorbeigehen, ohne dass ich wie ein Masochist nach den Tafeln mit den Sonderangeboten Paris – Barcelona Ausschau halte, als hätte ich gar nicht realisiert, dass es vorbei ist. Das bringt mich um.»

Im Eingangsbereich war das Geräusch der sich schließenden Tür zu hören, eines auf die Kommode gelegten Schlüssels, eines Mantels, der ausgezogen wurde, von diversem Zeug, das raschelte, und von entschlossenen Schritten auf dem Wohnzimmerparkett. Jean-Paul war nach Hause gekommen. In meiner Mutter keimte eine leichte Anspannung auf, das sah man an der Art, wie sie den Kopf in die Pfanne senkte:

«Soll ich die Austernsoße jetzt reintun?», fragte sie mich leichthin, als ob sie mir zureden wollte, dass Jean-Pauls Erscheinen an der Stimmung, die sich zwischen uns beiden in der Küche aufgebaut hatte, nichts ändern würde.

«Jaja, mach schon», antwortete ich in neutralem Ton, der auf alle Fälle auf die einstweilige Einstellung des Vertraulichkeitenaustausches abzielte.

Es entstand ein kurzes Schweigen, dann kam Jean-Paul rein und schnitt eine Grimasse:

«Oje! Das ist ja ein starker Duft hier! Was ist denn das? Ach, hallo Antoine! Bist du schon da? Wie geht's dir?»

Alles an Jean-Paul verriet eine hartnäckige Verbissenheit mir gegenüber: Seine freundlich tönende Stimme war gewaltig, das Lächeln und die Begeisterung überschwänglich, der Händedruck eisern, die Brust herausgestreckt und die Haltung extrem steif, was die sechs oder sieben Zentimeter, die ich größer war, wettmachen sollte, der Blick tief in die Augen, was ein Zeichen der Ehrlichkeit sein wollte, aber eher eine männliche Drohgebärde war. Er küsste meine Mutter auf den Mund, so wie man sein Gebiet absteckt, und wie jedes Mal, wenn ein Mann vor meinen Augen meine Mutter auf den Mund küsste, konnte ich nicht umhin zu denken: «Das ist mir jetzt egal. Aber das hat mir nicht gefallen, Kleiner.»

Mit zweifelnder Miene betrachtete er die Pfanne und hob den Deckel von dem Topf, dann sagte er, wahrscheinlich ohne einen Gedanken an das Verhältnis von Ursache und Wirkung, zu mir:

«Du fährst morgen ab, stimmt's? Hast du eigentlich die Demos vor dem französischen Konsulat in Port-Garcia gesehen, die es zurzeit gibt?»

«Echt? Was für Demos?», mischte sich meine Mutter unbeschwert ein, um zwischen Jean-Paul und mir Brücken zu bauen.

«Hast du nicht die Nachrichten gesehen? Die Botschaft hat massenhaft Visaanträge von Concordinern abgelehnt, und das führt zu einem irrsinnigen Chaos. Außerdem sind bald Wahlen, wenn ich recht verstanden habe. Mehrere hundert Jugendliche demonstrieren, auf das Botschaftsgebäude in Richeterre sind Steine geflogen und so. Die örtlichen Behörden haben offensichtlich die Armee eingeschaltet, und die geht ja nicht gerade zimperlich vor, wie man sich vorstellen kann. Es hat noch keine Toten gegeben, aber sieht so aus, als würd's da ganz schön abgehen.»

«Ach je, davon hab ich ja gar nichts mitbekommen», sagte meine Mutter besorgt. «Du, Antoine?»

«Doch, ich hab das heute Morgen auf Radio France Internationale gehört.»

Jean-Paul drehte sich zu mir rum:

«Es ist eine kleine Schande, wie sich Frankreich verhält, findest du nicht?», meinte er argwöhnisch.

«Nein, ich finde das richtig.»

«Wie, du findest das richtig?»

Er machte ein entrüstetes Gesicht.

«Du kennst meine Meinung, Jean-Paul, wir hatten diese Diskussion schon mal wegen der illegalen Einwanderer, die aus dem Senegal und aus Mali auf die Kanarischen Inseln geflüchtet waren. Ich finde, dass diese ganzen jungen Leute, die in den Fernseher schauen und von Europa träumen, die ihre ganzen Ersparnisse für einen Flug oder einen Schlepper auf den Kopf hauen, nun ja, dass sie nicht die richtige Entscheidung treffen, das ist alles. Ich weiß, sie strampeln sich 1000 Mal lieber ab und versuchen hier ihr Glück, als dass sie dort weiterleben, aber das ist keine Lösung, das Problem ist damit nicht erledigt, das produziert nur Erniedrigung, das erhält die zwielichtige Bevormundung durch den Westen aufrecht, das legt Zeitbomben in den Banlieues, das ist alles. Ideologisch gesehen halte ich persönlich das für eine Katastrophe.»

«Zu Hause ist es immer noch am schönsten, meinst du das?»

«Du verdrehst das, man muss differenzieren, aber ein bisschen ist es so, ja.»

«Ist gut, fangt jetzt nicht wieder mit Politik an», seufzte meine Mutter. «Mir wäre es trotzdem lieb, wenn du ein wenig aufpassen würdest, Antoine. Meinst du nicht, dass es gut wäre, mit dem Fliegen zu warten, bis sich die Lage ein bisschen beruhigt?»

«Zu spät, Mama, ich kann diesen Flug nicht umbuchen. Außerdem muss ich wirklich Papa besuchen.»

Ich hatte mit einem etwas perfiden Nachdruck Papa gesagt.

«Was ich nicht verstehe», kartete Jean-Paul zum Spaß nach, «das ist, dass ausgerechnet *du* so argumentierst. Hast du denn kein Gefühl von Solidarität, gar nichts? Du bist ja schließlich auch zur Hälfte wie die, oder?»

«Zur Hälfte wie die.» Ich sah ihn ganz deutlich vor mir, wie er in der Klinik vor den Assistenzärzten paradierte: «Verkehrte Welt: Also Nicoles Sohn, der Schauspieler, der Schwarze. Mit Menschenrechten hat der aber rein gar nichts am Hut! Könnt ihr euch vorstellen, dass ausgerechnet ich, ein weißer Arzt, angeblich rechtskonservativ und ein egoistisches Ungeheuer, dass ausgerechnet ich ihm den Kopf zurechtrücken muss?»

Anstelle einer Antwort begnügte ich mich damit, still das Gas unter der Pfanne abzudrehen, nach dem Reis unter dem Deckel im Topf zu sehen und zu verkünden, das Essen sei fertig, wir könnten uns hinsetzen, wenn sie wollten.

«Sind noch Steaks im Kühlschrank?», sagte Jean-Paul mit gezwungener Lässigkeit zu meiner Mutter. «Weil ganz ehrlich gesagt, ich bin mir nicht sicher, ob mir das schmeckt, abgesehen von dem Reis.»

Auf der Autobahn nach Roissy erlebte ich, meist vor Tagesanbruch oder ziemlich spät am Abend, meine intensivsten Gefühle des Reisens, zwischen einer Sehnsucht nach dem Absoluten, für die es keine Worte gibt, und grundloser Melancholie. Nichts liebte ich so sehr wie den Gedanken ans Fliegen und, wenn ich dem Flughafen näher kam, vom Taxifenster aus zu beobachten, wie die alle 30 Sekunden landenden oder wie von der Sprungschanze in den grenzenlosen Himmel hochschnellenden Maschinen mit aufgeblendeten Scheinwerfen umdrehten, und mir vorzustellen, dass ich in knapp zwei oder drei Stunden gemütlich in einer von denen sitzen würde. Wenn ich manchmal in der Gegend des Flughafens einfach spazieren ging, ohne den festen Boden unter den Füßen zu verlassen, und wenn ich Roissy und seine Boeings beklommen ohne mich in alle Richtungen ziehen sah, fielen mir garantiert die Verse von Jean de La Ville de Mirmont ein:

Ich bin im Hafen geboren und schon als Kind / Zogen die Länder vor mir her / Ich sah das Kommen und Gehen und hörte auf den Wind / Mein Herz fuhr nie hinaus aufs Meer / Für Männer gefährlich ist der Geruch am Hafen / Mein Herz ist schwach, es hat in Mühsal gegoren / Es mag in fernen Aromen lieber schlafen / Mein Gott, Ihr habt es gewollt, ich bin im Hafen geboren

Jedoch musste ich seit einiger Zeit, wenn ich an die zehn Flugzeuge pausenlos über dem Pariser Becken kreisen sah, immer auch an ein Interview mit dem Chemie-Nobelpreisträger Yves Chauvin denken, der im Wesentlichen sagte, dass in zwanzig oder dreißig Jahren wahrscheinlich keiner mehr so leicht so weit fliegen werde, wegen des vorhersehbaren Treibstoffmangels und so weiter.

Ich musste dann auch, schuld daran ist die allgemeine Angst vor der Klimaerwärmung, an *The Day After Tomorrow* von Roland Emmerich, *Eine unbequeme Wahrheit* mit Al Gore, die Presse, das Fernsehen, das Radio, die ganzen Kaffeehausdebatten denken, die ich wie alle Leute regelmäßig führte, musste also auch – zugegeben, nicht besonders originell – ganz ernsthaft daran glauben, dass dies der Schwanengesang war, dass wir die letzten Tage der Menschheit erlebten, daran dachte ich jeden Tag. Oder was vielleicht doch originell an mir war, ich glaubte ja wirklich daran, naiver und stärker als andere, ich dachte mir:

«Als du klein warst und bis vor relativ kurzer Zeit, als es noch die beruhigende Aufeinanderfolge der Jahreszeiten gab, hast du unschuldig die Flugzeuge am Himmel gesehen und gedacht: *Sieh da, ein Flugzeug.* Heute, mit der Geschichte von den nicht erneuerbaren Energien und dem Treibhauseffekt, den man nicht mehr rückgängig machen kann, denkst du: *Wann wird es zum letzten Mal fliegen? Morgen? In einem Monat? In einem Jahr? In zehn?*»

Ich dachte mir:

«Vielleicht ersticken und verrecken wir morgen alle und reisen trotzdem weiter mit dem Flugzeug, sparen, setzen Kinder in die Welt, wollen Karriere machen, reich werden, einkaufen, uns neue Autos anschaffen, einen draufmachen, konsumieren, immer höhere Wolkenkratzer bauen, an die Zukunft glauben, wie in den guten alten Zeiten, bevor wir unsere Unschuld verloren.»

Das mochten Hirngespinste sein, jedenfalls hatten sie mir geholfen, tief in meinem Bewusstsein zu verankern, dass die westliche Welt auf dem Holzweg war, wodurch ich große Reden schwingen konnte. Mir kam das plötzlich leicht überholt vor, das Festhalten am Sparen, am Wirtschaftswachstum, an Werbekampagnen, die die Leute für blöd verkauften, an Sommerferien und an Strandartikeln. Der zwanghafte Fortschrittsgedanke. Wenn mir zum Beispiel auf der Straße ein Typ mit einem Bluetooth-Headset im Ohr begegnete, dermaßen mit sich selbst zufrieden, weil er die moderne Technologie nutzte und sich in seiner Epoche zu Hause fühlte, also dann wunderte ich mich, wie man im Zeitalter der totalen Miniaturisierung, der Entmaterialisierung von Technologien, irgendwelchen Gadgets oder Objekten im Allgemeinen überhaupt noch irgendeine Bedeutung beimessen konnte. Ich dachte mir, dass dieser Typ in fünf Jahren sein Bluetooth-Ding durch etwas ersetzen würde, was noch zwanzigmal kleiner ist und zwanzigmal so viel Speicherkapazität hat, fünf Jahre später wieder das Gleiche, und dass es ihm jedes Mal das Gefühl geben würde, total auf der Höhe seiner Zeit zu sein, obwohl er in seinem Verlangen, modern zu sein, doch immer dem hinterherhinkt, wonach er unbewusst strebt: nach der Leere, das heißt, alles abzuwerfen, was zwischen ihm und der Welt steht.

Bei der Gelegenheit musste ich zwangsläufig an die Schlussminuten des Science-Fiction-Films *A. I. – Künstliche Intelligenz* von Spielberg denken, wo etwa 10 000 Jahre nach der Auslöschung der Menschheit eine kleine Gruppe von absolut identischen Wesen auftaucht, mit großen Köpfen und ausgemergelten Körpern, in der Art der Giacometti-Statuen, keine Augen, kein Mund, keine Geschlechtsorgane, unbehaarte, fast durchsichtige Haut von unbestimmbarer Farbe: Das ist die Menschenrasse im Zeitalter ihrer totalen Autonomie. Sie hat keine Bedürfnisse mehr, sie braucht keine Städte mehr, keine Transportmittel, keine Bücher, keine Maschinen, kein Internet, keine Kleidung, wohl auch keine Betten, Tische, Teller, Wohnungen, Geld, diesen ganzen lästigen Plunder der Vergangenheit. Sie müssen nicht einmal mehr miteinander reden, sie tauschen Information mit ihresgleichen über Tastsensoren aus, anstelle eines Gehirns haben sie einen genialen Computer. Vielleicht kennen sie nicht einmal mehr das Gefühl der Begierde: Sie sind das Beste, was die menschliche Spezies am Ende zustande gebracht hat.

All das kam mir jedes Mal mehr oder weniger unwillkürlich in den Sinn, wenn ich mich Roissy näherte, wenn ich einen Typen sah, der die ganze Zeit in sein Hightech-Handy hineinsprach, oder einfach nur einen Typen im Mercedes, mit Anzug und Krawatte, in Markenklamotten, oder jedes Mal, wenn ich an einem Werbeplakat vorbeikam, eine elektrische Leitung oder einen Plasmabildschirm betrachtete, wenn ich die Börsenkurse im Radio hörte, wenn mir die Automassen auffielen, die sich auf den Bürgersteigen der Stadt oder in der Rush-hour auf der Autobahn türmten: die Welt von gestern, die sich an Werte klammerte, die keine Zukunft haben.

Nachdem ich das Taxi bezahlt hatte, schwang ich mir meine Reisetasche über die Schulter, verschwand in der Eingangshalle von Terminal 2 und ging in Richtung der Schalter von Air France. Auf meinem iPod sang Dionne Warwick den von Burt Bacharach geschriebenen Song *Walk On By*. Sie sang: *Foolish pride is all that I have left / So let me hide / The tears and the sadness you gave me / When you said goodbye.*

Einen Augenblick lang dachte ich daran, von einem Hotspot am Flughafen aus Elvira den Text und die komprimierte Datei mit dem Lied zu schicken. Ich überlegte es mir anders, denn einerseits fand ich meinen Plan sinnlos, und andererseits wusste ich, dass ihr diese Art von Musik nicht gefallen würde.

Etwas später hörte ich in der Abflughalle *Sob o Mar* von

Jaime E Nair, einen brasilianischen Hit aus den Siebzigern. Nach laut Timecode ganz exakt zwei Minuten und 37 Sekunden werden bei sanftem Galopprhythmus die beiden Gesangsstimmen im Stück von einem Schwall von tiefen Mollakkorden abgelöst, man hat das Gefühl, in die endlose Klarheit des Himmels hinauskatapultiert zu werden. Ich bekam eine Gänsehaut, und meine ganzen Emotionen, meine ganze Melancholie drängte wieder mal zu Elviras Gesicht und ihrem Lächeln hin, ob ich wollte oder nicht, das war vollkommen ungerecht. Mir fiel dazu gleich *Vergiss mein nicht!* ein, der Film von Michel Gondry mit Jim Carrey und Kate Winslet, und ich sagte mir, dass es tatsächlich ziemlich praktisch wäre, wenn die Wissenschaft es uns in Zukunft ermöglichen könnte, für immer diese viel zu große Stelle in unserem Hirn auszulöschen, die von den Menschen, vor allem von den Frauen, besetzt wird, an die wir uns nur extra schmerzlich erinnern.

ZWEI

Emerson erwartete mich am Flughafen genau gegenüber dem Ausgang, offenbar sehr stolz, sich mir mit neuen Turnschuhen und neuer Sonnenbrille präsentieren zu können. Er lehnte an einem einwandfreien Mitsubishi-L200-Pickup mit Doppelkabine, der sich von den schrottigen Taxis, die verstohlen herumstanden, deutlich abhob.

«Wow! Ist das deiner?», rief ich, um ihm die Show nicht zu vermiesen.

«Nein, der gehört David, er hat ihn mir geliehen.»

Emerson sprach ein äußerst korrektes Französisch, aber neben dem Akzent ließ seine dezent eifrige Redeweise darauf schließen, dass er es nicht jeden Tag sprach.

«David? Ach ja, ich erinnere mich: der Belgier, der die alten Clios hier für den dreifachen Preis verscherbelt, als er sie in Belgien einkauft. Hätte nicht gedacht, dass der zu den Leuten gehört, die sich von ihrem Auto trennen können …»

Ich hatte mich nicht getraut zu sagen: «Dieser widerwärtige und dickschädelige Jetzt-schaut-mal-her mit seiner Pomade in den Haaren, der sich selbst für den Boss aus *Miami Vice* und dich für einen Knallkopf hält?»

«Das ist nicht sein Privatwagen, der hier gehört der Firma. Als Privatwagen hat er einen Lexus RX400. Den hat er sich gleich mit dem Container aus den USA kommen lassen. Alles schwarz, getönte Scheiben, Ledersessel, Bordcomputer, GPS, DVD-Player, ich durfte mich mal reinsetzen: ah, unglaublich …»

«Hat er mit seinen verrosteten Clios so viel Geld verdient?»

«Oh, Vorsicht: Das mit David ist kein Witz, das sind nicht

nur kleine Geschäfte, was er macht! Hier hat sich was verändert, Antoine!», sagte Emerson voller Bewunderung, als er den Geländewagen startete. «Autos sind immer noch das Basisgeschäft und so, das Lager ist in Richeterre, aber wir haben gerade neue Filialen in Port-Garcia und in B-Bay aufgemacht, und im Januar machen wir noch eine auf in Sainte-Grâce. Aber David steigt jetzt außerdem ins Immobiliengeschäft ein, er hat sich an der Straße nach Criques 30 Hektar gekauft, und da baut er jetzt ein Hotel, er macht ein Maklerbüro auf, er gründet sogar eine Fluggesellschaft, er hat sich zwei kleine gebrauchte Cessnas gekauft, weißt du, das ist für die Geschäftsleute, die schnell in den Norden wollen, die Straße wird nämlich immer schlechter. David macht alles, verstehst du? Sogar Tom arbeitet jetzt für ihn. Er wird dir das erzählen, du wirst sehen.»

Man hätte meinen können, dass er selbst David war, der Art nach zu urteilen, wie er das Lenkrad durch die Finger gleiten ließ und dabei mit einem Selbstvertrauen, das hart an die Grenze zur Überheblichkeit stieß, geradeaus auf die Straße vor sich blickte.

«Und was machst du jetzt in der Firma?»

«Ich? Also David hat mich in der Qualitätssicherung angestellt, im Zentrallager in der Stadt.»

«Bezahlt er dich gut?»

Ich hatte den Finger auf den wunden Punkt gelegt.

«Geht so, ich kann mich nicht beklagen», meinte Emerson mit einem Gesichtsausdruck, der sich eben doch zu beklagen hatte, aber nicht recht traute. «Weißt du, alle wollen da arbeiten, alle! Wir haben im Lager 30, 50 Vorstellungsgespräche am Tag, das kannst du dir nicht vorstellen, die jungen Leute sind bereit, für zwei Dollar pro Tag zu arbeiten. Kapierst du, und David, also er hat zwei französische Geschäftspartner,

Thierry und Sébastien. Aber gleich danach kommen Ben und ich. Und wenn das so läuft wie geplant in B-Bay, dann zahlt er uns mehr, das hat er zu Ben gesagt, und dann auch zu Tom. Und das wird laufen wie geplant, B-Bay, das wird laufen, sicher. Und wenn er uns nicht mehr zahlt, dann kündigen wir sowieso.»

David, David, David. Ich dachte etwas mutlos, dass nicht nur die Jugend und die Naivität schuld waren, wenn Emerson, trotz der Reden unseres Vaters, des Einflusses von Thomas und Ben und seiner T-Shirts und der mit Malcolm X oder Tupac beflockten Käppis, wenn Emerson trotz allem vor so einem Kerl seinen Stolz runterschluckte. Es lag wohl in der Natur der Sache, dass ein minderwertiges, aber stinkreiches weißes Gesindel auf fremdem Boden nach Belieben schaltete und waltete. Wenn so ein David sogar über das Schicksal von Leuten wie meine Brüder entscheiden konnte, die um so viel lebhafter, lustiger und besser erzogen waren als er, dann war das Gerede vom Zorn und von der Würde, auch wenn es echt war, am Ende vielleicht doch nur Schall und Rauch.

«Es ist schön, wieder da zu sein», seufzte ich, um das Thema zu wechseln.

Mein Jetlag verflog, und ich ließ durch das Autofenster die Vorstädte von Port-Garcia vorüberziehen, die Sonne, die die Dächer der Blechhütten im wahrsten Sinne des Wortes bestrahlte, die improvisierten Müllkippen, die Autowracks, das Geflecht von angezapften Elektrokabeln über den Straßen, die Menschen, die barfuß hintereinander den Straßenrand entlangliefen, der gesäumt war von zerfetzten Plastiktüten im Gestrüpp, die Dieselwolken, die bei jedem Gasgeben aus den Auspuffen der überfüllten Busse kamen. Ich schaute nach draußen und musste an die immer gleiche Frage denken, die ich meiner Mutter gestellt hatte, als ich sieben oder acht Jahre alt war, sobald ich im Fernsehen oder im Radio den Namen eines Landes hörte, das ich nicht kannte: «Ist das ein reiches oder ein armes Land, Mama? Ist das ein *modernes* Land?» Und jedes Mal, wenn sie mir «Das ist ein armes Land, Schatz. Nein, nicht modern» antwortete, verkniff ich es mir zu fragen: «Sind die Leute dort schwarz oder weiß?»

Denn die Antwort, die brauchte sie mir gar nicht zu geben, die kannte ich schon. Genausowenig brauchte sie mir zu sagen, dass nicht das Maß an Reichtum oder Modernität den Wert eines Landes ausmachte. Denn ich merkte schon, dass sie mir das wie jemand erklärte, der, weil er von Natur aus auf der richtigen Seite steht, sich seine freizügige Gesinnung erlauben kann. So war es auch, wenn sie mir mit ihren glatten hellen Haaren erklärte, dass auch ich schöne Haare hatte, und dabei nicht die Spur einer Ahnung hatte, dass ich sehr genau wusste, dass sie das sagte, damit ich nicht zu ihr sagte, ich wollte Haare haben wie sie. Oder wenn ich unter der Dusche stand, mich am ganzen Körper einseifte und zu ihr sagte: «Mama, schau mal, ich seh aus wie ein Weißer», und sie dann mit betretener und aufgesetzt unschuldiger Miene fragte: «Aber warum sagst du denn so was?»

«Und wann kriegen wir deinen Film zu sehen?»

«Ich hab ihn auf DVD dabei.»

«Ist er schon auf DVD rausgekommen?»

«Nein, nein, die Produktionsfirma hat mir eine Kopie gemacht. Aber die DVD kommt bestimmt in ein paar Monaten raus.»

«Hat dir Marie-Pascale gesagt, dass wir dich vor ein paar Tagen im Fernsehen gesehen haben? Das Mädchen, das da noch mitspielt in dem Film, ist das deine Freundin?»

Bei Emerson spürte ich im Gegensatz zu Thomas oder Ben überhaupt keinen Neid, nur eine grundsätzliche Neugier und Bewunderung, die geschenkt war. Denn selbst wenn der Gedanke an den «Film» einen jungen Spund wie ihn noch ein bisschen ins Träumen bringen konnte, einen 22-Jährigen, der auf den Concordinen aufgewachsen war und in einer eher wohlhabenden Familie immer dort gelebt hatte, das heißt, der sogar von Zeit zu Zeit auf dem Markt fünf oder sechs Dollar für schwarzgebrannte VCDs von irgendwelchen Hollywood-Blockbustern der Kategorie *X-Men* oder *Rocky Balboa* ausgegeben hat, so sagte ihm der französische Film doch andererseits nicht viel, abgesehen von der Serie *Taxi* und vielleicht den alten Videokassetten meines Vaters, der bis Mitte der neunziger Jahre alle Filme von Louis de Funès, von Claude Lelouch und die wichtigsten von Alain Delon gesammelt hatte.

«Also bist du jetzt berühmt?»

«Ach was, nicht so wahnsinnig.»

«Wollen die Leute auf der Straße Autogramme von dir?»

«Ja, das ist ein- oder zweimal vorgekommen.»

«Was? Nicht öfter?»

«Nein, aber manchmal erkennen mich Leute. Zum Beispiel gestern Abend, am Flughafen in Paris, kurz vor dem Einsteigen, wie ich gerade mein Gepäck unter den Scanner legen wollte, da hat mich eine von den Angestellten erkannt. Und wie ich dann ins Flugzeug reinkam, hat mich auch der Chefsteward erkannt, er hat dann sogar organisiert, dass ich in der ersten Klasse sitze.»

«Echt?»

Endlich ein konkreter Beweis.

«Ja, aber er hat das nicht ohne Absichten gemacht. Als das Flugzeug in der Luft war, ist er gekommen, weil er mich anmachen wollte, er wollte meine E-Mail-Adresse wissen und solche Sachen.»

«War das ein Schwuler?»

«Genau.»

«Igittigitt.»

Von der Straße aus sah man schon aus ziemlicher Entfernung die breite Südfront des Hauses meiner Familie, die in einem kräftigen Gelb gestrichen war und auf der in ein Meter 50 hohen Neonröhren die Initialen TMP, für Thomas Mac Pola, geschrieben standen. Ich dachte an die vielen Weißen, die sich ihr Urteil über Thomas wohl allein aufgrund dieses Details gebildet hatten, an die vielen Touristen, die Thomas in seinem Geländewagen spazieren fuhr, um seine diversen Kleingeschäfte aufzupeppen, an die ganze Laufkundschaft und die Kurzbesucher, die, während sie ihm die Hand gaben, sich hatten denken müssen: «Dieser Kerl ist doch maßlos eingebildet. Für wen hält er sich? Wie lächerlich, das mit den Initialen am Haus. Wie ein afrikanischer Diktator.»

Ich war richtig sauer auf mich selber, weil ich auch dachte: «Ist sich Tom denn nicht darüber im Klaren, dass er sich damit keinen Gefallen tut, dass das seinem Image schadet?» Ich war aus zweierlei Gründen sauer auf mich selber. Zum einen, weil Thomas bei sich zu Hause, in seiner Heimat, seinen Geschmack nicht dem westlichen Kanon von gutem Geschmack, Stolz und Moral anzupassen brauchte. Er war stolz auf seinen Namen, den Namen seiner Familie, den Namen seines Vaters, auf seine Stellung als ältester Sohn und als Familienoberhaupt in spe, er hatte von sich selbst eine hohe Meinung, und das war in seinem Kulturkreis keine Sünde, im Gegenteil. Und paradoxerweise machte es ihn zu einem freien und echten Mann, dass er nicht darauf achtete, was die Weißen hinter seinem Rücken dazu zu sagen hatten, das hatte nichts mit den Komplexen zu tun, die er im Übrigen haben mochte, wenn er ihnen gegenüberstand.

Vor allem aber war ich auf mich sauer, weil sogar ich das dachte, dass die Geschichte mit den Initialen grotesk war. Ich war sauer auf mich, weil ich instinktiv wie die Weißen dachte. Weil ich Thomas erst verstehen konnte, nachdem ich mich mit viel Aufwand selbst bearbeitet hatte, ich verstand ihn nicht, weil ich so war wie er.

Und schließlich war ich, als wir in den Hof hineinfuhren, sauer auf mich, weil ich instinktiv innerlich festhielt, worin sich Thomas' Hof von dem eines hier ansässigen Weißen unterschied. Im Hof eines durchschnittlichen Weißen auf den Concordinen gab es einen ganz bestimmten Stellplatz für den Wagen, die Gemäuer waren regelmäßig gestrichen, die Bäume geschnitten, Rasen und Kieswege wurden angelegt, um den Pfützen und dem Schlamm in der Regenzeit vorzubeugen, da war ein verriegelter Schuppen für Werkzeuge und Autoersatzteile, das alles wurde vernünftig verwaltet von einem Gärtner und Hausmeister in Personalunion, dem Mann für alle Fälle, der für höchstens zehn Stunden am Tag angestellt war, beim Arbeitsamt gemeldet war, der monatlich doppelt so viel verdiente wie ein Beamter und sich extrem gut darauf verstand, hie und da eine Gartenschere mitgehen zu lassen, zwei oder drei Meter Gartenschlauch, einen leeren Benzinkanister oder einen halben Liter frisches Motoröl.

Der Hof von Thomas sah wie jeder andere Hof eines Concordiners aus, ein bisschen bürgerlicher als die anderen: Die Autos und sein Quad, die jeden Tag mit viel Wasser gewaschen wurden, standen gut sichtbar vor der Außentreppe, aus dem Kasten von der Klimaanlage tropfte es auf die Quecken, verstreutes, nicht wiederverwertbares Eisengerümpel, breite Schimmelstreifen unten am Gemäuer, wo die Farbe abgebröckelt war, ausgetretene Feuerstellen, die das Wachpersonal in irgendwelchen Ecken angezündet hatte, Berge von alten Reifen, eine nie reparierte Satellitenschüssel der ersten Generation auf der Terrasse, ein abgewetzter Sessel, Reservebenzinkanister, Motorölflecken schwärzten den Lateritboden.

Und weil die ein bisschen bürgerlicheren Concordiner sich besser als die Weißen damit auskannten, wie man auf ihrem Grund und Boden mit Staub und Hygiene umgeht, und weil sie sich nicht so sehr wie die Weißen mit den Gemütslagen ihrer Angestellten belasteten, wurde dieser Hof und diese Terrasse von zwei oder drei Hausangestellten, die seit eh und je im Haus wohnten, denen man an sieben Tagen in der Woche alles Mögliche aufs Auge drückte und die mit Reissäcken oder Gutscheinen für die Überlandtaxis bezahlt wurden, damit sie einmal im Jahr ihre Familie am anderen Ende des Landes besuchen konnten, mehrere Male am Tag zu bestimmten Zeiten gefegt und mit Eau de Javel gegossen. Diese Hausangestellten fegten den ganzen Tag gewissenhaft den Hof und die Terrasse, so gewissenhaft, wie sie ohne groß herumzumäkeln die Babys von Thomas und Ben behütet, geschaukelt, gefüttert und sauber gemacht hatten, wie sie sie jetzt mit dem Zehn-Uhr-Pausenbrot in der Tasche jeden Morgen in die Schule brachten, sie mittags und abends um fünf zum Essen wieder abholten, wie sie jede Laune meines exzentrischen und alternden Vaters befriedigten und auch die von Dorys, wenn die beiden sich für ein oder zwei Wochen bei Thomas einnisteten, wie sie täglich in allen Zimmern Fliesen und Fenster putzten, die beiden Badezimmer wischten, zweimal täglich die Möbel und das Geschirr abstaubten, dreimal täglich die Teller, die Gläser und das schmutzige Besteck von durchschnittlich acht Personen abspülten und wieder einräumten, dazu noch der Wust an öligen und verkrusteten Pfannen und Töpfen, der zu jedem Essen gehörte, wie sie jede Woche die Bett- und Kopfkissenbezüge von acht Leuten wechselten, all das unter Dorys' schonungsloser Oberaufsicht. Sie wuschen, bügelten, parfümierten und räumten die Wäsche der ganzen Familie ordentlich ein, die zum Trocknen in der Nähe der Abstellkammer, beim Kohlenbecken oder am Waschplatz aufgehängt wurde, wo die Köchin seit acht Uhr morgens, wenn sie vom Markt zurückkam, weiße Bohnen abzog, Obst und Gemüse wusch und schälte, Rind- oder Ziegenfleisch mit Eifer und ebenso selbstloser Hingabe einlegte. Denn mit den kruden sozialen Hierarchien war es auf den Concordinen wie mit dem Stolz und dem Sich-selber-Feiern: Das haute niemanden um außer die Fremden, die auf der Durchreise waren.

Ich ging hinter Emerson, der sofort seine Sonnenbrille abnahm, ins Wohnzimmer. Der Fernseher lief, in einer Sphäre süßer Langeweile sahen alle mit einem Auge hin, eine warme Brise blies träge in die an den Türen befestigten Gardinen, Reste von Mittagessensgerüchen lagen in der Luft, die Hausangestellten beobachteten mich aus dem Hintergrund, die Besen schepperten leise gegen die Fußleisten und gegen das beherzt angebrachte Dekor: zwei fahrbare kleine griechische Säulen aus Gips, eine gestickte Nachbildung der *Leserin* von Fragonard, die über dem Kanapee hing, ein Jahrbuch des *Reader's Digest*, die gesammelten Werke von Agatha Christie in einer Club-Collection, *The Da Vinci Code* auf Englisch und *Essen gehen und dabei abnehmen* von Michel Montignac, aufgereiht in müder Schlachtordnung auf dem eindrucksvollen Fernsehmöbel.

Da saßen mein Vater und Dorys, die sich bei Thomas wie bei sich zu Hause in Richeterre fühlten, Thomas, Ben, Patricia und Marlène sowie ein Typ im Anzug, den ich nicht kannte, der neben meinem Vater auf einem der beiden Kanapees saß und dessen hektischer und allzu konzentrierter Gesichtsausdruck verriet, dass eine ernsthafte Diskussion unter Männern im Gange war. Alle hoben den Kopf zu mir, alle außer Marie-Pascale, die nicht da war und die ich trotzdem mit den Augen wie einen Rettungsring suchte.

Ich lächelte in die Runde, setzte meinen Koffer, wie das jeder höfliche Gast gemacht hätte, entlang der Wand ab, damit er nicht im Weg stand, jemand stellte den Fernseher leiser, und ich machte ein paar entschlossene Schritte auf meinen Vater zu, um zu demonstrieren, dass ich kein Fremder in diesem Haus war. Mit der Gitane im Mund rief er mir ein zu pathetisches «Ach, Antoine» zu, stand auf und bewegte sich ein wenig in meine Richtung, küsste mich, gekünstelt wie üblich, um trotz der offensichtlichen Erschöpfung und der unübersehbaren Spuren seiner Tabaksucht das Wiedersehen gebührend zu feiern und in Szene zu setzen. Dann drehte er sich um und setzte sich geistesabwesend wieder aufs Kanapee, mit seinem vorgetäuschten und kurzzeitigen Enthusiasmus war er eine nicht wiedergutzumachende Enttäuschung, beantwortete meine Fragen «Geht es dir besser? Fühlst du dich wohl hier? Kümmern sich alle gut um dich? Brauchst du was?» mit einer einstudierten Leidensmiene, die so viel hieß wie:

«Nein, es geht mir nicht besser. Aber ich werde es nicht sagen, ich werde dir auch nicht dafür danken, dass du dich um meinen Gesundheitszustand sorgst, auch nicht dafür, dass du die Kosten für meinen Krankenhausaufenthalt übernommen hast, ich werde keinerlei Zugeständnisse machen, ich bin nämlich ein Felsen, in meinem Alter, mit fast 70, nach der Kindheit, der Jugend und dem Berufsleben, die ich hinter mir habe, nach dieser Kindheit, deren Demütigungen ich immer für mich behalten habe und die ich bis zum Tod für mich behalten werde, dieser Kindheit eines kolonisierten und ‹aufgeklärten› Armen, der in der Schule erst feste Schuhe tragen durfte, als seine Noten so außergewöhnlich gut waren, dass er auf einer Weißenschule aufgenommen wurde, der auf dem schrecklichen Klassenfoto vom April 1947 der einzige Schwarze unter 30 Weißen ist. Nach dem südozeanischen Fußballturnier 1956, das ich mit meiner Mannschaft gewann, nach der Unabhängigkeit 1960, nach meinem kurzen Briefwechsel mit Frantz Fanon, dem Studium in Paris, dem Abschluss in Politikwissenschaften 1961, nach meinen Artikeln über die neuen Concordinen, über die zu überwindenden Traumata der Kolonialzeit, über die Identität, die es wiederzufinden galt, über die kommunistische Lösung, nach meinen Reden an der Universität von Richeterre, nach meinem ersten Abgeordnetenmandat in Bay County 1965, meiner Begegnung mit Dorys, nach der Geburt von Thomas, nach meinem Posten als Staatsminister unter Powers 1971, nach der Begegnung mit deiner Mutter in Paris und deiner Geburt, wahrscheinlich auch nach den Begegnungen mit unzähligen anderen Frauen und den Geburten von mindestens ein oder zwei außerehelichen Kindern, die nicht wie du das Glück hatten, dass ich sie anerkenne, aber auch dieses Geheimnis werde ich mit ins Grab nehmen, nach einem Jahr im Gefängnis 1974 unter Pastor, nach meiner Begnadigung, dem Ruin, dem Exil in St. Peters, nach den Jahren, in denen ich Personalchef bei Exxon South Indies war, und nachdem ich dann, als Pastor gestürzt wurde, nach Richeterre zurückkehrte, nach meiner Rückkehr ins Parlament und meinem zweiten Regierungsamt im Wirtschaftsministerium unter Williamson bis 1984, nach der Geburt von Emerson, nach meiner Funktion als Senator, nach dem erneuten wirtschaftlichen Aufschwung und meinen Anwandlungen, Präsident zu werden, bis zum Staatsstreich von Lambredette 1999, nach meinem Krebs, der Chemotherapie in der Schweiz und dem Anfang des persönlichen und finanziellen Niedergangs, nach einem ganzen Leben, das voller mehr oder weniger enttäuschter Ambitionen steckte, voller fauler Kompromisse, gebrochener Treueschwüre, Veruntreuung von öffentlichen Mitteln, Schmiergelder und Schläge unter die Gürtellinie, nach der Unterstützung durch Hexenmeister und Marabuts bei Schicksalsschlägen, wenn sie einen trafen, nachdem ich 1992 das Attentat auf Travis sicherlich finanziell unterstützte, was aber auch niemand mit Gewissheit wird sagen können, solange ich am Leben bin, nach Demütigungen und Bumerangeffekten jeglicher Art, nachdem ich das alles äußerlich unbeeindruckt durchgemacht habe, bin ich, Nelson Mac Pola, also jetzt, in der Dämmerung einer neuen Welt, die nicht mehr die meine ist, am Ende von Land und System überholt worden, im Rentenalter, der Zeit der wohlverdienten Altersruhe, die die Zeit ist, in der man schon aufs Abstellgleis geschoben wird, der Zeit des erzwungenen Nichtstuns, der Tatenlosigkeit, der Langeweile, der Verbitterung und der Launen eines potenziellen afrikanischen Diktators. Bei den Titeln à la ‹Herr Minister› oder auch ‹Herr Senator›, die zwei oder drei arme Teufel meiner Generation mir schon manchmal noch geben wollen, wenn sie das Strammstehen nachäffen, bei meinem immer noch lebendigen Faible für all diese hochtrabenden Titel, die man nun anderen und nicht mir verleiht, mit der gekränkten und rachegelüstigen Unterstützung von Dorys, die mir in all diesen Jahren treu geblieben und mit mir durch dick und dünn gegangen ist, bei den kleinen Aufmerksamkeiten und der erzwungenen Fürsorge aller: meiner drei rechtmäßigen Söhne, die von Geburt an erdrückt wurden unter meiner Herrschsucht und meinem Egoismus, meiner Schwiegertöchter, die sich ihren Teil denken, aber denen nichts anderes übrigbleibt, als mich jedes Mal – das heißt über die Hälfte des Jahres – zu ertragen und zu achten, wenn ich mich ohne zu fragen in ihre Häuser einlade, meiner Enkelkinder, die die einzigen sind, die in den Genuss meiner Liebe und meiner Rührung kommen, deren Frechheit mir gegenüber und meine Nachsicht ihnen gegenüber euch manchmal alle baff machen, jetzt, wo auch du, Antoine, mir deine Aufmerksamkeit, Achtung und Liebe zollst, trotz allem, du, Antoine, dessen Bedeutung und Errungenschaften mir wohl bewusst sind, was mich aber dir gegenüber trotzdem keinen Deut milder stimmt, weil ich stolz und eben so bin, wie ich bin, und vielleicht auch, weil ich dich eher für einen Weißen als für einen Schwarzen halte, weil du, indem du zur Hälfte ein Weißer bist, tatsächlich kein Schwarzer bist, und weil ich dich deswegen genauso hasse wie bewundere, genauso wie ich stolz bin, dein Vater zu sein, und gleichzeitig denke, dass du nie einer der Meinen sein wirst, jetzt also, nach all dem, hat Nelson Mac Pola durchaus das Recht zu schweigen, genauso wie die Pflicht, sich nicht zu beklagen. Aber von meinem schlechten Gewissen werde ich, obwohl alle nun tief in meinen Augen diesen Ausdruck von «Nach mir die Sintflut» lesen, von meinem schlechten Gewissen werde ich mit keinem von euch allen sprechen, kein Sterbenswörtchen, bis zu meinem Tod.»

Dorys saß teilnahmslos ein bisschen weiter hinten an dem hölzernen Lacktisch im Esszimmer, mit einem Kissen unterm Hintern und gespreizten Ellbogen, und unternahm rein gar nichts, um nicht wie das Sinnbild totalen Nichtstuns auszusehen. Wenn ihr Familienstatus, ihr Rang und ihr Alter sie nun von jeglicher Anstrengung enthoben (aufzustehen, um mich zu begrüßen, bloß den Blick zu heben, während ich auf sie zuging, denn es war an mir, auf sie zuzugehen, sich zu ihr hinabzubeugen und sie zu umarmen und zu küssen), so wusste ich doch, dass sie sich zu ihrem unbewegten Ausdruck mir gegenüber zwingen musste, ich brauchte mir nur das Zierdeckchen der Vase mit den Kunststoffblumen anzusehen, an dem sie nervös mit den Fingerspitzen zupfte. «Comwé yo, Mama?», fragte ich sie und sprach die «Mama» mustergültig aus und schloss sie mustergültig in meine Arme, mit der richtigen Mischung aus Zuneigung und Respekt.

Ich umschlang mit einem sanften Druck ihren gedrungenen und festen Körper jedes Mal gerne, spürte, wie ihr Herz etwas schneller ging, das Echo einer Weiblichkeit, der 40 Jahre, die sie im Schatten meines Vaters und seiner übelsten Geheimnisse verbracht hatte, schwer mitgespielt hatten, spürte, wie sie zwischenzeitlich ihren Groll runterschluckte, dass da hinter ihrem Rücken ein Kind gemacht worden war, mit einer Weißen auch noch. Insofern fragte ich mich zwischenzeitlich auch jedes Mal, ob sie deswegen im Grunde so böse war, wie sie sich den Anschein geben wollte, und wie die angeborene und die erlernte Bösartigkeit bei ihr genau aussahen.

Mit Marlène war es anders. Ich schenkte ihr ein Lächeln ohne doppelten Boden, das sogar noch ein wenig mit der Macht spielte, die mir aufgrund des Altersunterschieds von vier Jahren zustand. Sie stand auf, drückte dabei mit beiden Händen diskret ihr ein bisschen zu kurzes Kleid gegen die Schenkel und hüllte mich mit ihrer Umarmung in eine Wolke von Make-up und frischgeflochtenen synthetischen Zöpfen. Das Kleid und die Zöpfe waren die letzten Spuren einer Jugendlichkeit, denen sie selbst allein noch deswegen folgte, weil es mit 31 schon ein bisschen früh ist, um sich vollkommen davon zu verabschieden. Es war in der Tat schwierig, sich hinter ihrem Bauchansatz und einem Lächeln, das nur notdürftig die Sorgen verschleierte, sich dahinter die aufreizende Göre vorzustellen, die sie zwischen 18 und 23 gewesen war, die auf die Piste ging, in ausgeflippten Klamotten, ihre

Abenteuer hatte, mit amerikanischen Matrosen, und zwei oder drei Abtreibungen.

Ich stellte mir nun eher vor, wie sie Ben kennengelernt hatte, dann die Eltern, wie sie ihr Studium abgebrochen und geheiratet hatte, wie Schluss war mit dem Über-die-Stränge-Schlagen, wie Robby auf die Welt kam, jemand musste sich um die gepachtete Tankstelle kümmern, gleich anschließend die Geburt von Terry, sie musste den Haushalt schmeißen, sich ihren Namen verdienen, durfte sich nicht der Schwiegermutter widersetzen, ihr nicht widersprechen, dazu Bens Worte, der stur zu seinen Eltern hielt: *Stell dich nicht so an, das ist immerhin mein Vater, das ist immerhin meine Mutter*, die Kirchgänge und das Essen am Sonntag im Kreise der Familie ihres Mannes in Richeterre, das Essen am Sonntag mit der Familie in Port-Garcia, Weihnachten und die Geburtstage im Kreise der Familie, man häuft ein paar zusätzliche Kilos an, man achtet nicht mehr auf seine Klamotten, die Jungs schauen einem nicht mehr hinterher, einmal im Jahr geht man mit den drei Brüdern und den zwei Schwägerinnen in die Disko, damit es so aussieht, als ob die Männer ihre Frauen ausführten, wie das gute Ehemänner machen, keinen Mucks, *Worüber regst du dich auf? Du hast alles: Geld, ein Auto, du hast alles, was du willst. Weißt du, wo du ohne meine Familie stehen würdest?*, und dann, mit 30, sieht man so aus, als wäre man 15 Jahre älter, die Träume haben sich schon seit Ewigkeiten in Luft aufgelöst, und das Gesicht nimmt allmählich einen Ausdruck an, der, merkwürdigerweise, an den der verhassten Schwiegermutter erinnert, so weit der Kreislauf der Hölle, es ist Schichtwechsel.

Am Sofaende saß schließlich Patricia. Das Dekolleté, das sie trug, hatte sie nicht ohne Hintergedanken ausgesucht, ahnte ich. Auch sie stand auf und warf mir von unten einen gespielt unbefangenen, koketten Blick zu, den sie sich fünf

Jahre später, wenn sie mit Emerson verheiratet sein würde und auch Mutter wäre, nicht mehr erlauben könnte. Ich spürte, dass sie sich ein tiefbewegtes Lachen verbiss, als ich ihr die Wange küsste, sie hielt mir in jugendlicher Hast das Ende ihrer Wange, fast das Ohr, hin, als würde sie die Versuchung abwenden, mich auf den Mund zu küssen.

Mir gefiel es, muss ich zugeben, dass ich in ihren Augen, so wie in geringerem Maß auch in den Augen von Marlène und Dorys, so etwas wie einen unerreichbaren Traum verkörperte: ein schöner, sanfter, zuvorkommender, galanter, reicher und lebhafter Mann in einem Schlaraffenland. Mir gefiel es, den Beweis dafür zu verkörpern, dass Männer nicht immer grobe Machos sind. Für die Ausnahme von der Regel gehalten zu werden, die das Ansehen aller anderen Männer wieder herstellt, indem sie sie zugleich vernichtet. Die Damen ein bisschen ins Schwärmen kommen zu lassen, auch wenn es sie noch verzweifelter machte, auch wenn es auf Kosten meiner eigenen Brüder und meines Vaters ging.

Kaum war das Küsschen mit Patricia beendet, wandte ich den Kopf in Richtung Männerkanapee. Da saßen Thomas, Ben und mein Vater und betrachteten mich, ohne auffallende Zärtlichkeit und ohne zu vermuten, dass ich mich so schnell umdrehen würde. In einer ganz und gar synchronen Bewegung zogen sie mechanisch die Köpfe ein und versenkten ihre Blicke in den Unterlagen, die verstreut auf dem kleinen Tisch zu ihren Füßen herumlagen, so als hätten sie nichts gesehen.

«Echt? Du kandidierst bei den Wahlen? Du organisierst eine Wahlkampfveranstaltung? Das ist ja cool!»

Ich glaubte mir selber kein Wort. Ich konnte mir Thomas unmöglich als Bürgermeister vorstellen. Jedenfalls nicht als seriösen Bürgermeister, mit seinen NYPD-Kapuzenshirts, der Goldkette, dem kahlrasierten Schädel und seiner Schwergewichtsboxerstatur.

«Was du nicht sagst.»

Ich weiß nicht, warum, trotz seines Widerstrebens versuchte ich unermüdlich, mit ihm ins Gespräch zu kommen. Weil es eine narzisstische Herausforderung für mich war oder doch aus einem echten Bedürfnis heraus, mich ihm anzunähern? Denn selbst wenn ich mir zurückhaltender und zivilisierter vorkam als er, blieb er immerhin mein älterer Bruder, der zwar dickköpfig und nicht sehr entgegenkommend sein mochte, dessen Charakter und Stärke mich aber faszinierten und meinen Drang weckten, ihm zu gefallen.

«Okay», fing der an Thomas gewandte Mensch im Anzug wieder an, nachdem ich mich uneingeladen und ein bisschen ungelenk, aber nun gut, zu ihnen aufs Kanapee gesetzt hatte: «Wi mék wot bot zy t-shirts?»

«Barnaby, kannst du nicht französisch reden?», funkte mein Vater dazwischen, deutete mit einer lässigen Handbewegung auf mich und täuschte eine vorwurfsvolle Miene vor.

Da er damit meine Unkenntnis des Kreolischen hervorgehoben hatte, stellte er mich auf die Probe. Ich versuchte, mich zu verteidigen:

«No pwob, Seu'. Yo tok seulmin kom yo want. Mwin sé deustinde kwéol. Mwin pa li tok wel bat mwin deustinde pweti goud.»

«Was die T-Shirts angeht», beharrte Thomas auf dem Französischen, um mich zünftig in die Seile zu schicken und mich da nicht mehr rauszulassen, «was die T-Shirts angeht, gab's zwei Möglichkeiten.»

«Genau», übernahm Ben das Wort, der einen auf kompetenter und pragmatischer Wahlkampfassistent machen wollte. «In beiden Fällen ist das Foto und der Slogan draufgedruckt. Es gibt erste Wahl, das ist guter Baumwollstoff. Kostenpunkt zwei Dollar und 10 Cent pro T-Shirt ab 1000 Stück. Und dann gibt es die zweite Wahl, die ist nicht so strapazierfähig: Stückpreis ein Dollar 20.»

«Ich habe für übermorgen 1000 Stück von der zweiten Wahl bestellt», brachte Thomas die Sache zu Ende.

«Und warum nicht erste Wahl?», knurrte mein Vater in der Ecke.

Er richtete sich auf und wandte sich Thomas zu:

«Hältst du die Leute für blöd?», wetterte er los und bemühte sich dabei, bestimmt um mich zu beeindrucken, ein französischeres *blöd* als normal von sich zu geben. «Ein Concordiner ist imstande, die Qualität von einem Kleidungsstück zu erkennen, das weißt du. Du weißt, dass er Qualität mag, dass er sich gern in guten Stoffen präsentiert, du weißt, dass das wichtig ist für ihn. Warum also willst du zweite Wahl nehmen? Willst du die Bürgermeisterwahl verlieren, oder was?»

Thomas antwortete so geduldig, wie er es nur bei seinem Vater machte:

«Nein, Papa. Es ist so, wenn wir bei den T-Shirts sparen, können wir das Geld von David anderweitig ausgeben, nämlich da, wo es den Unterschied ausmachen wird. Bei den Boxen zum Beispiel oder bei den zusätzlichen Spruchbändern.»

Mein Vater stieß ein leises ironisches Lachen hervor.

«Bah … Ist das dein Sponsor? Ein Typ, der wegen 1000 Dollar einen Aufstand macht? Na, mit so 'nem Geizkragen kommst du nicht weit. Die hatten uns schon an ganz andere Spektakel gewöhnt, die Weißen …»

Nach so einem Ausfall hatte ich Lust, meinem Vater mehrere Dinge zu sagen. Als Allererstes hatte ich Lust, ihm zu sagen: «Warum hast du denn ständig diesen Drang, uns alles zu verderben, Papa? Du hast deine Zeit gehabt, lass uns die unsere.» Ich hatte Lust, ihm zu sagen: «Dein Sarkasmus zeigt bloß deine Eifersucht und deine Ohnmacht. Hast du für Thomas' Kampagne auch nur einen einzigen Cent ausgelegt?» Aber vor allem hatte ich Lust, ihm zu sagen: «Warum sagst du den Weißen das Schlechte, das du von ihnen denkst, denn nie ins Gesicht? Du hackst, so gut es geht, auf ihnen rum, aber eigentlich hast du Angst vor ihnen. Warum ziehst du hinter ihrem Rücken dermaßen über sie her, und jedes Mal, wenn sie da sind und du die Gelegenheit dazu hast, sogar wenn die größten Schwachköpfe da sind, sogar wenn ich da bin, als ob ich ein Fremder auf der Durchreise wäre, dann rückst du mit diesem ganzen Zeugs raus, wendest deinen Subjonctif Imperfekt an, zitierst deinen Lamartine, imitierst deinen Giscard d'Estaing, tust so, als würdest du den guten alten Zeiten hinterherweinen, wo du in den Pariser Markthallen Zwiebelsuppe gegessen hast, und führst deinen Pariser Gassenjungenakzent vor, der total schlecht zu dir passt? Bist du dir denn nicht darüber im Klaren, dass du dich lächerlich machst, dass du dich ihnen vor die Füße wirfst, wenn du immer nur willst, dass sie um jeden Preis lachen und dich bewundern? Wenn du ihnen dankbar bist, weil sie dir ja immerhin ihre Aufmerksamkeit schenken? Diese *Mental Slavery*, von der Bob Marley singt und die du so oft bei anderen anprangerst, also du steckst da selber mittendrin, Papa, du als Erster, du bist seit der Grundschule wahrscheinlich da nie rausgekommen. Das ist tragisch, da wird mir ganz schwindlig, wenn ich drüber nachdenke, hab ich manchmal sogar Lust zu heulen. Ach, Scheiße, reiß dich zusammen, mach was, mach wenigstens uns zuliebe was!»

«Bot zi musik alor?», fuhr Barnaby fort, der mit dem Französischen bestimmt seine liebe Müh und Not hatte. «Bot zi musik, vozot lavé tawanjé wid Les Partysans?»

«Ja, sie haben zugesagt», bestätigte Ben. «Ich hab vorgestern noch mal mit dem Sänger telefoniert. Jetzt gibt's nur noch das Problem mit dem Busfahrer, der einen Vorschuss fürs Benzin will. Thomas, was machen wir da? Soll ich ihm 50 Dollar geben?»

«Warum habt ihr nicht bei Kool Jega angefragt?», mischte sich mein Vater wieder ein.

«Kool Jega spielen bei Friedricks», sagte Ben mit Bedauern und behielt hinter einem schmerzerfüllten Blick Thomas' Reaktion im Auge. «Aber die Partysans sind auch gut. Die sind den Leuten ein Begriff.»

«Ha!», erhellte sich das Gesicht meines Vaters mit einem hämischen Grinsen. «Kool Jega spielen für Friedricks? Ha! Also dann kannst du gleich einpacken, mein guter Tom, wenn Friedricks Kool Jega auf seiner Bühne hat! Yo laka seulmin ték la pelle, sta't creuzé zi hole et talonjé direk inside!»

Er war vor Freude ganz aus dem Häuschen.

«Ja, aber weißt du, was wir machen, Papa, wir grillen außerdem noch», wehrte sich Ben in vollkommenem Ernst. «Für die ersten 500 gibt es ein Würstchen pro Person, für Familien ab sechs Personen eine Extrawurst. Friedricks hat vielleicht Kool Jega, aber er hat keine Würstchen, zum Essen hat er nichts, gar nichts!»

Ich befürchtete, dass eine bedrückende Stille eintreten könnte:

«Kann ich irgendwas helfen, Tom? Was weiß ich, habt ihr einen Beamer, eine große Leinwand, wollt ihr Videos zeigen, Zeichentrickfilme, schöne Szenen aus Fußballspielen, so was in der Art? Das wäre doch gut, so zwischen den Reden. Die Leute hier mögen doch so was, oder? Ich kann das Equipment mieten oder irgendwas anderes machen. Ich mach, was ihr mir sagt, ich würd euch gern helfen, echt.»

Ich hatte das in aller Unterwürfigkeit vorgeschlagen, ganz beiläufig, am Rande, vor allem weil ich nicht den Eindruck erwecken wollte, Lehren in Organisationsfragen zu erteilen.

Das anschließende kollektive Schweigen verriet die Verlegenheit, an solche Details nicht eher gedacht zu haben, und zugleich den Willen, die Verlegenheit als Zweifel zu verkaufen.

«Mal sehen», grummelte Ben, der offensichtlich erst auf eine Reaktion von Thomas wartete, bevor er sich aussprach.

Mein Vater versuchte hartnäckig, meinem Blick auszuweichen, wie jedes Mal, wenn er gute Gründe hatte, stolz auf mich zu sein.

«Und was ist mit dir?», rang sich Thomas schließlich durch und drehte sich zu mir rum. «Könntest *du* nicht was machen?»

«Wie meinst du das, ob ich nicht *was machen* könnte?»

«Ein kleines Stück aufführen, eine Improvisation, ich weiß nicht, wie sich das nennt. Du bist doch Schauspieler, oder?»

Das schreckte mich im Voraus ab. Mir fehlte sowohl der Wille als auch der nötige Ernst, mir etwas Lustiges auszudenken, was ich auf der Bühne zum Besten geben könnte und was die Chancen von Thomas, zum Bürgermeister gewählt zu werden, erhöhen würde. Es war weniger der Zweck der ganzen Sache als solcher als die Aussicht, dass ich mich auf ein Publikum einstellen musste, dessen Sprache ich nicht gut genug beherrschte und das zu unterhalten ich mich mit meinem so französischen, so Pariser Schauspielbegriff nicht imstande fühlte.

«Äh, kein Problem», lächelte ich dennoch, als wäre das ganz selbstverständlich. «Ich muss nur vorher erst ein bisschen überlegen. Aber kein Problem. Mach ich doch gern. Wann ist das eigentlich, dieser Tag der Kandidaten? Hoffentlich bevor ich nach Paris zurückfliege.»

«Am Samstag.»

«Oje, ich fahre ja am 18.»

«Nein, kommenden Samstag, am 12.»

Damit wir in Ruhe miteinander reden konnten und damit es keinen Tratsch gab, hatte mich Marie-Pascale an einen neutralen Ort bestellt, in die Cafeteria der Alliance française, des Instituts zur Verbreitung der französischen Sprache und Kultur, wo sie zusätzlich zu ihren Kursen an der Uni in einem privaten Institut ein halbes Dutzend Stunden pro Woche unterrichtete. Wir hatten ein Verhältnis von Schwager und Schwägerin, die zum Ausgleich dafür, dass es ihnen verboten war, miteinander zu schlafen, über die intimsten Themen redeten, und zwar so freiheraus, dass uns dabei beide quasi erotische Schauder überliefen.

Ich fing an, von Elviras Mail zu erzählen, die ich am Tag zuvor bekommen hatte. Eine Mail, wo sie mir einfach schrieb: «Hallo Antoine. Ich kann nicht schlafen, ich sitze am Computer und mache ein bisschen Ordnung. Gerade bin ich zufällig auf unsere Portugal-Fotos gestoßen, und mir ist aufgefallen, dass ich schon seit vier Monaten überhaupt nichts mehr von dir gehört habe. Ich weiß, du hast mich gebeten, dir nicht mehr zu schreiben, aber ich finde, nach dem, was wir zusammen erlebt haben, wäre es logisch, wenn wir gute Freunde bleiben würden. Wenn du das nicht willst, werde ich dir nicht weiter schreiben. Küsschen, ich denk an dich. Elvira.»

Es war eine ziemlich banale Mail, aber ich nahm schon seit 24 Stunden wie ein Teenie jedes Wort auseinander, um darin womöglich eine versteckte Liebeserklärung, eine stolze Form des Bereuens zu finden. Das sagte ich zu Marie-Pascale, ich sagte zu ihr:

«Ich weiß schon, kann sein, dass diese Mail nichts weiter sagen will als das, was sie sagt. Aber glaubst du nicht, die Tatsache, dass sie nicht schlafen kann, dass sie, wie sie ihre Dateien sortiert, scheinbar zufällig auf unsere Fotos stößt, dass sie mir trotzdem schreibt, obwohl ich sie eindeutig darum gebeten hatte, das nicht zu tun, wie sie mich verlassen hat, glaubst du nicht, dass das alles etwas zu bedeuten hat? Abgesehen davon, wenn sie nicht schläft und sich Zeit dazu nimmt, mir zu schreiben, dann heißt das, dass sie im Moment keinen Freund hat, dass sie gerade einen sitzengelassen hat, der sie enttäuscht hat, und dass sie jetzt anfängt, mir nachzutrauern? Und *Küsschen, ich denk an dich*, was soll das denn genau heißen, *Küsschen, ich denk an dich*, hä?»

Ich sagte zu ihr, dass mir durchaus bewusst war, dass meine Aufregung vollkommen lächerlich war, aber ich hätte das Bedürfnis, mit ihr darüber zu reden, um meinen Gefühlsüberschuss in die richtigen Bahnen zu lenken. Man müsse mich verstehen: Seit vier Monaten rief ich mehrmals täglich meine E-Mails ab, nur weil ich auf eine Nachricht von Elvira hoffte. Ich dachte ständig daran, und jetzt, wo ich eine bekam, fragte ich mich also, ob sie mich für das Warten entschädigte oder bloß noch tiefer in die Sache hineinritt. Ich wollte dringend ihre Meinung als Frau hören, denn als Frau könnte sie mir vielleicht helfen zu verstehen. Was sollte das heißen? Was war das? Ein unausgesprochenes Verlangen, zu mir zurückzukommen? Eine Gemeinheit? Eine vollkommen unschuldige Geste, die nicht ahnte, was für Auswirkungen sie hatte, welch eine Enttäuschung und Trauer sie auslösen konnte? Ich hatte sie nämlich klipp und klar darum gebeten, mir nicht mehr zu schreiben, verdammte Scheiße!

Ich hätte mir so sehr gewünscht, dass Marie-Pascale mir etwas Nettes und Beruhigendes sagt, aber mir schwante ihre Antwort schon, weil es die einzige vernünftige Antwort war: Marie-Pascale erklärte mir in den ihr eigenen einfachen Worten, dass ich mir vor allem keine Illusionen zu machen brauchte. Das sollte überhaupt nichts heißen, die Mail könne aus Elviras Sicht genauso gut freundschaftlich gemeint sein und den Zweck haben, nicht ganz in Vergessenheit zu geraten, Marie-Pascale meinte, sie sehe in der Mail weniger einen Liebesbeweis als ein etwas kindisches und selbstverliebtes Spiel seitens Elvira. Ich dürfe vor allem nicht gleich Feuer fangen, nicht zu schnell antworten. Ein bisschen schmachten lassen, so müsse man das bei den Frauen machen.

Ich sagte zu ihr:

«Zu spät, ich hab schon geantwortet, ich konnte mich nicht zurückhalten. Das nervt mich außerdem sowieso, dass man in der Liebe ständig strategisch vorgehen muss. Warum kann man nicht einfach man selbst bleiben und sich so gelten und lieben lassen, wie man ist?»

Marie-Pascale war nicht in der Lage, mir darauf eine Antwort zu liefern, aber ihr Schweigen bedeutete so viel wie: «Ich verstehe, was du meinst. Das ist ein recht hübsches Ideal, aber das Ganze ist anders festgelegt. Das ist ungerecht, aber so ist es nun mal.»

Sie fragte mich dafür, was ich in meiner Mail geschrieben hatte. Ich antwortete, ich hätte damit begonnen, dass es ein komisches Gefühl für mich wäre, meinen ersten Brief von ihr zu kriegen, der kein Liebesbrief war, sondern ein neutraler Brief, der mit «Hallo Antoine» und nicht mit «Mi amor» oder «Mi corazón» anfing. Ich sagte zu Marie-Pascale, ich hätte eine Mail geschrieben, in der ich die Wahrheit sagte, aber ohne die eigene Würde zu verletzen. Um es zusammenzufassen, ich hätte Elvira geschrieben, dass ich versuchte, sie zu vergessen. Dass ich mich mit Freunden traf, arbeitete, lachte, ausging, tanzen ging, dass ich zur Ablenkung sogar mit mehreren Frauen geschlafen hatte, dass ich meinen Spaß dabei gehabt hatte, es wäre berauschend gewesen, es wären sogar welche dabei gewesen, die mehr gewollt hätten, aber mit der Zeit, die sie und ich zusammen gehabt hätten, würde ja nichts mitkommen, dass ich mich bemühte, das Gute am Leben zu sehen und meine Zeit nicht mit Trübsalblasen zu verbringen und dass das ganz gut hinhaute, dass ich manchmal einen ganzen Tag lang nicht an sie dachte, um es kurz zu machen, dass ich immer noch in sie verliebt war, aber nicht mehr so schlimm, dass ich etwas gegen meine Krankheit tat und auf dem Wege der Genesung war.

Eher scheinheilig hatte ich auch geschrieben: «Eine freundschaftliche Beziehung? Na, warum nicht? Ich würde sowieso nein sagen, wenn das jetzt zur Debatte stünde, wieder zusammenzukommen, zwischen uns ist nämlich etwas kaputtgegangen. Denn je mehr ich an dich denke, desto mehr sage ich mir, dass ich dich gar nicht so gut kannte, wie ich dachte, als wir zusammen waren, dass wir uns einander doch fremder sind, als ich mir das vorgestellt hatte.» Zwischen den Zeilen: Ich habe dich verloren, vielleicht ist das aber gar nicht so schlimm. Und wumm! Am Schluss meiner Nachricht lud ich sie folglich dazu ein, mir etwas aus ihrem Leben, von ihrem Job, über ihr Studium, von unseren früheren gemeinsamen Freunden, von ihrer Familie zu erzählen und, warum nicht, auch über ihr Liebesleben, wie man das halt so macht unter guten alten Kumpeln.

Ich beendete das Thema mit den Worten, dass ich eigentlich wohl gar nicht mehr so verliebt war in Elvira und dass ich es womöglich auch nie so, wie ich geglaubt hatte, gewesen war. Alles, was sich jetzt noch in mir regte, seien die letzten Zuckungen meiner übermäßig ausgeprägten Empfindsamkeit, dieses Hangs zur Sentimentalität, der, wie Ben und Thomas mir bei jeder Gelegenheit zu spüren gaben, was für

Weiße war («Außen schwarz und innen weiß: Du bist echt wie so ein Bounty, Antoine»), genauso wie meine Denk- und Ausdrucksweisen allgemein («Du denkst zu viel nach, Antoine»). Ich sagte, ich wäre mittlerweile nicht mehr wie mit 25 imstande, wegen einer Frau so aus dem Häuschen zu geraten, es käme mir nämlich so vor, als wäre es einem bestimmten Alter vorbehalten, wegen Liebesleidenschaften nicht ganz bei Trost zu sein. «Und eines Tages geht man in einen anderen Zustand über, man regt sich ab, man nimmt Abstand, man erlebt seine Herzensangelegenheiten mit mehr Vernunft, mit gelassener Schicksalsergebenheit. Man träumt zwar weniger, aber man leidet auch weniger. In der Hinsicht ist das Leben zum Glück ganz gut aufgebaut.»

Marie-Pascale stimmte mir schweigend zu, aber ich merkte, dass meine Rede sie besorgte Vergleiche ziehen ließ. Insofern gestand sie mir schließlich, dass sie einen Liebhaber hatte, dessen Namen sie mir erst mal nicht sagen wollte. «Ich kann nämlich nicht mehr, Antoine, ich kann ehrlich nicht mehr.» Sie sagte das nicht in einem übersteigerten Ton, wie in Frankreich, wo man die Wörter wie Luftballons aufbläst, um banale Wirklichkeiten etwas anschaulicher zu gestalten. Sie sagte das im Gegenteil in einem fast bedauernden Ton, wie jemand, der auf abgedroschene Redensarten zurückgreift, weil die Wörter sowieso nicht bis zur Wirklichkeit vordringen.

Sie erzählte mir, dass Thomas sich sehr verändert hatte, seitdem sie beide aus Frankreich zurück waren, dass er unter dem Einfluss meines Vaters und seines Umfelds schlechte Angewohnheiten angenommen hatte. «Als wir in Nancy wohnten, war er wirklich nett. Es gab nur uns beide, ich hab mein Studium gemacht, er seine kleinen Jobs, wir haben ganz einfach gelebt. Schon richtig, dass wir nicht viel Geld hatten, aber wir hatten wenigstens unser kleines Zuhause, unsere

Ruhe, und keiner hat uns gesagt, was wir tun und lassen sollen. Weißt du noch, wie gut wir uns verstanden haben, als du uns besuchen gekommen bist?»

Ich hatte Lust, ihr zu entgegnen: «Aber das ist jetzt fast sieben Jahre her, dass ihr ‹zurück› seid, Marie-Pascale.» Sie erzählte mir, dass Thomas mit Ben und Emerson jeden Freitagabend in die Disko geht, die Frauen dürften da nicht mitkommen:

«Wir dürfen nicht mal fragen, was sie gemacht haben, wenn sie nachts nicht nach Hause gekommen sind, wenn ihnen plötzlich einfällt, einfach so ohne Vorankündigung für drei Tage nach B-Bay zu fahren. Wir dürfen nicht fragen, was sie in B-Bay gemacht haben, aber wir wissen ganz genau, was sie da gemacht haben. Der Tratsch geht bis nach Port-Garcia, das kommt alles raus, vor allem die Bettgeschichten. Und es hilft dann nichts, sich bei irgendjemandem zu beklagen, dein Vater will nichts davon hören, ihm ist das egal. Und was Dorys angeht, das kannst du gleich vergessen, du weißt ja, wie sie ist, wenn es um ihre Söhne geht. Marlène und Patricia trauen sich noch weniger als ich, den Mund aufzumachen, die sind das gewohnt, die waren nicht in Frankreich, die sind viel unterwürfiger als ich. Meine Mutter und meine Schwestern sind zu weit weg, ich kann sie nicht jedes Mal anrufen, das geht nicht, das ist zu teuer, sie können mich nur bemitleiden, du kannst dir nicht vorstellen, wie allein ich mir vorkomme. An Ostern, Weihnachten, am Fest der Unabhängigkeit, an den Geburtstagen, zur goldenen Hochzeit der Eltern, da sind sie dann wieder ziemlich froh, dass sie ihre Schwägerinnen haben, die die ganzen Bungalow-Wochenenden organisieren sollen: Die Eltern, die mit dem Auto in Richeterre abgeholt werden müssen, das Picknick, für das schon am Tag zuvor kiloweise Fleisch, Gemüse und Reis eingekauft und gekocht werden muss, die Klamotten für die Eltern, für die Männer, für die Kinder, die Betten von allen, die bezogen werden müssen, und mit welchem Geld? Glaubst du, dein Vater würde einen Cent ausgeben für die Wochenenden? Antoine, ich drücke da so gut wie mein ganzes Gehalt ab und Marlène das ihre genauso. Wir teilen die Kosten jedes Mal durch drei, aber weil Tom und ich am meisten Geld haben, zahlen wir auch am meisten, so ist das einfach, wir haben gar keine Wahl. ‹Die Eltern sind mir heilig›, sagt Tom. Ich kann nicht mal in meinem eigenen Haushalt so über mein Geld bestimmen, wie ich will. Die 130 Dollar, die ich jeden Monat mit den Lehraufträgen verdiene, gehen geradewegs drauf für die Zigaretten von deinem Vater, für das Benzin für den Laster, für Toms Telefonrechnung. Weißt du, dass ich auch noch darum kämpfen musste, dass Tom mich arbeiten lässt? Er wollte mich zur Hausfrau machen. Er weiß ganz genau, dass mir Port-Garcia nicht gefällt, dass ich mich langweile, dass ich da keine Freunde habe, dass meine Familie weit weg wohnt, aber manchmal sagt er immer noch zu mir: ‹Warum willst du arbeiten gehen?› Er möchte mir das Gefühl geben, mir ein Geschenk zu machen, wenn er mich arbeiten lässt. Ich arbeite also bloß, um ein bisschen mehr Freiheit zu haben, von dem Geld kriege ich ja nichts zu sehen. Meine Schwestern sagen, dass ich ihn verlassen soll, sie haben gesagt, ich soll die Kinder nehmen und zu ihnen nach Frankreich kommen, sie sind sogar bereit, die Tickets für mich und die Kinder zu bezahlen. Und wie ich zu Tom gesagt hab, dass es mir reicht, dass ich mich scheiden lassen will, weißt du, was er mir gesagt hat? Er hat gesagt: ‹Du kannst gehen. Mach, was du willst, hau ab, ist mir scheißegal, ich brauch dich nicht. Aber ich warne dich: Warren und Mélissa bleiben da. Wenn du gehst, siehst du die Kinder nicht wieder.› Kannst du dir das vorstellen? Er hat zu mir gesagt: ‹Und lass dir ja nicht einfallen, mit ihnen fliehen zu wollen. Wenn du das versuchst: Du kommst nicht durch die Kontrolle am Flughafen, du steigst auf kein Schiff, weil an den Schaltern schon alle Bescheid wissen, ich kenn die alle. Wenn du mit dem Auto fährst, kommst du nicht mal bis Sainte-Grâce, ich hetz dir nämlich die Bullen auf den Hals.› Wenn du wüsstest, wie ich mich nach Frankreich sehne.»

Ich glaube, als wir dann über Frankreich sprachen, erzählte sie mir, wie glücklich sie in den vier Jahren, die sie mit Tom dort verbracht hatte, gewesen war, wie sie mit dem Abstand die Franzosen für weniger verschlossen als ihren Ruf hielt und für weniger rassistisch, sogar für gastfreundlich und großzügig, genau das sagte sie, ich erinnere mich: «Manchmal beneide ich dich darum, dass du von einer französischen Mutter großgezogen worden bist», und ich antwortete, dass das, was sie über Frankreich sagte, nicht ganz falsch sei, aber bei der Geschichte mit der Erziehung müsse man den Ball schon deutlich flacher halten, man dürfe das auch nicht glorifizieren. Ich sagte ihr erst mal, dass die französische Gesellschaft in Anführungszeichen noch so große Fortschritte machen konnte, sie lässt dich trotzdem deine Hautfarbe, die Tatsache, dass du ein Mischling bist, von klein auf spüren, und zur Gesellschaft gehört eben auch die eigene weiße Familie, ich würde sagen, vor allem die eigene weiße Familie, trotz aller Vorsorge, die man treffen kann, damit man keine Fehler macht.

Ich sagte ihr, dass das im Kleinen anfing. Zum Beispiel bei der Art, wie dir deine Onkel und Großeltern Tischmanieren beibrachten, halt mit Gesichtern und Wörtern, die fast unmerklich strenger waren als die, die man zum gleichen Zweck für deine gleichaltrigen weißen Cousins gebrauchte. Natürlich verstehst du die verletzenden und grimmigen Blicke und Wörter mit fünf Jahren nicht. Aber du begreifst schon mal instinktiv, es hängt mit deiner Hautfarbe zusammen, die Weißen bilden sich anscheinend ein, dass einem Kind, das zur Hälfte schwarz ist, die schlechten Tischmanieren schwieriger auszutreiben sind, weil in seinem genetischen Code zwangsläufig die barbarischen Manieren festgeschrieben sind. Das Gleiche, wenn du nicht baden willst, in der Öffentlichkeit zu laut lachst, Grimassen schneidest, unanständige Wörter benutzt, nicht logisch denken kannst, willensschwach, vergesslich oder faul bist: Wenn du fünf bist, findet das deine weiße Familie nicht so witzig bei dir wie bei ihren weißen Sprösslingen.

Das alles führt dazu, dass du schon als Kind das Gefühl hast, diesem einheitlichen Block aus hellen Gesichts- und Augenfarben und glatten Haaren, in dem jeder Einzelne die Gewissheit zur Schau trägt, dass die Natur ihm die beneidenswertesten körperlichen Eigenschaften des Menschengeschlechts mitgegeben hat, in dem jeder einzelne seine Kraft und sein Selbstvertrauen unbewusst aus dieser Überzeugung zieht, diesem einheitlichen Block ein bisschen isoliert gegenüberzustehen. Auch wenn du an Weihnachten die gleichen Geschenke kriegst wie deine Cousins, an den gleichen Schulen angemeldet wirst, den gleichen Klavierunterricht bekommst, in die gleichen Museen mitgenommen wirst, auch wenn sie dich auf dem Familienfoto nicht vergessen, dich in die Arme nehmen und mit dir schmusen wie mit den anderen, kommst du dir in deiner zu dunklen Haut, mit deinen zu braunen Augen und deinen zu wuscheligen Locken einfach nicht blond genug vor.

Und das ist alles umso verwirrender, als du das Gefühl hast, dass nicht mal deine eigene Mutter dich wirklich beschützt. Deine Mutter ist freilich die Person, die du am meisten liebst auf der Welt, und du bist bestimmt auch derjenige, den sie am meisten liebt auf der Welt. Sie verwöhnt und umsorgt dich zärtlich, sie kümmert sich und liebt dich so, wie dich nie jemand geliebt hat. Aber jedes Mal, wenn deine Onkel, Tanten oder Großeltern zu dir sagen: «So benimmt man sich hier nicht. Wo hast du das her, dich so zu benehmen?», oder auch: «Nein, so reden wir nicht, so reden nur die Ganoven», stellst du fest, dass sie das unmerklich genauso geschehen lässt, dass sie nichts dagegen unternimmt, dass sie zu ihren Brüdern oder zu ihren Eltern nicht sagt: «Könntest du bitte ein bisschen freundlicher mit Antoine reden? Du kannst ihn maßregeln, wie du willst, aber es ist auch an dir, ihm gute Manieren beizubringen, und warum sagst du *hier* und *wir*, als ob er in diesen vier Wänden gar nicht zu Hause wäre? Sag ich das zu deinen Kindern, *hier* und *wir*?»

Das Problem ist im Übrigen gar nicht mal, dass sie es geschehen lässt, ohne etwas dagegen zu unternehmen. Das Problem ist, dass sie sich wohl aus Feigheit entscheidet, den anderen beizupflichten und sogar noch einen Schritt weiterzugehen. Sie hat für dich nämlich gelegentlich noch viel strengere Augen und Wörter als die Ihrigen, weil sie sich natürlich nicht gegen diese Leute stellen kann, die ihr so gleichen und dich daran erinnern, dass sie letztlich vielleicht eher die Ihren sind, als du der Ihre bist. Weil du instinktiv weißt, ganz im Innersten ihrer selbst, eine so tadellose und liebevolle Mutter wie sie ist, ganz im Innersten ihrer selbst erschreckt sie der Gedanke, und zwar mehr, als sie es sich selbst jemals eingestehen würde, ein Wesen hervorgebracht zu haben, dessen eine Hälfte ihr so wenig gleicht. Und ein bisschen später, wenn du das Alter erreicht hast, in dem du bei den Unterhaltungen der Erwachsenen mithörst, die nicht ahnen, dass du, wenn schon nicht den Sinn, so doch wenigstens den Tonfall kapierst, ein bisschen später, wenn du aus den Mündern deiner weißen

Familie Wörter wie «Afrika», «Dritte Welt», «Kolonisierung», «Schwarze» oder auch «Einwanderer» hörst, gibt dir etwas an ihrem patriarchalischen Lächeln und an ihren verständnisvollen Mienen zu verstehen, dass diese Wörter nicht so neutral sind, wie sie sich anhören, dass dich diese Wörter nichts angehen oder dich von oben herab betrachten, kurz, dass diese Wörter dir nicht gehören und nichts von dir wissen wollen.

«Na ja, okay, meine weiße Familie hat mich großgezogen, bei sich aufgenommen, mir zu essen gegeben, mich geliebt und mir vielleicht erlaubt, das zu werden, was ich geworden bin, dazu gehört auch, dass ich mal sagen kann: Leckt mich am Arsch! Aber weißt du, wenn ich es mir aussuchen könnte, frage ich mich manchmal, ob es mir nicht lieber ist, wenn mich jemand so anschnauzt, wie Tom und Papa das tun. Weil da weiß ich wenigstens, auch wenn sie einen voller Stolz und manchmal voller Ablehnung anschnauzen, dass dahinter kein Funke Verachtung steckt.»

«Und schwarze Frauen», unterbrach mich Marie-Pascale, indem sie ein Lächeln andeutete, weil sie auf anzüglichere Themen zurückkommen wollte. «Sind schwarze Frauen immer noch nicht dein Ding?»

«Hm, anscheinend nicht. Keine Ahnung, irgendwie macht es nicht klick.»

«Sie sind nicht so wie deine Mama, stimmt's? Machen sie dir Angst? *Mama, Hilfe!*, stimmt's?»

«Ja, so sieht's wohl aus.»

«Du machst einen Fehler», sagte sie und warf mir einen dick aufgetragenen koketten und aufreizenden Blick zu. «Du verpasst vielleicht was.»

Wir mussten beide lachen.

Wie die meisten schwarzen Frauen hatte Marie-Pascale bei dem Thema gemischte Gefühle, schwankte zwischen Überheblichkeit und Faszination und hielt sich bestimmt mit der ernsthaften Frage zurück, ob ich die Weißen nicht ein bisschen langweilig fand, ein bisschen zu verklemmt, wehleidig, engherzig, humorlos, verängstigt. Worauf ich geantwortet hätte, die weißen Frauen waren vielleicht nicht so lustig und großherzig wie die schwarzen, sie beschwerten sich bei jeder Kleinigkeit, bekamen im Alter mehr Falten als die schwarzen Frauen und ja, sie hatten meistens so einen platten Arsch. Aber dadurch, dass ich Mischling war, das heißt schwarz in ihren Augen, brächte ich sie dazu, das Beste aus sich rauszuholen, alles zu geben, das wäre das erfreuliche Resultat davon, weil sie sich eben den Schwarzen gewachsen zeigen wollten, die sie sich lustiger, unerschrockener und im Bett viel stürmischer als die Weißen vorstellten. Hinzu käme, dass ich mich von Natur aus sowieso zu den weißen Frauen, am liebsten blonden, hingezogen fühlte – «Na ja, das ist halt so, ich kann nichts dafür» –, also wäre das alles, na ja, ganz günstig für mich.

«Und was ist mit dir und den Weißen?», fragte ich.

«Na ja …»

«Nein! Hast du einen weißen Liebhaber?

«Na ja …»

«Ooooh! Neiiin! Wer ist es?»

Mit einem Gesicht, das sich bei einer Weißen in einer Errötung ausgedrückt hätte, gestand sie mir, dass David Haedens, der Belgier, ihr Liebhaber war. Weil ich so sprachlos war (ich sagte mir: «Ich brauche erst gar nicht versuchen, das zu verstehen. Die gegenseitige Anziehungskraft unterschiedlicher Rassen ist ein unergründliches Mysterium»), weil ich so sprachlos war, erklärte sie mir also, man dürfe nicht so schnell über ihn urteilen, er wäre gar kein so übler Kerl, man müsse ihn genau kennen, dann wisse man ihn zu schätzen, wenigstens wäre er nett zu ihr und verständnisvoll («Deswegen wollen wir doch alle die weißen Männer: Sie sind vielleicht nicht so sexy, aber sie respektieren uns eher»).

In dem Moment, wo sie anfügte, sie könne sich doch darauf verlassen, dass ich den Mund hielt, sonst wäre es vorbei mit ihr («Nein, ganz im Ernst, du kannst dir echt nicht vorstellen, was wir uns für ... *Winkelzüge* ausdenken? sagt man so? was für unglaubliche Winkelzüge wir uns ausdenken, damit wir uns sehen können, das darf ja keiner wissen»), in dem Moment, wo ich also endlich den wahren Grund begriff, warum David die Plakate, die 1000 T-Shirts und die Würstchen für Thomas finanzierte, kam ein vielleicht 25- oder 26-jähriges Mädchen herein und ging direkt auf unseren Tisch zu. Sie bewegte sich mit dieser Gewandtheit und diesem für französische Auswanderer typischen, leicht dominanten Überschwang im Raum, als wäre sie bei sich zu Hause. Marie-Pascale stellte sie mir als Sandrine vor, stellvertretende Direktorin der Alliance française, die zugleich eine Freundin geworden war.

Ich mochte ihre Art, mit mir zu reden, ohne mich eine Sekunde aus den Augen zu lassen, was eher der Beleg für ein offenes und direktes Wesen als für einen hartnäckigen Verführungsversuch war. Sie sagte mir, dass Marie-Pascale ihr viel von mir erzählt hätte, wie wunderbar es sei, dass ich vorübergehend hier wäre, dass sie ein bisschen zufällig, bevor sie hier ihren Job angetreten hatte, *White Stuff* gesehen hatte und dass er ihr schrecklich gut gefallen hätte. Sie sagte auch, dass sie seit September neben ihrem Unterricht und der Arbeit in der Verwaltung noch eine Radiosendung innerhalb der Alliance française moderierte, dass sie damit gerade anfing, als Laie, keinen weiteren Ehrgeiz hätte, außer ihren Spaß zu haben und vielleicht bei ein paar wenigen Hörern das Interesse für die französische Kultur zu wecken, und dass es super wäre, wenn ich ihre Einladung zu einem Interview annehmen würde: «Das ist am Freitag von 19 bis 20 Uhr 30, ich fänd's echt genial, wenn Sie könnten.»

Aber natürlich nahm ich die Einladung an. Weil Sandrine mich, so wie Bernard Mélikian, ganz unverkrampft gefragt hatte. Weil wir auf den Concordinen waren und weil mir das wichtig war, wenn auch nur aus emotionalen Gründen. Aber vor allem nahm ich die Einladung an, weil mir das Gesunde, Bodenständige und Energische an diesem Mädchen gefiel, dessen Tatkraft auf eine herrliche Abenteuerlust im Bett schließen ließ.

Das Studio war sehr spärlich ausgestattet. Die notdürftige Polsterung, die über das Mischpult des Technikers gebeugte Kontrolllampe, die geräuschvolle Klimaanlage und vor allem das Wissen darum, dass draußen, unter den total verfallenen Gewölben und auf den kolonialen Terrassen, eine warme und klare Nacht angebrochen war, Tausende Kilometer vom Winter entfernt, nebenan das Meer, auf den Bürgersteigen die Kohlenbecken der Bratspießverkäufer und der Reggae aus knisternden Mini-Transistorradios, die Einwohner von Port-Garcia, die gerade aus der Dusche stiegen und sich für den Abend anzogen und einparfümierten, das alles verlieh den Umständen etwas Beruhigendes und Gedämpftes, quasi Traumhaftes.

Sandrine wurstelte sich nach Kräften durch, was durchaus seinen Charme hatte:

«Hallo allerseits, guten Abend und herzlich willkommen, danke schön, dass ihr ‹Destination France› eingeschaltet habt, hier am Mikro ist Sandrine, Donny an der Technik: Hi Donny, wie geht's? War wieder mal ganz schön heiß heute, was? Bevor ich mit der heutigen Sendung anfange, ihr werdet schon sehen, das wird eine ganz besondere Sendung – habe ich eine dicke Überraschung für euch, das heißt eine dicke Überraschung für die, die meinen Gast kennen ... Ah, verdammt! Jetzt hab ich das Geheimnis ausgeplaudert, ich wollte euch nicht sagen, dass ich einen Gast habe ... Ich habe also einen ganz besonderen Gast im Studio, und ihr werdet gleich rauskriegen, wer es ist, ihr dürft jetzt also nicht wegrennen, bleibt dran und ... was wollte ich nochmal sagen? Scheiß ... Oh, Pardon! So was sagt man nicht im Radio, ich bitte um Entschuldigung, das gibt einen Anpfiff von meinem Chef, wenn er zuhört. Aber es würde mich wundern, wenn er zuhört, weil er gerade Ferien macht, hihihi! Jedenfalls, wenn hier Kinder zuhören, sagt das nicht nach, liebe Kinder, das ist gar nicht fein, das ist ein schlimmes Wort, und jetzt hab ich vergessen, was ich sagen wollte ... Ach ja, genau! Ich wollte an diejenigen unter euch appellieren, die einen Leseausweis von der Alliance française haben, oder vielmehr an diejenigen, die Bücher ausgeliehen haben und die in Anführungszeichen vergessen haben, sie zurückzubringen: Bitte bringt die Bücher zurück, denkt an die anderen Leser, wir freuen uns riesig, dass ihr lest, aber eine Bibliothek will eben, dass eine möglichst große Auswahl an Büchern für alle da ist. Also wenn ihr die Bücher nicht zurückbringt, dann funktioniert die Bibliothek nicht mehr, voilà, denkt bitte drüber nach, Ende der Durchsage.»

Im gleichen Ton wurde sie auch die Kulturfrage der Woche los («Welcher französische Autor schrieb die *Briefe aus meiner Mühle*? Die ersten beiden Anrufer, die die richtige Antwort wissen, gewinnen ein Exemplar des Buchs mit Illustrationen»), sie wiederholte die Telefonnummer des Senders, teilte denjenigen Hörern mit, die Studenten der Jahrgangsstufe 4 waren, dass der Unterricht am Montag ausfällt und nachgeholt wird, und bat dann Donny darum, *Les Couleurs de l'amour* von den Native-Schwestern abzufahren.

Während das Lied anlief, sagte ich zu ihr im *Off*: «Das ist lustig, dass du dieses Lied spielst, das ist von 1997. Kennst du das schon lang? Ich will ja nicht aufdringlich sein, aber wie alt warst du denn 1997?» Sie wunderte sich lachend, dass ich genau wusste, in welchem Jahr die CD rausgekommen war, und rechnete: «Also 1997, na ja, da war ich, äh, 13 ... nein, 14.»

Ich begriff, dass ich zur selben Zeit zwölf Jahre älter gewesen war. Sie war damals gerade erst ein Teenager gewesen, und das alles hielt weder sie noch mich jetzt von der Hoffnung ab, gemeinsam die Nacht zu verbringen. «Das Alter ist so ein unerhebliches Ding, das einen aber nicht loslässt», dachte ich mir. Und so unterhielten wir uns, als wären der Konferenztisch und die beiden Mikros gar nicht da, bis das Lied zu Ende war. Auf ein Zeichen von Donny hin setzte sie dann wieder ihre Kopfhörer auf und nahm den ersten Anruf eines Hörers entgegen, der *Molière* zur Antwort gab. «O nein, Molière ist es nicht, es ist ein neuerer Autor.» Gleich darauf schlug ein zweiter Hörer *Don Quichotte* vor. «Don Quichotte? Wieso Don Quichotte?» Ich flüsterte ihr zu: «Wegen der Mühlen», und sie sagte: «Ach ja! Die Mühlen! Nein, nein, Shirley, Don Quichotte ist es nicht, aber vielen Dank für deinen Anruf.»

Weil kein Anruf mehr in der Warteschleife war, kamen wir endlich zu mir («Es wird euch vielleicht verdutzen, oh, meine lieben Hörer, dass mein Gast und ich uns duzen [Habt ihr's gemerkt? Das reimt sich ja!]. Wir haben außerhalb der Sendung angefangen, uns zu duzen, also das wäre wirklich komisch, wenn wir jetzt wieder anfangen würden, uns zu siezen»).

Als Einleitung las sie eine kleine Kurzbiographie von mir vor, die sie auf der Basis von ein paar schnell aus dem Internet zusammengeklaubten Artikeln vorbereitet hatte, Artikel aus *Elle*, *Les Inrockuptibles* und *Télérama*. Ich war froh, auch wenn sie darauf nur zögerlich anspielte und andeutete, dass sie in der Hinsicht bestenfalls annähernd Bescheid wusste, dass sie diejenigen Episoden und Einzelheiten aus meinem Leben nicht unterschlug, bei denen ich immer so tat, als würde ich sie mit amüsierter oder gar mit ergebener Gleichgültigkeit betrachten, aber ich wusste wohl, dass sie gehörig zu meiner Imagepflege beitrugen, zum Image der krassen Gegensätze: der Job als Nachtwächter im Riesensupermarkt Carrefour, den ich zwei Jahre lang gemacht hatte, die Silbermedaille im Thai-

Boxen bei den regionalen Meisterschaften des Departements Essonne, das Jahr als Kellner im Hotel Costes, der Werbespot, den ich für Agnès B. gedreht hatte, die jüngsten Komplimente von Roman Polanski für meine Leistung in *White Stuff* («Er verfügt über einen sehr unberechenbaren Facettenreichtum»), meine Sammlung von 1000 DVDs und die Auszeichnung Miss French Riviera 1967 für meine Mutter.

Ich reagierte ziemlich scheinheilig auf diese Aufzählung und sagte, hauptsächlich um Sandrine zu gefallen, dass diese ganzen Namen und Referenzen den meisten Hörern wahrscheinlich überhaupt nichts sagen würden. «Das hat alles nur eine relative Bedeutung, weil ich hier, auf den Concordinen, mehrere tausend Kilometer von Frankreich entfernt, ja vollkommen unbekannt bin. Und das rückt die Dinge zurecht, das ist für das Ego eines Schauspielers sehr gesund, das kann man wohl sagen.»

Sandrine schickte sich an, mir eine erste Frage zu stellen, als Donny, der Techniker, ihr ein Zeichen gab, dass der nächste Hörer in der Leitung wäre, der dann in einem sehr gebrochenem Französisch fragte, ob ich irgendwas mit der Familie Mac Pola zu tun hätte, vor allem mit Thomas Mac Pola, der als Bürgermeister kandidierte. Ich sagte: «Sure', Seu': Thomas lè big brod na mi», und der Hörer schwieg einen Augenblick, woran man erkennen konnte, mit was für einer zur einen Hälfte hasserfüllten, zur anderen Hälfte bewundernden Skepsis die Leute in Port-Garcia über Generationen hinweg dem Namen meiner Familie begegneten. «Na siehst du, du bist also sogar hier bekannt!», versetzte Sandrine mit einer Banalität und einer Unschuld, die darauf schließen ließen, dass sie anscheinend nicht alles an der Frage verstanden hatte. Bevor der Hörer auflegte, fragte sie ihn noch, ob er eine Antwort auf die Kulturfrage vorschlagen könne. Weil er sie nicht ärgern wollte, bat er, die Frage zu wiederholen, überlegte dann ein paar Augenblicke, bevor er in einem zögerlichen Ton sagte: «Jean Gabin.»

Sandrine war dermaßen konsterniert, dass sie sich auf ein «Nein, das stimmt nicht. Monsieur, danke für Ihren Anruf, auf Wiedersehen» beschränkte und sonst nichts mehr von ihm wissen wollte.

Anschließend fasste sie kurz die Handlung von *White Stuff* zusammen («Ein wirklich sehr guter Film, schade, dass er es nicht bis hierher geschafft hat, er ist echt sehr interessant, mir jedenfalls hat er sehr gut gefallen, bloß das Ende hat mich ein bisschen enttäuscht»), und fuhr dann fort mit meinem «Bezug zu den Concordinen, genau. Antoine, du bist für kurze Zeit hier, du hast mir gesagt, du kommst ungefähr einmal im Jahr: Was treibt dich hierher? Was gefällt dir hier?»

Ich bedankte mich für die Frage, das wäre nämlich eine Frage, die auf der Hand liegen würde, aber seltsamerweise würde in Paris nie jemandem einfallen, sie mir zu stellen, wo das doch so ein wichtiges Thema sei für mich. Ich bemühte mich, so einfache Wörter wie möglich zu finden, und sagte:

«Erst mal natürlich die Familie, ich komme jedes Jahr, um meine Familie zu besuchen. Aber auch das Gefühl, das ich jedes Mal habe, wie soll ich sagen, jedes Mal, wenn ich hier bin, wenn es Abend wird und der Himmel ganz rosarot wird, wisst ihr, ganz klar, wenn die ganze Stadt so lieblich ist und zur Ruhe kommt, wenn alle Leute im Schein der untergehenden Sonne auf der Haut so schön sind, wenn die Leute zusammen mit einem Kollegen, der im gleichen Viertel wohnt, zu Fuß von der Arbeit nach Hause kommen, wenn auf den Straßen weniger Autos fahren, wenn die Taxifahrer allmählich das Licht anmachen, wenn man an den kleinen Ständen das Petroleum in die Lampen schüttet, wenn man hinter den Vorhängen an den Eingangstüren die Hände der Frauen sieht, die das Abendessen machen, wenn die Gymnasiasten im Schutz eines Mangobaums unauffällig ihre Freundin küssen, wenn die Hausmeister vor den Toren langsam ihre Dominosteine auspacken, also das Gefühl, das ich dann habe, das habe ich nur hier. Das ist etwas, das mich unbesorgt sein lässt, wo ich mir sage, dass die Welt nicht am Durchdrehen ist, dass die Leute hier natürlich ihre Probleme haben, ihre großen Probleme, dass die Dinge zwar nicht für jeden einfach sind, davon sind wir weit entfernt, aber dass wenigstens alle zur gleichen Zeit das gleiche Gefühl haben, weil sie wissen, dass die Sonne morgen zur gleichen Zeit genauso untergehen wird, auf die gleiche wunderbar einfache und seelenruhige Weise, und übermorgen auch und dass das Wetter schön und die Temperaturen mild sein werden, und so ist es mit diesem Gefühl das ganze Jahr über. In Frankreich gibt es natürlich auch wunderbare Sonnenuntergänge, in Frankreich ist das Meer auch schön, und die Schattenspiele der Bäume zeichnen sich gegen den Sommerhimmel ab. Aber ich habe dann nicht das gleiche Gefühl. Wenn ich im Sommer einen schönen rosaroten oder orange Himmel sehe, dann denke ich an die Concordinen und sage mir: ‹Jetzt möchte ich in Port-Garcia sein, um das so richtig auszukosten. Weil für mich nur dort ein Sonnenuntergang seine volle Bedeutung und Kraft hat, weil die Farben der Sonne für mich dazu gemacht sind, um dort unterzugehen.› Und nicht bloß, weil meine Familie hier wohnt. In Frankreich habe ich auch Familie, da wohnen meine Mutter, meine Onkel und Tanten, meine Cousins und meine Großeltern. Das hat einen anderen Grund, das ist ein bisschen schwierig zu erklären. Alles, was in Frankreich als der Ernst des Lebens gilt, die Arbeit, das Geschäftemachen, der Zeitplan, die Termine, das hat hier alles einen anderen Stellenwert, läuft so bescheiden, so einfach, so seelenruhig ab, dass es einem fast nebensächlich vorkommt. Ich sage nicht, dass die Arbeit und die Wirtschaft und so weiter, ich sage nicht, dass das hier nicht für wichtig gehalten und nicht ernst genommen wird, das nicht. Ich sage nur, zu der Tageszeit, die ich beschrieben habe, aber auch zu jeder anderen Tageszeit: Wenn Siesta ist, ist es genau das Gleiche, wenn die Hitze die Stadt niederdrückt und der Himmel total leer ist, wenn kein Mensch auf der Straße ist und man nur noch das Knistern eines kleinen Radios irgendwo hört, ich sage nur, hier hat alles weniger Gewicht, man spürt, dass es noch was anderes im Leben gibt, was es in Frankreich nicht gibt, wie man den Leuten dort weismachen will und wie die Leute am Ende selber glauben. Man spürt, auch wenn man hier, wie im Übrigen überall auf der Welt heutzutage, genauso über die Wirtschaft, das Bankwesen, die nackten Zahlen und das Geld spricht, auch wenn es hier genauso einen Staat, Gesetze, Ministerien, Geschäftsmänner, Funktionäre, Zeitpläne und Gehälter gibt, man spürt, man kann machen, was man will, aber es wird nie einer kommen und uns weismachen, dass es nichts anderes im Leben mehr gibt und dass, wenn man das jetzt nicht hat, wenn man nicht wie die anderen eine Arbeit und seinen Zeitplan hat, nicht seine Steuern zahlen und seinen Kram einkaufen muss, also dass dann das Leben nicht lebenswert ist. Man spürt hier auf jeden Fall, dass die Staatsgeschäfte, die Gesetze und die Wirtschaft sich uns anpassen, wir wandeln sie ab, damit sie zu uns passen. Wir wandeln sie ab, weil wir spüren, dass unsere Vorfahren vor sehr langer Zeit, vor Kolonisierung und Sklaverei, dass unsere Vorfahren von einem Kontinent kamen, der noch nicht Europa oder Amerika gleichen wollte, man spürt, dass die Leute im Grunde anders waren und heute noch anders sind. Genau das ist es, was ich hier so mag, dieses Anderssein, diese große Freiheit, die sich hinter dem äußeren Schein verbirgt, hinter den Banken, den Hotels, den *Beach Resorts*, hinter dem ganzen aus Europa und Amerika importierten Ernst des Lebens. Was ich hier so mag, ist, dass du ohne irgendwie Anstoß zu erregen am Flughafen einen Unbekannten fragen kannst, ob er einen Teil deiner Sachen nimmt, weil du das zulässige Gepäckgewicht überschritten hast. Wenn irgendwo in der Prärie dein Auto kaputtgeht, kommen von irgendwoher immer irgendwelche Brüder, die dir aus der Patsche helfen, dir was zu Essen geben und dich bei sich aufnehmen, ohne irgendwas dafür zu verlangen. Ich mag, dass man hier nicht gleich in der Schuld steht, wenn einem jemand einen Gefallen tut, dass man das nicht gegeneinander aufrechnet, man sich anfasst, auch wenn man sich gar nicht unbedingt so gut kennt, man sich in die Augen zu sehen wagt, dass man nicht unnötig Abstand wahrt, ich mag das Gleichgewicht aus gegenseitiger Anziehungskraft und instinktiver Furcht vor dem anderen, das ohne die Gesetze des weißen Mannes auskommt, das ist es, was ich mag. Ich mag es, wenn die Laden- und Lokalbesitzer mit ihren Kunden auf der Schwelle noch bis ganz spät weiterdiskutieren, mit einem Bier in der Hand, auch wenn eigentlich schon geschlossen ist, mit dem Eisenvorhang noch oben. Ich mag es, dass man nicht ängstlich auf die Uhr schaut. Ich mag den Gedanken, dass alles, was dem weißen Mann Angst macht, uns hier keine Angst macht. Und das suchen die amerikanischen und europäischen Touristen auch unbewusst, wenn sie mit ihren Fotoapparaten und ihren Dollars am Flughafen von Richeterre landen: Sie suchen nicht bloß das Meer, die Sonne und den Strand. Sie suchen auch das Andersartige, sie bezahlen dafür, feststellen zu dürfen, dass es auf der Welt noch Orte gibt, wo man sich nicht so viel wie bei ihnen mit den eigenen Problemen beschäftigt, dass es auf der

Welt noch andere Denkweisen als die ihrige gibt, dass es Leute gibt, die noch nicht vollkommen gefangen sind in dem System, in dem die amerikanischen und europäischen Touristen gefangen sind. Auch wenn sie sich über die Denkweise der Leute hier lustig machen, auch wenn sie sich in ihrer eigenen Denkweise für freier halten, auch wenn sie die Denkweise der Leute hier verabscheuen und denken, dass nur ihre eigene die richtige ist, auch wenn sie für nichts in der Welt ihr Zimmer mit Klimaanlage an der B-Bay gegen eine kreolische Hütte ohne fließend Wasser und Strom, ihren Bus mit Klimaanlage gegen das stundenlange Marschieren in Badelatschen unter der Sonne eintauschen würden. Und Sandrine, wenn ich eine Botschaft verkünden darf, wenn ich mich einen Augenblick an die jungen Leute wenden darf, die uns zuhören, die nur davon träumen, dass sie ihre Papiere und ihr Visum kriegen, damit sie dem großen Bruder oder Cousin nach Frankreich folgen können, damit sie sich solche Turnschuhe wie in den Videos im Fernsehen kaufen können, damit sie mit Mädchen ausgehen können, die so blond sind wie in den Fernsehserien, damit sie studieren können und dann einen guten Job bekommen, Profi-Fußballer oder was weiß ich was werden, also ich möchte ihnen sagen: ‹Träumt nicht so viel davon. Frankreich bringt euch Arbeit, die Sozialversicherung und staatliche Mietzuschüsse, es gibt da Supermärkte mit lauter Joghurts und Waschmittelpackungen, schöne Turnschuhe und den Fernseher im Wohnzimmer, es gibt schöne Sportplätze und gute Anlagen, wo man einwandfrei trainieren kann, aber sonst bringt es euch nicht viel. Frankreich macht euch nicht unbedingt glücklicher, euer großer Bruder oder Cousin hat euch vielleicht nicht alles erzählt. Wenn euer großer Bruder oder Cousin alle zwei oder drei Jahre mit seinen schönen Turnschuhen und seinem nagelneuen Handy in den Ferien nach Port-Garcia kommt, für alle Geschenke mitbringt und Fotos von dem Auto, das er dort hat, von seinem Wohnzimmer und vom Eiffelturm herzeigt, sagt er euch nicht, wie es für ihn dort wirklich läuft, er erzählt euch nicht, dass das dort auch nicht das Paradies ist, nicht mal mit der Sozialversicherung und den Mietzuschüssen. Er erzählt euch nicht, was für ein Heimweh er hat, nach dem Essen, der Musik, dem Tanzen, nach dem gemeinsamen Lachen mit den Kumpels, nach dem kühlen Bier in den Spelunken und dieser sorglosen Stimmung am Abend, wovon ich eben geredet habe. Er redet nicht über das trübe Wetter, über den Winter, er sagt nichts von den hässlichen und schlecht angezogenen Leuten dort, die ihm alles erschweren, ständig rumnörgeln und nie zufrieden sind, und von den ganzen Sachen, von denen er überall auf der Straße Fotos sieht und die er sich nicht kaufen kann, weil sein Gehalt gerade mal reicht, um die Miete zu zahlen und euch jeden Monat Geld zu schicken. Davon sagt er nichts, weil er seinen Stolz hat und weil es für einen Rückzieher sowieso zu spät ist. Weil er wahrscheinlich bis zu seinem Tod dort bleiben wird, euer Cousin. Weil du von dort nicht zurückkommst, das System ist so mächtig, es bringt es fertig, dass alle Leute denken, dass es gar kein anderes System geben kann, auch wenn es unglücklich macht. Wenn ich so mit euch rede, heißt das nicht, dass ihr nicht versuchen sollt zu kommen. An eurer Stelle würde ich das bestimmt auch probieren. Mir ist klar, dass ich in einer privilegierten Situation bin, ich weiß, dass ich leicht so reden kann, wie ich gerade rede, weil ich Franzose und dort zu Hause bin und die Wirklichkeit hier im Gegensatz zu euch nur von Außen kenne.› Ich sage bloß: ‹Überlegt.› Überlegt es euch, bevor ihr eure ganzen Ersparnisse für falsche Papiere oder für ein Visum auf den Kopf haut. Überlegt, bevor ihr vor dem französischen Konsulat demonstrieren geht und euch von der Polizei niederknüppeln lasst. Wägt genau das Für und Wider ab. Überlegt, ob ihr hier nicht doch noch was zu tun habt, bevor ihr alles aufgebt, auch wenn ihr keine Hoffnung mehr habt, das ist alles, was ich sagen wollte.»

Sandrines zustimmendem Nicken nach zu urteilen, war ich ziemlich überzeugend gewesen. Und ich war tatsächlich recht zufrieden mit meinem kleinen Monolog, den ich, wenn ihn ein anderer gehalten hätte, ohne zu zögern in zwei oder drei Repliken, die ordentlich gesessen hätten, zerlegt hätte:

«Und was schlägst du jetzt vor? Deine Sonntagsreden da sind nicht besonders konstruktiv, du wirbelst bloß Staub auf. Willst du ihnen sagen, dass sie eine Revolution machen sollen, ja? Dass sie ihr Schicksal in die Hand nehmen sollen? Dass sie zu den Waffen greifen sollen? Dass sie sich von solchen Typen wie deinem Vater am Arsch lecken lassen sollen, die sie ohne weiteres abknallen lassen oder ein Leben lang einsperren? Du quatschst bloß und veranstaltest hier dein Blabla. Die Wirklichkeit der Leute hier kennst du nur von außen, wie du selber sagst. Du faselst und reißt das Maul auf wie all jene, die wie du von Natur aus auf der richtigen Seite stehen, die ihr Rückflugticket nach Europa in der Tasche haben und die den Magen voll genug haben, um ihre edle Gesinnung kundtun zu können. Die Leute hier und was aus ihnen wird, das geht dir am Arsch vorbei. Daraus mache ich dir keinen Vorwurf: Es geht dir am Arsch vorbei, weil es gar nicht anders geht, weil du dein Leben auf deiner richtigen Seite leben musst, weil du andere Sorgen hast und deine Zeit nicht mit all diesen Lebenswegen, die unweigerlich zum Scheitern verurteilt sind, verplempern darfst. Es geht dir am Arsch vorbei, weil du dich im Grunde prima eingerichtet hast in deiner Konsumgesellschaft, die dir alles erlaubt, du kannst zu ihr, wie zu deiner weißen Familie, sogar sagen, dass sie dich am Arsch lecken soll. Es ist dir scheißegal, und das ist normal, so ist das halt, so sind die Dinge nun mal, da kann man gar nichts machen, es ist ungerecht, aber so ist es eben: Es gibt diejenigen, die vom Leben belohnt werden, und diejenigen, die das Leben eben nicht belohnt. Du würdest gerne etwas abgeben, mit den anderen teilen, dich ein bisschen opfern, wenn's sein muss, im Prinzip hast du da nichts dagegen. Aber die Geschichte ist ja viel verwickelter. Du ganz allein kannst gar nichts machen, deine edle Gesinnung und dein guter Wille sind Tropfen auf den heißen Stein. Also halt die Klappe, das ist nicht der Mühe wert, das hilft nichts. Und bitte versuch auch nicht, irgendjemandem vorzugaukeln, dass du deswegen ein schlechtes Gewissen hast: Es ist dir scheißegal, gib's zu.»

Es war dunkel, und Sandrine und ich verließen mit einem gesunden Gefühl den Sender, so erholt, als kämen wir aus einer schweren mündlichen Prüfung. Die feuchte Luft draußen ordnete nach dem klimatisierten Studio unauffällig unsere Bewegungsabläufe und unseren Tonfall neu. Wie es den Schlaglöchern auf den Gehwegen gerade beliebte, lernte ich im Schein der wenigen noch gesunden Laternen ihren Gang, ihre Rundungen, ihren Hintern kennen, ich spürte, sie legte es darauf an, mir zu zeigen, wie zu Hause sie sich auf den Straßen von Port-Garcia fühlte, wie wenig die Armut und der Dreck sie störten, wie wenig sie im Gegensatz zu anderen Franzosen darüber ihr Urteil abgeben musste.

Wir gingen in Richtung Yasmin Hills, wo ein mit ihr befreundetes Pärchen eine Party veranstaltete. Ich hatte den Vorschlag mitzukommen angenommen, weil ihr Temperament mir Lust machte, bei ihr zu sein und weil in Sandrines Alter eine Party zu später Stunde, im Freien, mit Alkohol und Musik, eher als ein Abendessen zu zweit die sexuelle Hingabe im Anschluss versprach. Ich guckte sie an, wie sie mit großen entschlossenen Schritten neben mir ging, und dachte, dass sie mit ihrem netten Rucksacktouristen-Ethno-Provinzlook, ihrer guten Laune, ihren weißen Zähnen und ihrer direkten Art es wohl nicht lange auf einer dieser exklusiven Pariser Partys aushalten würde, auf die ich schon seit Ewigkeiten nicht mehr ging, wo jede Menge Leute vom Theater, aus der Musikszene, vom Film und vom Fernsehen rumhingen, wo man keinen Spaß hatte, keinen Platz, um sich zu bewegen, Partys mit viel Zigarettenqualm, schwächlichen Körpern und einer rasenden Musik, auf die man keine Lust zu tanzen hatte.

Ich dachte, kein einziger von diesen Parisern mit ihren x-fachen Wortverdrehungen, ihrem schrägen Ästhetizismus, ihrem absichtlich schlechten Geschmack, ihrem Retro-Hype und ihrer obligatorischen Ironie, mit ihrem ewigen *Snobismus*, es gibt kein anderes Wort, kein einziger von diesen Parisern, die immer meinen, dass sie über alles auf dem Laufenden sind, nichts auf der Welt verpassen, dass ihre Intelligenz und ihr Raffinement nicht zu schlagen sind, kein einziger von denen also hätte weder den Drang noch den Mut, wie Sandrine ein oder zwei Jahre am anderen Ende seiner kleinen Welt zu leben, ohne ADSL und ohne Vintage-Klamottenladen in der Nähe.

Sie erzählte mir von einem *supernetten* Freund von ihr, der in der Wesley Lagune sein Glück mit der Zucht von Meeresalgen auf Fair-Trade-Basis versuchte. Sie erzählte mir, wie man die Algen ohne Sauerstoffgerät sät und erntet, sie erzählte mir, dass ihr Freund mit den Fischern aus der Umgebung tauchte, mitten im Dorf sein Zelt aufgebaut hätte, nicht viel Geld verdiente, aber glücklich sei, sie redete von der grellen Sonne und den weißen Sandbänken in der Wesley Lagune. Sie redete von diesem Typen, der mich nicht interessierte, ich für meinen Teil hatte schon lange abgeschaltet. Ich nickte wieder höflich mit dem Kopf und dachte an was ganz anderes. Ich sagte: «Ja, das ist super», aber ich dachte wieder an Elvira, deren neueste Mail ich soeben auf dem Computer im Studio gelesen hatte.

Das war die erste Mail, bei der sie sich nicht die Mühe gemacht hatte, auf Englisch zu schreiben. «Ich fand deine Mail ganz schön daneben. Ich wollte mich nach dir erkundigen, aber nicht nach Einzelheiten aus deinem Sexualleben [‹ninguna precisión sobre tu vida sexual›]. Du hast meine Phantasie beleidigt [‹le faltaste el respeto a mi fantasía›], und das macht mich traurig, ich hatte dich nach nichts in dieser Art gefragt, du bist viel verkommener und lächerlicher, als ich dachte [‹eres una caricatura›], was für einen scheußlichen Geschmack du hast, Antoine [‹Que gusto fatal, Antoine›]. Tschüss.»

Ich dachte mir: «Zum Glück ziehst du heute Abend mit Sandrine rum, zum Glück labert sie dich voll, zum Glück wirst du ein bisschen was trinken und sie dann nach der Party vögeln. Sonst wäre ich wegen dieser Mail jetzt am Boden zerstört.»

Als wir in Yasmin Hills, einem vor allem von europäischen Auswanderern bewohnten Viertel, ankamen, als ich die geräumigen Massivbauten sah, das Wachpersonal, die Lampen mit hohen Wattzahlen in den Fenstern, die gefügig gemachten Bäume hinter den Umfassungsmauern, die Scheinwerfer, die die geleckten Rasen der Gärten bestrahlten, als ich erkannte, dass in diesen Villen Bürger von Rechtsstaaten wohnten, die von ihrer Regierung oder ihrer Firma regelmäßig bezahlt wurden, die sparen, kalkulieren und im Voraus planen konnten, die ein festes Budget für ihre Freizeitaktivitäten und die Zukunft ihrer Kinder zurücklegen konnten, die neue Autos hatten, die sie ohne lange darüber nachzudenken volltanken konnten, deren Kühlschränke immer gut bestückt waren, deren Wohnzimmer nicht protzig eingerichtet waren, die übers Wochenende wegfuhren, die imstande waren, so weit von Europa entfernt sich mehr oder weniger den ganzen europäischen Wohlstand erneut aufzubauen, also ich merkte, dass mich das alles erheblich beruhigte.

Schlimmer noch, ich sagte mir, dass es die Weißen und ihr Einfluss waren, die dieses Land im Laufe der Zeit erträglich gemacht hatten, sodass es für mich jetzt angenehm war. Die gleichen Landschaften ohne ausgebaute Straßen, die gleichen Städte ohne städtebauliches Konzept, ohne elektrischen

Strom, ohne Verwaltungsgebäude, Restaurants, Apotheken, Schwimmbäder, ohne erschlossene Strände und ohne Flughafen, wenn das alles in seinem ursprünglichen Zustand belassen wäre, wenn es um halb sechs stockfinster in der Pampa wäre und alle Malaria hätten, wenn es keine Schiffe oder Flugzeuge gäbe, um sich aus dem Staub zu machen, dann wäre es die Hölle.

Die Freunde von Sandrine waren Lehrer an der französischen Schule in Port-Garcia, der Wächter schlief, sie hatten einen alten Ford mit dreckiger Karosserie, der Rasen im Garten war nicht tipptopp gemäht, ausgerollte Matten lagen auf dem Boden, Hauspersonal und Gäste aßen gleichermaßen von den Fleischspießen, Joints machten die Runde unter den Grüppchen, und es war Ehrensache, dass genauso viele Weiße wie Schwarze eingeladen waren. Als Sandrine mich ihren Freunden vorstellte, wussten die offensichtlich schon Bescheid, dass ich kommen würde. Auch wenn sie *White Stuff* nicht gesehen hatten, auch wenn sie davon bloß gehört hatten, reichte es, dass sie irgendwo ein Foto von mir gesehen hatten, um mir unverzüglich diesen Respekt entgegenzubringen, von dem ich mir nicht mehr vorstellen konnte, dass ich darauf eines Tages wieder würde verzichten können.

«Sie hat mich nicht nur sitzengelassen», schüttete ich Sandrine etwas später, gegen zwei Uhr morgens, mein Herz aus, als wir uns gegenseitig dringliche und totale Geheimnise anvertrauten, wie man das nur ganz am Anfang macht, vor der ersten gemeinsamen Nacht, wenn die eigene Aufrichtigkeit dem anderen noch nahegeht und ihn nicht verletzt, bevor die gleichen Worte, die den anderen verführt und einen selbst begehrenswert gemacht hatten, sich dann gegen einen wenden, bevor man nicht mehr alles sagt, bevor man sich letzten Endes entschließt, zu schweigen oder so zu tun, als ob, damit es keine Scherereien gibt, «sie hat mich nicht nur sitzengelassen, sie wirft mir auch noch vor, dass ich mir was einfallen lasse, damit es mir bessergeht. Na gut, es hat schon was leicht Böses, wenn ich ihr gestehe, dass ich mit anderen Frauen rumficke, das stimmt schon. Aber das ist ein gerechter Krieg, oder, wenn ich mich ein bisschen dafür räche, dass sie mit mir von einem Tag auf den anderen Schluss gemacht hat, ohne so recht zu sagen, warum überhaupt? Abgesehen davon schreibe ich in meiner Mail auch ganz unmissverständlich, dass ich immer noch verliebt bin in sie.»

Wir hatten uns beide auf einer Matte ausgestreckt, etwas abseits von den anderen, und lagen, den Kopf auf den Ellbogen gestützt, einander gegenüber. Mehrfach hatte ich schon versucht, Sandrines Hand zu fassen. Es war seltsam, auf halber Strecke zwischen Lust und Trost genoss ich den zwiespältigen Luxus – diese Feigheit, würden die Frauen sagen –, Sandrine anzubaggern, indem ich ihr anvertraute, dass ich immer noch in Elvira verliebt war.

«Sie wirft dir nicht vor, dass du dir was einfallen lässt», stellte sie klar in einem Ton, der sich nicht traute, etwas auszusetzen zu haben. «Sie wirft dir vor, dass du es ihr gesagt hast. Das ist nicht das Gleiche.»

«Ja, aber ich konnte doch nicht wissen, dass sie das verletzen würde. Was soll das eigentlich heißen, dass ich sie verletzt habe, wenn sie dabei so aggressiv wird? Glaubst du, dass sie mich immer noch liebt? Wenn das der Fall ist, finde ich das nicht besonders fair von ihr.»

«Wie kompliziert doch die Liebe ist», folgerte sie ohne Ironie, dafür mit ungewöhnlich ernster Miene, die bedeuten sollte, dass auch sie trotz ihrer Jugend und ihrer Lustiges-und-beschwingtes-Mädchen-Fassade die Liebe ein bisschen kannte und dass sie an die Liebe glaubte, mehr als an alles andere auf der Welt, auch wenn sie den Eindruck erwecken wollte, dass sie nicht an sie glaubte.

Sie sagte, dass sie gerade dabei war, *Die Liebe währt drei Jahre* von Beigbeder zu lesen, und dass ihr das nicht gerade Hoffnung machte.

«Ich weiß, es gibt 1000 Arten, eine Beziehung zu führen, aber wenn du das Buch liest, hast du trotzdem das Gefühl, dass es keine Hoffnung gibt, dass alles, was er sagt, auf schreckliche Weise wahr ist.»

«Na ja», räumte ich ein und erinnerte mich hauptsächlich an die Stelle mit dem wissenschaftlichen Experiment, wo das Liebesmolekül hinsichtlich seiner kurzfristigen Wirkungen auf das menschliche Gehirn getestet wird (*«Die Liebe ist ein vorübergehender Schub Dopamin, Noradrenalin, Prolaktin, Luliberin und Oxytozin»* oder so ähnlich). «Das muss nicht unbedingt so sein. Weil die flammende Leidenschaft nach einiger Zeit aufhört, braucht man nicht zu denken, dass deswegen auch die Liebe aufhört, tut mir leid. Aber an dem Punkt kann sich zeigen, wie ungleich zwei Menschen sind. Es gibt eben solche, die für ein Leben zu zweit geschaffen sind, und solche, die das nicht sind. Ich finde, man muss die Dinge eher von dieser Seite sehen.»

Ich dachte wieder an Elvira, an ihre Launen, daran, wie jung sie war. Was ich auf der Welt am wenigsten ausstehen konnte, war im Grunde, wenn eine Frau ohne Vorwarnung aufhörte, mich zu lieben, und mich nicht erst fragte, wie ich das überhaupt fand. Ich konnte es nicht ausstehen, dass man auf mich verzichten und mich vergessen konnte, ich dachte, man litt weniger, wenn man selber beschloss, den anderen zu verlassen, das sei hauptsächlich eine Frage des Stolzes. Und vielleicht konnte ich es genauso wenig ausstehen, wenn die Frauen, die mich geliebt hatten, egal ob sie mich verlassen hatten oder ob ich sie verlassen hatte, schließlich einen anderen Mann fanden, einen anderen Mann als mich, ich konnte es nicht ausstehen, dass nach mir andere Hände kamen, die diese Körper streichelten und bearbeiteten, dass ein anderes männliches Geschlecht als das meine in sie eindrang. Das verletzte mich am allermeisten. Die Spielregeln von Naturkreisläufen und Erneuerungsprozessen in der Liebe lehnte ich strikt ab. Ich hätte für all diese Frauen bis zu ihrem Tod der letzte Mann sein wollen.

Ich konnte die beiden letzten Mails von Elvira drehen und wenden, wie ich wollte, ich glaube, es gab keinen Zweifel: Ich fehlte ihr. Ich dachte an das, was meine Mutter, am Tag bevor ich nach Port-Garcia geflogen war, in der Küche zu mir gesagt hatte: Ich stellte mir Elvira in 20 Jahren vor, wie sie mit 40 sich verbraucht hatte und aus einem Gefühl der Not und der Verbitterung heraus über die Fehler nachdachte, die sie in der Vergangenheit gemacht hatte. Und wie sie sich vielleicht dachte, dass sie zu viel Zeit mit zu vielen Typen vergeudet hatte, die es nicht wert waren, und wie sie sich an mich erinnern würde und sich langsam nach mir sehnen würde, wie sie mich dann anrufen und mich anflehen würde, umsonst. Sie wäre nicht mehr nach meinem Geschmack, sie wäre mir nicht mehr schön und verführerisch genug, die Erinnerung an unsere schöne Geschichte würde nichts dazutun. Ich dachte, die Selbstsicherheit oder Überlegenheit einer Frau, die ihr ihre Jugend und Schönheit verleiht, ist eine so paradoxe wie mächtige und zugleich ziemlich naive Vorstellung, die man sich macht. Diese Macht ist doch nur die Sache von ein paar Jahren, von 15 Jahren vielleicht maximal. Ich dachte an die Rose aus dem Gedicht von Ronsard, das ich soeben zum ersten Mal richtig verstand, wie mir auffiel.

Ich schloss daraus, dass die Warnungen von erfahrenen

Menschen nichts helfen: Wir müssen in der Jugend alle unsere Fehler machen, um am Ende zu begreifen, auch wenn es dann zu spät ist. Es ist auch völlig normal, dass man im entscheidenden Moment nicht so klug ist und auf die hört, die es besser wissen. Ich bemühte mich, mich zu beruhigen, und sagte mir, dass alle, die gestern jung waren, heute alt geworden seien, und dass alle, die heute jung waren, unvermeidlich eines Tages alt sein würden. Aber es würden immer neue Generationen von jungen Leuten kommen, von launischen jungen Mädchen, um einen daran zu erinnern, dass man nicht mehr ganz auf der Höhe ist. Ich dachte an Igor Bogdanov, der von den Brüdern Bogdanov aus meiner Kindheit, der – ich weiß nicht mehr, in welcher Sendung – erklärte, dass die Biologen in 60, 65 Jahren bestimmt das Problem der Zellendegeneration gelöst hätten, dass wir ein paar Jahrzehnte zu früh geboren wären, dass wir sterben würden, bevor diese Entdeckungen im großen Stil zur Anwendung kämen. Ich fragte mich, was für Auswirkungen die ewige Jugend wohl auf das menschliche Denken und die Gesellschaft haben könnte.

Ich dachte auch an all die Künstler, die jünger als mit 35 gestorben waren: Jean-Michel Basquiat, Jimi Hendrix, Clifford Brown, Tupac Shakur, Kurt Cobain, James Dean, River Phoenix. Ich dachte an Walt Disney und seine Einfriermethode, an die männlichen Fotomodelle auf den Werbeplakaten für Parfüms, die zehn Jahre jünger waren als ich. Ich dachte mir, in Würde altern, das hieße vor allem, nicht zu sehr darunter zu leiden, dass man nicht mehr jung ist.

Die Nacht war klar und lau, der Alkohol war mir zu Kopf gestiegen, der Vollmond spiegelte sich unten in der Bucht, eine sanfte Brise wehte die trockenen Stangen der Bananenstauden hoch, die das Verandadach bedeckten, unter dem die

Bar aufgebaut war, die Moskitos waren schlafen gegangen, und die weißen und schwarzen Partygäste waren letztlich, obwohl sich ja alle angestrengt hatten zu glauben, dass es keine Trennung geben würde, instinktiv unter sich geblieben, die Schwarzen bemühten sich, ihr Glas mit französischem Rotwein genauso geschickt in der Hand zu halten wie die Weißen, und die Weißen bemühten sich auf der improvisierten Tanzfläche in der Garage, sich genauso ungehemmt zu geben wie die Schwarzen. Es war eine richtige Party von Auswanderern im Zeitalter nach der Neo-Kolonisation, die mehr oder weniger verschwommen das Glück all jener hemdsärmligen und braungebrannten Franzosen verkörperte, die, wenn sie wieder nach Frankreich zurückkamen, so richtig das Gefühl hatten, dass ihnen die Decke auf den Kopf fiel, die dieses Gefühl mit niemandem teilen und auch gar nicht recht erklären konnten, was überhaupt mit ihnen los war, welchen Teil von sich sie hiergelassen hatten.

Mir fiel auf, dass Sandrine zu den wenigen Weißen gehörte, die in Gegenwart von Schwarzen vollkommen natürlich bleiben. Oder wenigstens zu denjenigen Weißen, die sich weder ein Gefühl der Überlegenheit noch eine übertriebene Faszination von den Schwarzen anmerken lassen (das läuft aufs Gleiche hinaus). Ich musste ihr das einfach sagen. Ich sagte zu ihr mit sehr sanfter Stimme:

«Weißt du, so Leute wie dich gibt es ganz selten, das kannst du mir glauben. Das ist vor allem komisch für jemanden wie mich, der zwanghaft ständig in den Kategorien Schwarz und Weiß denkt, und das nicht bloß, weil ich Mischling bin. Ich würde sogar sagen: obwohl ich Mischling bin. Mischlinge sagen im Allgemeinen eher – schau dir Yannick Noah an –, dass man über den Tellerrand der Unterschiede hinausschauen muss, sie sagen eher, dass wir im Grunde alle gleich sind. Das sage ich nicht. Wenn ich einen Schwarzen zusammen mit einem Weißen sehe, dann werde ich den Gedanken nicht los, dass das erzwungen ist oder dass der eine mit dem anderen angeben will. Wenn ich auf einer Weißenparty einen einzelnen Schwarzen sehe, fühle ich mich für ihn fehl am Platz. Wenn ich einen Weißen sehe, der einen auf cool machen will wie die Schwarzen, dann habe ich Lust, ihn anzubrüllen. Worauf ich hinauswill: Die unterschiedlichen Verhaltensweisen von verschiedenen Kulturen, von verschiedenen Rassen und erst recht von Schwarzen und Weißen, das ist doch in meinen Augen das Interessanteste und das Wichtigste auf der Welt. Findest du das nicht spannend, diese ganzen kleinen Unterschiede, die dann eben den großen Unterschied ausmachen? Der Gang, die Art, sich zu kleiden, wie man redet, sich am Kopf kratzt, sich das Gesicht abwischt, wenn man aus dem Wasser steigt, wie man einen Stift hält oder einen Basketball, wie man eine Zeitung liest oder sich aufregt? Was es heißt, sich wie ein Schwarzer oder Weißer zu verhalten, wie man Verlegenheit ausdrückt, was für Musik man hört, welche Filme man sich anschaut, was man im Supermarkt in seinen Einkaufswagen tut, wie und warum man laut lacht, warum Schwarze weder Rockmusik noch Bergwandern noch den Humor von Jean-Marie Bigard mögen, warum Weiße gern klassische Musik hören und Zigaretten rauchen, warum Schwarze nicht so viel rummeckern wie Weiße, wenn sie im Stau stehen, warum Weiße öfter als Schwarze ins Theater gehen, warum Schwarze eher über sich selber lachen können als Weiße, warum den Schwarzen ihre Klamotten besser stehen als den Weißen, warum Weiße keinen Lärm vertragen, warum Schwarze sich nur widerwillig psychoanalysieren lassen, warum man den Begriff ‹Schickeria› nicht auf Schwarze anwenden kann, auch wenn sie viel Kohle haben, warum es keine schwarzen

Terroristen gibt, warum nur ganz wenige Schwarze zur Feuerwehr gehen? In Frankreich können alle noch so oft mit dem gleichen Bus oder der gleichen Métro fahren, um ja nicht als Rassist dazustehen, über solche Dinge wird nicht frei genug gesprochen. Ich hatte Lust, zu ihr zu sagen: ‹Den Leuten ist das egal, diese ganzen Überlegungen sind zu viel für sie, sie verstehen das nicht, sie kennen das nicht. Sie begegnen Schwarzen wie Weißen jeden Tag ganz unbeteiligt und machen sich gar keine weiteren Gedanken darüber. Nicht weil sie fänden, dass es keinen Unterschied zu machen gäbe, nicht aus einem egalitären Reflex heraus, sondern aus totalem Desinteresse. Aber sie liegen falsch: Es gibt diese feinen Unterschiede, und sie sind viel wichtiger, als man denkt.›»

Sandrine nickte, machte aber nicht wirklich den Eindruck, als würde sie meine Meinung teilen oder die Bedeutung meiner Rede erkennen. Sie zerbrach sich nicht so viel den Kopf, sie sah das alles viel einfacher. Also hörte ich auf damit, gedankenlos alle trockenen Grashalme in der Reichweite meiner freien Hand auseinanderzureißen, beugte mich ein wenig nach vorne und küsste sie.

Wir gingen nicht gleich zu ihr. Wir fühlten uns wohl in diesem Garten, hatten keine Eile, genossen die Nacht. Mir war nicht entgangen, dass alle so taten, als würden sie uns nicht heimlich beobachten, als würden sie nicht zur Kenntnis nehmen, dass Sandrine da auf der Matte gerade mit Antoine Mac Pola rummachte. Ich dachte mir: «Es wird sie umhauen, dass ich sie geküsst habe, das wird ihre normale kleine dubiose jugendliche Lebensplanung über den Haufen werfen.»

Ihre Einfachheit und ihre Fähigkeit zuzuhören hatten letztlich den Wunsch in mir ausgelöst, ihr Dinge zu erzählen, die mir wirklich am Herzen lagen. Zum Beispiel konnte ich einmal mehr nicht anders, als über Filme zu reden. Ich weiß nicht mehr, wie ich hauptsächlich auf den letzten Spike-Lee-Film *Inside Man* zu sprechen kam:

«Das ist ein wahnsinnig politischer Film. Du hast erst mal den Eindruck, es ist ein normaler Hollywood-Einbrecherfilm mit einem heldenmäßigen Cop, mit Guten und Bösen, Weißen und Schwarzen. Aber in Wirklichkeit ist es ein Film über die Scheinheiligkeit der Weißen, mit Jodie Foster in der Rolle der typischen Weißen, die immer scheißfreundlich, also eigentlich total zynisch lächelt (die Scheinheiligkeit der Weißen ist nämlich bei den Schwarzen ein wichtiges Gesprächsthema, weißt du). Schau ihn dir an, du wirst sehen, auf eine schleichende Art ist das ein Anti-Weiße-Film, so wie ganz viele weiße Filme aus Hollywood, die auf den ersten Blick normal wirken, Schwarze extrem abfällig behandeln. Wie Spike Lee diesen Film gemacht hat, hat er sich gesagt: ‹Was, so ein Typ wie Spielberg macht einen Film über die Sklaverei? Der Nächste einen über die Apartheid? Über den Kolonialismus in Afrika? Diese weißen Drehbuchautoren und Regisseure glauben wohl, sie könnten sich unsere Themen, unser Leid, unsere Tabus einfach so aneignen und sich damit zugleich zum Anwalt des Bösen und zu unseren Verteidigern machen? Na gut, das kann ich auch, ich werde den Weißen was vom Holocaust und von Kollaborateuren erzählen. Dann haut ihnen mal ein Schwarzer ihre eigene Geschichte um die Ohren.›»

Auf die Gefahr hin, ein bisschen zwanghaft zu wirken, erwähnte ich auch *Training Day* des schwarzen Regisseurs Antoine Fuqua:

«Es gibt da eine Szene, in der Macy Gray Denzel Washington und Ethan Hawke anschreit: *You motherfuckers! Motherfuckers!* Sie kreischt, sie hat einen silbernen Schneidezahn, sie trägt eine rosalila Bluse und jede Menge knalliges Gehänge um den Hals. Na ja, und verstehst du, jeder Weiße würde sagen: ‹Sie ist ordinär.› Aber in dem Bonus-Material auf der DVD lacht sich Antoine Fuqua schlapp, wie er die Leistung von Macy Gray beschreibt, er sagt: ‹She was just *ghetto fabulous*.› Verstehst du das? Also diese Bemerkung, dieses Lachen, das macht den ganzen Unterschied zwischen einem Weißen und einem Schwarzen aus.»

Im Laufe des Gesprächs erklärte ich Sandrine, dass mein Problem war, dass ich lange Zeit nicht gewusst hatte, wie ich mich dem allen gegenüber positionieren soll, vor allem gegenüber dem negativen Bild, das einem die Weißen von den Schwarzen vermitteln. Ich erklärte ihr, dass ich bis zu meinem 25. Lebensjahr verzweifelt danach Ausschau gehalten hatte, was es wohl Weißes an den Schwarzen geben könnte, damit ich denken durfte, dass die Schwarzen genauso intelligent wie die Weißen sind. Dass ich verzweifelt nach Beispielen von Schwarzen gesucht hatte, die auf den Gebieten der Weißen erfolgreich waren, um einen Beweis dafür zu haben, dass sie genauso fähig waren wie die Weißen, dass die Natur gerecht war:

«Keine berühmten Sänger oder Sportler, auch keine Dichter, nein, das ist alles zu offenkundig, das liegt zu sehr auf der Hand. Obwohl es Leute wie Tiger Woods oder die Williams-Schwestern gibt, die sich in weißen Sportarten durchgesetzt haben – es gibt nämlich weiße und schwarze Sportarten, weißt du? Ich meine jetzt nicht das Geld, das man verdient, ich rede von angeborenen Fähigkeiten. Radfahren, Schwimmen, Klettern, Skifahren, Skateboardfahren, Sportarten, für die man irgendeine Ausrüstung braucht, das sind im Allgemeinen weiße Sportarten. Basketball, Fußball, der 100-Meter-Lauf, Boxen, körperliche Sportarten allgemein: schwarzer Sport. Ich meine auch nicht irgendwelche Staatspräsidenten, nein danke, das ist zu einfach und beliebig. Nein, ich rede von

Ingenieuren, Politikern und Geschäftsmännern, die den Weißen auf deren eigenem Feld überlegen sind: von Cheik Modibo Diarra aus Mali, der für die NASA das Programm Pathfinder zur Erforschung des Planeten Mars entwickelt hat, von Kofi Annan, von Condoleezza Rice, Barack Obama und Nelson Mandela. In Frankreich von der Politikerin Rama Yade, von Papa Diouf, dem Präsidenten von Olympique Marseille, von Malamine Koné, dem Typen, der die Sportausrüstungsfirma Airness gegründet hat.»

Sandrine unterdrückte ein Gähnen und antwortete mir, sie würde ein Viertel der Leute, die ich gerade aufgezählt hatte, überhaupt nicht kennen und sie fände es seltsam, dass ich die Dinge so kompliziert sah. Ich hatte den Verdacht, sie könnte meines unaufhörlichen Wortschwalls etwas überdrüssig geworden sein, und finden, dass ich mich nicht genügend mit ihr beschäftigte, als in meiner Hosentasche das Handy vibrierte und mich darauf aufmerksam machte, dass ich eine SMS bekommen hatte. Zu der Zeit konnte die nur aus Frankreich kommen, wo es bald Mittag war. Ich entschuldigte mich kurz, schnappte mir mein Handy, drückte auf den Knopf, mit dem man die Nachrichten aktiviert, und es überlief mich ein gewaltiger Stolzschauder, als ich sah, dass das Absenderfeld auf dem Display *Aliénor Champlain* anzeigte. Sie hatte einfach geschrieben: «Kommst du zu mir nach Sankt Petersburg, jetzt?» Ich steckte das Handy gleich wieder in die Tasche, setzte ein unbeeindrucktes Gesicht auf, um vor Sandrine meine Aufregung zu verbergen, fragte mich aber innerlich die ganze Zeit: «Sankt Petersburg? In Russland? Aber die spinnt doch total.»

In einer Mischung aus Panik und Euphorie stand ich etwas brüsk auf und fragte Sandrine, ob sie mich lieber mit zu sich nach Hause nehmen wolle oder ob ich sie lieber ins Hotel mitnehmen solle. Der herausfordernde Ton der SMS von Aliénor Champlain hatte meine Begeisterung irgendwie schwinden lassen, aber ich war mir jetzt schon ziemlich sicher, dass ich mir in ein paar Stunden, wenn ich Sandrine gevögelt haben würde und in der Stadt die Geschäfte aufmachten, im Reisebüro ein Ticket nach Sankt Petersburg kaufen würde, dass ich in die allererste Maschine steigen würde, koste es, was es wolle.

Unmittelbar darauf fragte ich mich, während ich selbstverständlich wie ein langjähriger Freund meine Hand um Sandrines Hüfte schlang, ob ich, um neuerliche Unannehmlichkeiten mit Aliénor Champlain zu vermeiden, nicht doch der Versuchung nachgeben und mir, nachdem ich das Ticket gekauft hätte, so eine Packung Viagra made in India besorgen sollte, die man hier auf der Insel in jeder Apotheke zum Preis von ein paar Aspirin rezeptfrei kaufen konnte.

Mir fiel wieder der erste Anruf von Aliénor Champlain am Abend nach dem Vorsprechen ein, wo sie «Kommst du?» gesagt hatte. Ich entschied mich, als Antwort diskret «Ich komme, zum Zweiten» in mein Telefon zu tippen. Aber ohne viel Hoffnung, dass sie die etwas weit hergeholte Anspielung verstehen würde.

Raindrops keep falling on my head / But that doesn't mean my eyes will soon be turnin' red / Cryin's not for me / 'cause I'm never gonna stop the rain by complainin' / Because I'm free / Nothin's worryin' me.

Auf meinem iPod lief die muntere und entschlossene Stimme von B. J. Thomas (Musik von Burt Bacharach), und ich bemühte mich, all meine Fähigkeiten zur Autosuggestion zusammenzunehmen und mich mit dem Text zu identifizieren. Doch er stand zu sehr im Kontrast zu meinen Schuldgefühlen, deren Schübe mir den Spaß verdarben, davonzufliegen Richtung Roissy, wo ich noch am gleichen Nachmittag einen Anschlussflug hatte nach Pulkowo, dem internationalen Flughafen von Sankt Petersburg. Ich dachte, richtig glücklich zu sein ist unmöglich. In die Momente des Glücks mischte sich immer irgendwas, das nicht reinpasste. Und schließlich fragte ich mich allen Ernstes, ob das, was am Vortag auf dem Podium passiert war, vielleicht eine Art göttliche Maßnahme gewesen war, die mich für meine eilige Abreise bestrafen sollte, nachdem ich meine Brüder einfach so hatte stehen lassen.

Ich dachte noch einmal darüber nach, wie das auf Thomas' Wahlkampfveranstaltung alles abgelaufen war. Er war am Morgen früh aufgestanden, hatte gejoggt und Liegestützen gemacht, er hatte Anrufe getätigt und erhalten, er trug eine konzentrierte, fast feindselige Miene zur Schau, nahm eine ausgiebige Dusche, zog seinen neuen Anzug an und band sich die Krawatte um. Er führte sich ein bisschen auf, versuchte, sein Lampenfieber zu überspielen, wie ein echter Kerl. Ben und Emerson waren die ganze Zeit nicht von seiner Seite gewichen, hatten konspirative Mienen aufgesetzt, ihm die restlichen Familienmitglieder vom Leib gehalten, Mut zugesprochen, hatten ihn in seinem Zimmer die Rede proben lassen, ihm die Schultern massiert, selbstgebraute Energydrinks eingeflöst und nicht recht gewusst, ob sie nach Boxtrainer-am-Ring-Manier einen auf siegessicherer Scharfmacher machen oder ob sie im Gegenteil im Stil mafiamäßigen Personenschutzes gefasst schweigen und verständnisvoll mit dem Kopf nicken sollten.

Um fünf Uhr morgens hatten an die zehn heruntergekommene Mechaniker vom Lager, die für den ganzen Tag zwei Dollar pro Nase bekamen, damit begonnen, mit dem Lieferwagen vom einen Ende der Stadt zum anderen und wieder zurück zu fahren, die Straße abzusperren, die Gerätschaften und Musikinstrumente abzuladen, die Bretter und Aluminiumstangen für das Podium zu montieren, die Tische und die Lautsprecheranlage aufzubauen, die Spruchbänder aufzuhängen und an den elektrischen Anlagen rumzufummeln, um den städtischen Saft anzuzapfen. Um zehn Uhr packten Marie-Pascale, Marlène und Patricia in vorläufiger *casual wear*, mit Kopftüchern und hochgesteckten Sonnenbrillen, sehr fleißig und eifrig die T-Shirts in den Kartons aus, richteten den Platz für die Eisschränke und den Grill her, ließen die Blumenstöcke herumtragen, strichen die Falten der Podiumsbespannung glatt und besserten die Knoten der kunstseidenen Bänder aus.

Um 14 Uhr hatte die ganze Familie zu Hause gegessen, die Eltern ruhten sich auf ihrem Zimmer aus, die Frauen waren beim Friseur und bei der Kosmetikerin gewesen, sie hatten Kleider und Schuhe mit hohen Absätzen angezogen, sie waren geschminkt, es war Zeit zum Aufbrechen. Im Wagen, der schnell fuhr, aber nicht zu schnell, damit die Leute Zeit hatten, Thomas zu erkennen, lehnte dieser den Ellbogen aus dem Fenster und schaute verstohlen, ob die Menschen am

Straßenrand ihn tatsächlich erkannten, und wenn ja, grüßte er mit dem Victory-Zeichen, aber ohne zu lächeln.

Am Podium schien alles mehr oder weniger vorbereitet: die Ecke mit dem Grill, die Tische und die T-Shirts, die Spruchbänder und die Porträts von Thomas, das Mikro und das Rednerpult, die Lautsprecheranlage, die laut genug war, wie nicht anders zu erwarten gewesen war, die auf den Platz des 14. Mai ausgerichteten Boxen, aus denen ein reißerischer Zouk knisterte, wie es sich gehörte, die vollzähligen Partysans, die sich Zigaretten rauchend auf ihren Stühlen geduldeten, die Mechaniker vom Lager, die auf eventuelle neue Anweisungen warteten und derweilen auf ihren Handys rumdrückten oder einen Splitter aus dem Zeh zogen. Fehlte bloß noch das Publikum. Thomas machte auf einen, dem das gelegen kommt, und las sich hinten im Geländewagen zusammen mit Barnaby und ich weiß nicht wem noch erneut seine Rede durch.

Wir hatten alle eine böse Vorahnung, wir wischten uns den Schweiß ab, der uns in Strömen die Schläfen hinunterlief, die Frauen fächelten sich mit den Flugblättern mit Thomas' Bild drauf Luft zu und gingen immer wieder hinter das Podium, um sich zwischenzeitlich ihre zu engen Schuhe auszuziehen, die Würstchen unter der Sonne wurden kalt, doch wir sagten uns alle zehn Minuten und lachten dabei laut: «Die kommen schon noch» oder «Es ist noch zu früh, die Leute sind noch beim Essen, sie machen Siesta» oder «Es ist jetzt noch zu heiß» oder «Jetzt ziehen sich die Leute an» oder «Macht euch keine Sorgen, die kommen schon» oder «Wir müssen andere Musik auflegen, spielt mal Reggae. Dann kommen sie, ihr werdet schon sehen.»

Es war nach 16 Uhr, als jemand kam und vermeldete, dass bei der Bühne von Friedricks am Hafen die Hölle los war, dass das Konzert von Kool Jega schon lange angefangen hatte.

«Meint ihr nicht, dass wir anfangen sollten?», beschloss Marie-Pascale. «Wenigstens für die, die warten. Schaut mal, es sind ja doch immerhin 100 Leute da, oder? Wir sollten anfangen, bevor sie noch gehen. Haben sie alle ihre Wurst gekriegt?»

«Was machen wir jetzt?» zögerte Emerson. «Sollen wir den Partysans sagen, dass sie gleich spielen sollen?»

Ben bemühte sich nicht mehr, seine Ratlosigkeit zu verbergen:

«Und wenn wir mit unserem Konzert warten, bis Friedricks anfängt, seine Rede zu halten? Wenn die Leute die Musik hören, kommen sie rauf, das ist sicher. Ihr kennt die Concordiner ja: Das Blabla ist ihnen egal. Die wollen nur Party machen. Ich rede mal mit Thomas, okay?»

Er rannte zum Geländewagen, man sah, wie er sich in das Autofenster hineinbeugte und redete, dann, wie er Thomas zuhörte und nickte. Beide warfen ein oder zwei rasche Blicke in meine Richtung, Thomas vertiefte sich wieder besorgt in seine Blätter, Ben kam sofort wieder zu uns zurück und sah mich fest an. Er versuchte einen Ton zu treffen, der mir das Messer auf die Brust setzte und zugleich schonend mit mir umging:

«Thomas meint, dass es eigentlich das Beste wäre, wenn du als Erstes kommst. Bist du bereit, kannst du jetzt auftreten?»

«Okay, kein Problem, gebt mir eine Minute Zeit, dass ich die Hose und die Requisiten vorbereiten kann», lautete meine schlagfertige Antwort, aber in Wirklichkeit dachte ich: «Hoffentlich ist das bald vorbei hier.» Dann machte ich Patricia ausfindig, sagte ihr, sie solle sich bereithalten, kontrollierte, ob der Typ, der sich um das Mischpult kümmerte, die CD dabeihatte, die ich ihm gebrannt hatte, und fügte in einem schlechten Kreolisch hinzu: «Alles wie bei der Probe. Weißt du noch, wann du die Musik abfahren, stoppen und dann wieder weiterlaufen lassen sollst? Du musst gut auf meine Bewegungen achten, ja?» Er nickte, ich ließ ihn in Ruhe und ging mich umziehen.

Es ist immer komisch, wenn man auf einer Bühne steht und einem Publikum imponieren muss, auch einem spärlichen. Im Umgang mit einer einzelnen Person gibt es das Problem nicht. Ein Stammeln, ein Zögern, eine Schwäche, ein vollkommenes Misslingen, sogar das glatt Lächerliche wird einem verziehen. Doch wenn mehrere Augenpaare gleichzeitig in der Erwartung, unterhalten zu werden, auf einen gerichtet sind, spürt man, dass einem keine Wahl bleibt. Man ist eine Verpflichtung eingegangen, und der muss man nachkommen, das schreibt die Menge vor, die Masse von Individuen entindividualisiert den Einzelnen, entmenschlicht ihn. Nichts wird einem verziehen, schonungslos, es geht um die Ehre, die da öffentlich auf dem Spiel steht.

Nachdem ich mehrere nicht überzeugende Möglichkeiten ins Auge gefasst hatte, war mir der vermessene Gedanke gekommen, ein Sketch von Steve Martin, *The Great Flydini**, würde schon taugen. Erstens weil er stumm war und ich mich daher nicht zum Affen machen musste mit meinem Kreolisch. Zweitens weil er eine provokative, aber nicht übermäßig krasse Aussage hatte, die mir über die Kulturen hinweg verständlich schien. Ich hatte zwar geahnt, dass die Requisiten und einige Sequenzen des Sketches ernstzunehmende Hindernisse darstellen konnten. Aber auch ohne den Trick von Steve Martin genau zu kennen, schien mir das machbar, nämlich mit einer kleinen Pumpe, die ich in meiner linken Hand festgeklebt hatte, und einem langen Plastikrohr, das unter mei-

* http://www.youtube.com/watch?v=dJCtOz32dnw

nem Ärmel bis zum Hosenschlitz verlief, ich brauchte nur bestimmte Requisiten wegzulassen, zum Beispiel die Zigarette, das Glas und natürlich die Marionette, die am Ende eine Arie schmettert und winkt. Außerdem hatte ich mir gesagt, ein paar Patzer in einem einfachen Zaubertrick konnte man bei einem faulpelzigen Schauspieler wie mir schon durchgehen lassen, die würde ich mir erlauben können und durch meine natürliche Ausstrahlung ausgleichen.

Natürlich hatte nichts funktioniert wie geplant. Erst mal in technischer Hinsicht: Die Tücher und Eier kamen bei meiner Pumpe alle auf einmal und nicht nacheinander raus, was den Rhythmus störte und mich zu komplizierten Manövern mit meiner freien rechten Hand nötigte. Dann fuhr die CD nicht ab, und das Klingeln des Telefons kam nicht im richtigen Moment. Was das besagte Telefon angeht, klang es wirklich zu sehr nach einem Spielzeug, das konnte niemanden täuschen. Ich spreche lieber erst gar nicht von den Rückkopplungen und Patricia, die sich null auskannte und die ganze Zeit dämlich losprustete, anstatt sich an die Bewegungen zu halten, die ich ihr gezeigt hatte. Und schließlich war ich vor allen Dingen nicht professionell genug und hatte nicht das unwiderstehlich dreiste und trockene Understatement von Steve Martin.

Diese Blamage lehrte mich, dass man Begabung nicht einfach so aus dem Ärmel schüttelt, dass man sich an so einen Sketch nicht ohne ordentliche Vorbereitung heranwagt und dass es nicht ausreicht, wenn man ein hübsches Gesicht und eine gewisse Unbeschwertheit mitbringt, im Gegenteil: Ein hübsches Gesicht kann in einem komischen Stück schnell lächerlich werden. Dass ich den Sketch nicht ausreichend vorbereitet hatte, bewies auch, dass ich vor dem concordinischen Publikum nicht ausreichend Respekt gehabt hatte, ich hatte die Leute hier ganz einfach für Vollidioten gehalten. In Paris hätte ich das nämlich nie riskiert, mich so lächerlich zu machen.

Dennoch waren die Leute in ziemlich guter Stimmung, als ich auf die Bühne trat. Sie hatten ihr T-Shirt und ihr Würstchen überreicht bekommen, die meisten durften sich sogar ein zweites nehmen, den Hartnäckigsten war ein drittes versprochen worden, sie hatten lange gestanden, sie waren aus Sympathie für Tom dageblieben und waren nicht zu Friedricks gegangen. Lange Rede, kurzer Sinn: Sie hätten sich mit recht wenig zufriedengegeben, glaube ich. Ich spürte, wie sich bleierne Stille senkte, als ich die Hand zum Hosenschlitz führte und das erste Tuch herauszog. Beim dritten Ei verließen einige mit ihren Kindern den Platz. Reden wir nicht von dem Augenblick, in dem mir Patricia das Telefon zurück in die Hose steckte: Ich hatte ein Drittel des Publikums verscheucht.

Das Schlimmste war, dass das Schweigen der Leute nichts absichtlich Demütigendes hatte, was bei einem westlichen Publikum durchaus passieren kann. Sie weigerten sich ja nicht demonstrativ zu lachen, um mir einen Denkzettel zu verpassen, das nicht. Es wurde ganz einfach nicht gelacht, weil alle von meiner unanständigen Darbietung entsetzt waren. Auch wenn man in einer Stadt voller Kneipen und Huren wohnte, in der alle Mädchen aus allen Familien mit 13 entjungfert wurden: Was ich da gerade veranstaltete, das machte man nicht.

Ich versuchte, so gut ich konnte, mich aus dieser Falle zu befreien, die ich mir selbst gestellt hatte, die Minuten schienen nicht enden zu wollen, ich fragte mich, wie ich bis zum Schluss durchhalten sollte, ich war müde von der durchgemachten Nacht, ich erkannte am Rand des Podiums Ben und Emerson, die mich so ungläubig ansahen, wie sie *White Stuff* angesehen hatten, den ich ihnen auf DVD am Abend meiner Ankunft vorgeführt hatte, hauptsächlich die Szene, in der ich zu Déborah sage: «Ja, ich bin nackt. Na und?», ich stellte mir vor, wie Thomas in seinem Geländewagen tobte und sich darauf gefasst machte, dass jemand einschreiten musste, um dem Trauerspiel ein Ende zu bereiten, als ich plötzlich sah, wie alle sich in Richtung Platz des 14. Mai umdrehten. Wir wurden überrascht von einem gewaltig ansteigenden Lärm, der grauenhaft wie ein Erdstoß war. Nur 200 Meter entfernt, am französischen Konsulat, warfen etwa zehn Jugendliche, die vom Hafen heraufkamen und die Friedricks offensichtlich total aufgehetzt hatte, Steine gegen die Fenster und versuchten, die Gitter aufzubrechen.

Die Sicherheitskräfte des Konsulats waren überfordert, also kam zur Verstärkung die Militärpolizei. Binnen weniger Momente wurde Tränengas eingesetzt, wurden die Leute auseinandergetrieben, Polizisten mit Knüppel und Schild verfolgten Jugendliche, Augen und Hals fingen an zu jucken, Glasflaschen und Steine flogen kreuz und quer durch den verqualmten Himmel.

Am schwersten auszuhalten war nicht die Panikstimmung, die war eigentlich gar nicht so arg. An Krawalle sind die Concordiner seit drei Generationen gewöhnt, sie können sich auseinandertreiben lassen, ohne ihren Gleichmut zu verlieren. Nein, am schwersten auszuhalten war der Moment, in dem in der allgemeinen Verwirrung, die sich auf dem Podium ausbreitete, zwei französische Gendarmen der Botschaft im Laufschritt und in Uniform auf mich zukamen und mir in dem ihrer Funktion gemäßen autoritären Ton ausdrücklich befahlen, dass ich mich im Konsulat in Sicherheit zu bringen habe («Sie sind französischer Staatsangehöriger, oder? Okay, dann kommen Sie mit uns mit»). Sie wussten, wer ich war, sie mussten wohl informiert worden sein, dass ich auf dem Podium war, und wahrscheinlich hatte ich mich deswegen nicht wirklich getraut, nein zu sagen. Um die bevorzugte Behandlung zu würdigen, die mir zuteil wurde, obwohl ich doch mitnichten verpflichtet war, ihnen zu folgen. Ich versuchte sachte zu protestieren, sagte, dass ich bei meiner Familie bleiben wolle und deutete auf meine Brüder und Schwägerinnen, die jegliche Hoffnung aufgegeben hatten, mit den von der Menge blockierten Autos, dem Gelände- und dem Lieferwagen, fahren zu können, und die bereits anfingen, das Weite in den angrenzenden Straßen zu suchen.

In diesem Augenblick hätte ich übrigens noch die Möglichkeit gehabt, Thomas, Ben und Emerson einzuholen. Wenn ich es nicht versucht habe, wenn ich tatsächlich den beiden Gendarmen gefolgt bin, mich im Konsulat in Sicherheit gebracht habe und so lange, bis der Sektor wieder beruhigt war, den Angestellten vom Bereitschaftsdienst Autogramme gegeben habe, dann eben deswegen, weil meine Brüder, nachdem sie gesehen hatten, dass die Gendarmen allein auf mich zugestürzt waren, mit mir gesprochen und sich meiner angenommen hatten, sich gar nicht mehr darum gekümmert hatten, was aus mir wurde. Als ob mir sowieso nie etwas wirklich Schlimmes im Leben zustoßen könnte. Sie waren alle drei davongelaufen, in ihren Anzügen und mit ihren in Schale geworfenen Frauen, Seite an Seite trotteten sie in den Tränengaswolken nebeneinander her, der Gefahr und der Willkür still ergeben, den Angriffen der Polizei entwischend wie alle anderen, wie alle Concordiner, die ja daran gewöhnt waren, vor Knüppel, Kittchen und Ungerechtigkeit zu fliehen, von Natur wegen zusammengeschweißt in einem unausweichlichen Schicksal.

Dass sie ohne mich davonliefen, war für mich weniger

eine Überraschung als die grausame Bestätigung eines Gefühls, das ich ohne konkretes Ereignis selten so tief empfunden hatte: Ich war definitiv nicht einer von ihnen, es war zwecklos, dass ich versuchte, das Offensichtliche zu leugnen, das hatten sie schon lange vor mir begriffen, und ich erntete jetzt nur das, was ich verdiente. Außerdem schämte ich mich natürlich. Ich schämte mich, Franzose zu sein, ich schämte mich, dass ich das verhätschelte Kind war, das von Geburt an vor der Welt und ihren Gefahren geschützt wurde. Doch am meisten schämte ich mich, dass ich Tom, Ben, Emerson und den Mädels nicht nachgelaufen war, ich schämte mich, dass mein erster Reflex nicht gewesen war, ihnen hinterherzueilen, um diesen Unterschied aufzuheben, der uns seit jeher trennte. Aber um wirklich genau zu sein, hatte mich eigentlich das am ärgsten getroffen: Als ich sah, dass sie alle einschließlich Marie-Pascale wegrannten, dachten sie keinen Augenblick, ich könnte ihnen hinterherkommen, dachten sie keinen Augenblick, ich könnte auf den Luxus mit den Gendarmen und dem Konsulat verzichten, um mit ihnen zusammen zu rennen.

Man hat das auch daran gesehen, dass sie mir am Abend, als wir uns alle wieder zu Hause trafen, keinerlei Vorwürfe gemacht hatten. Sie waren weder sauer wegen *The Great Flydini*, noch machten sie die leiseste Anspielung auf die Geschichte mit den Gendarmen. Genauso wenig hatten sie irgendeine Bemerkung gemacht oder ein besonderes Bedauern ausgedrückt, als ich ihnen mitteilte, dass ich aus beruflichen Gründen dringend mit dem nächsten Flugzeug, das sehr spät am Abend ging, nach Paris zurückmusste. Sie hatten höflich genickt, wie um mir zu bedeuten, dass ich nicht lange um den heißen Brei herumreden musste, dass sie sehr gut verstehen würden. Bloß mein Vater hatte wohl zwischen zwei Hustenanfällen vom Sofa aus etwas gebrummelt in der Art von: «Jetzt schon? Schade.»

Doch mit den kurzen Sätzen, die mein Vater zwischen den Zähnen murmelte, war es wie mit dem Rest: nie ganz eindeutig.

DREI

Ich weiß nicht, wie es den anderen Passagieren ging. Aber ich versank bei dem Gedanken, zum ersten Mal in Russland zu landen, in gewaltige Träumereien, voller faszinierender und zugleich besorgniserregender Stereotypen. Alles fängt in dem Moment an, wo der Kapitän verkündet, zu Ihrer Linken sehen Sie Tallinn in Estland, und darüber befindet sich Finnland. Wer nie so hoch oben im Norden war, den lässt etwas an diesem flach einfallenden und feuchten Dämmerlicht, etwas an diesem fiebrigen Horizont, der ständig hin- und herschwankt zwischen ungewissem Tag und Nacht und hinter dem nur Eiswüsten zu liegen scheinen, den lässt an diesem Dezembermorgen beim Blick aus dem Fenster irgendetwas an alldem an das Wort *Finsternis* denken.

Dann ist da der Sitznachbar, ein kleiner stämmiger, bärtiger und pragmatischer Albaner, mit dem man in letzter Minute noch eine Unterhaltung anfängt, in der man erfährt, dass er in Westeuropa ausrangierte landwirtschaftliche Maschinen, die in Russland aber noch sehr gefragt sind, hier berufsmäßig weiterverkauft. Das Flugzeug beginnt zu sinken, und zwischen den Wolken nimmt man die ersten Bruchstücke eines aufgeweichten und gefrorenen schwarzen Bodens wahr, gefleckt mit undurchsichtigen Seen und kahlen Wäldern, einen Boden, bei dem man sich sagt, dass das lediglich ein winziger Teil des größten Landes der Erde ist und dass man von jedem Ort da unten aus auf dem Landweg das Ostmeer erreichen konnte, ohne eine Grenze überqueren zu müssen.

Nichts zu machen, die abgedroschensten Bilder und Wörter kommen einem in den Sinn: Tschernobyl, Zar, Kommunismus, Putin, Mafia, Tschechow, Krieg, Radioaktivität, Metall, Panzerkreuzer, Rote Armee, Datscha, Genossenschaft, Arbeit, Bürokratie, Diktatur, *Halte still – stirb – erwache*, verhangener und bedrückender Himmel, flaches Land, verschleierte Sonne, Nässe, Winter, Kälte, Massaker, Genozid, Mittelalter, Dunkelheit, Tschetschenien, Fortschrittsfeindlichkeit, Mut, Widerstand, Macht, Literatur, kein Glück, Wodka, faule Zähne, Wahnsinn, Tod, Genie, Resignation. Endlich die Landebahn, die von einer Handvoll Laternen, die minimalen Sicherheitsstandards genügen, dürftig beleuchtet wird, und die echte Ergriffenheit, wenn man auf der Seite eines Tanklastwagens in kyrillischer Schrift ПУЛКОВО 2 liest.

In Tunis liegt durch die Wüstenwinde auf den meisten Autos ein ockerfarbenener Staubfilm. In Sankt Petersburg sind zu Beginn des Winters ausnahmslos alle Autos zur Hälfte mit dem Dreck von dieselölgetränktem Schnee überzogen, und man hat Mühe, durch die Windschutzscheibe und die verklebten Seitenfenster die Landschaft genau zu erkennen. In beiden Fällen ist der Taxifahrer nicht angeschnallt und brettert mit rasender Geschwindigkeit über unsinnige oder kaputte rote Ampeln und schneidet an den Kreuzungen die Kurven.

Es war dunkel, die öffentliche Straßenbeleuchtung in den nicht enden wollenden Außenbezirken von Sankt Petersburg war außer Betrieb, nur ganz wenige Fenster an den finsteren Fassaden der Wohngebäude waren erleuchtet, Schnee am Straßenrand, wir fuhren über riesige leere Avenuen, die mich an Szenen aus *Taxi Blues* von Pavel Lungin erinnerten, im Radio lief ein englischer Hit aus den Achtzigern, und ich war genauso aufgeregt wie ängstlich bei dem Gedanken, Aliénor Champlain wiederzusehen, die mit ihrer Anwesenheit diese Stadt zugleich unwiderstehlich und unbezähmbar machte.

Die gesamte beleuchtungstechnische und finanzielle Energie der Stadt schien sich auf den Newski-Prospekt zu konzentrieren, der zwei- oder dreimal so breit wie die Champs-Élysées ist, Firmenschilder von GAP, Foot Locker, Tommy Hilfiger, McDonald's, Kentucky Fried Chicken, Lounges, Bars, chinesische Restaurants und Pizzerias, Sonnenbrillen- und Handyläden, Starbucks Coffee und fast überall elektronische Geldautomaten. Kurzum: Die Globalisierung war auch hier angekommen, wie überall, aber genauso wie überall passte sie sich in einen exotischen Rahmen ein (die Globalisierung macht nicht alles so gleich, wie es aussieht).

Draußen schneite es ein bisschen, man hatte viel Aufwand mit der Weihnachtsdekoration betrieben, und Schwärme von offensichtlich kälteunempfindlichen jungen Leuten, die Jeans und schlichte Poloshirts trugen, gingen in Dreier- oder Vierergrüppchen mit absichtlich großen Schritten die wahrlich lichtüberfluteten Gehwege entlang. Die Petersburger middle class ist groß, schlank, sportlich und schön, die Jungs wie die Mädels, und sie ist, von der Echtheit der Marken mal abgesehen, angezogen und frisiert wie die italienische oder libanesische Jugend, die was auf sich hält. Bei meinem Anblick konnten sie alle nicht anders, als meinen Afrolook anzustarren, wahrscheinlich schwankten sie zwischen Gedanken wie: «Wow, ein Schwarzer, wie im Kino oder in den Videoclips aus Amerika!» (jedoch ohne dabei mittlerweile so recht zu verstehen, warum die Amerikaner unbedingt so viele Schwarze in ihren Filmen unterbringen müssen) und einer instinktiven Ablehnung des Negers, die in diesen Breiten immer noch weit verbreitet ist. Unmöglich jedenfalls für mich, nicht daran zu denken, dass hier kürzlich zwei ivorische Studenten von Skinheads ermordet worden waren.

Es war kalt, aber gar nicht mal so, jedenfalls weniger kalt als erwartet, aber trotzdem kalt genug, um zu denken, dass ich mir schnell eine Mütze, eine Jacke, eine warme Hose und Socken besorgen sollte, da kamen also noch ein paar unvorhergesehene Ausgaben auf mich zu.

Ich fand ein Zimmer in einem sehr auf Kunst gemachten Hotel, das im vierten Stock eines Hauses lag, dessen Eingangsbereich eine Art Schleusenkammer war, in Orange- und Apfelgrüntönen gestrichen, und in dem Techno lief. Eine geschwungene und luftige Typographie wies darauf hin, dass sich das Internetcafé eine Treppe höher befand, im Treppenhaus standen Automaten mit Smoothies und Gatorade, und ich kam mir vor wie in Kopenhagen oder Reykjavík, zwei Städte, in denen ich nie gewesen bin, aber ich stellte mir vor, dass dort eine vergleichbare Atmosphäre herrschte, eine Art digitales New Age, gesund und seelisch ausgeglichen, in dem lauter polyglotte junge Menschen mit Piercings und weißen Zähnen rumlaufen.

Ich merkte, die Stadt hatte alles, um mir zu gefallen, ich hätte einen Spaziergang auf dem Newski-Prospekt machen können, zum Luftschnappen und um die Empfindung des Neuen voll in mich aufzusaugen, aber mir stand der Sinn nicht nach Bummeln, ich war groggy vor Müdigkeit, und ich war wegen Aliénor Champlain und sonst nichts hierhergekommen. Dennoch bemühte ich mich in meiner ersten SMS, die ich von meinem Bett aus schrieb (der lokale Anbieter heißt Bee-Line), mir meine Ungeduld nicht allzu sehr anmerken zu lassen, bevor ich sogar die Schuhe auszog und mir die Hände wusch. «Bin da. Kommst du?» Ich dachte mir, die Nachricht war ein bisschen dreist, aber vielleicht wusste sie meine Initiative ja zu schätzen. Außerdem war schließlich sie diejenige, die bestimmt gewettet hätte, dass ich nicht kommen würde, und ich derjenige, der die Reise trotzdem unternommen hatte. Insofern durfte ich von ihr im Gegenzug einen Beweis ihres guten Willens verlangen. Aber vor allem, vor allem: In wessen Namen sollte ich es mir versagen, mit Aliénor Champlain anders umzugehen als mit anderen Frauen?

Ich ließ mir Zeit auf meinem Zimmer: Meine Augen suchten in dem internationalen Standardeindruck, den die Zimmereinrichtung machte, vergeblich nach etwas, das vielleicht russisch sein könnte, ich ließ mir Zeit mit dem Duschen, ich schaltete den Fernseher ein, wo eine ziemlich nostalgische Unterhaltungssendung lief, in der hauptsächlich ein Komiker mit französischem Akzent sprach, mit enttäuschter Neugier zappte ich weiter zum russischen Kabelfernsehen, schaute mir das eine Zeitlang an, aber nach einer Stunde hatte ich immer noch keine Nachricht von Aliénor Champlain gekriegt. Um mir einbilden zu können, dass ich meine Zeit nicht damit verbrachte, sklavisch auf eine Antwort zu hoffen, beschloss ich, mich schlafen zu legen, nicht ohne vorher, für den Fall, dass ich eine SMS bekommen sollte, den Nachrichtenmelder meines Handys auf maximale Lautstärke gestellt zu haben. Das Zimmer versank in tiefer Stille. Draußen waren wiederholt Pistolenschüsse zu hören, die in der Nacht wie in einem überirdischen extraurbanen Raum widerhallten. Gab es in der Nähe einen Schießübungsplatz? Rechnete auf dem Newski-Prospekt die Mafia mit jemandem ab? Aber keine Schreie, kein Kreischen, keine Sirenen, komisch. Das schien niemanden aufzuregen, und so schlief ich schließlich ein, mit Bildern von robusten Pistolen im Kopf, zum Beispiel die FN 1910, die Gavrilo Princip am 28. Juni 1914 in der Hand hielt, als er den Erzherzog Franz Ferdinand ermordete und bei der Gelegenheit den Ersten Weltkrieg auslöste. Das war beruhigender, als sich anzustrengen, an nichts mehr zu denken.

Belämmert, leicht deprimiert und mit trockenem Mund wachte ich kurz vor 22 Uhr wieder auf. Draußen hallten in mehr oder weniger regelmäßigem Abstand immer noch die Schüsse, und ich hatte immer noch keine SMS. Ich dachte mir: «Ich schreibe ihr jetzt eine letzte. Und wenn die Schlampe mir nicht antwortet, mach ich mich vom Acker. Also für wen hält die Fotze sich eigentlich?» Um meinen Frust zu lindern und um mich selbst nicht noch mehr zu demütigen, indem ich die SMS allzu geschwind abschickte, ging ich runter ins Cybercafé und schaute, ob Elvira mir zufällig eine Mail geschrieben hatte im Stil von: «Entschuldige, ich gebe zu, dass meine letzte Mail ein bisschen hart war, das hattest du nicht verdient. Aber für mich ist die ganze Geschichte auch noch nicht so ganz erledigt, ich bin sehr durcheinander, es ist schwer, dich zu vergessen, Antoine, ich merke, dass ich Fehler gemacht habe, wenn ich die Zeit zurückdrehen könnte, würde ich mich bestimmt anders verhalten, eigentlich denke ich, dass es mir guttun würde, wenn wir uns wiedersähen. Und wenn ich dich besuche in Paris, damit wir über alles reden?»

In meinem Posteingang war keine neue Nachricht, weder von Claude noch von Larrera, und auch keine von Elvira. Nur Werbung von Go voyages und CD Discount, die mich daran erinnerte, was für ein einsamer Mensch ich im Grunde war. Ich war nahe dran, selber einen Entschuldigungsbrief an Elvira zu schreiben, um eine Reaktion von ihr hervorzurufen, um das generelle Gefühl der Niederlage auszutricksen, das mich allmählich ernsthaft überkam («Es tut mir leid, wenn ich dich verletzt habe, das war nicht meine Absicht, ich hatte ehrlich geglaubt, dass es dich jetzt kaltlässt, was mir widerfährt, ich schwöre, ich wollte dir nicht weh tun, es tut mir leid, ich bitte dich 1000-mal um Entschuldigung, ich schäme mich, es ist wahr, mein Verhalten war in gewisser Weise niederträchtig, aber das war, weil ich gelitten habe, weil mir so bewusst ist, dass eine andere Frau nie wieder die Wirkung auf mich haben wird, die du auf mich gehabt hast, und weil ich ein bisschen die Lust am Leben verloren habe, als ich dich verloren habe, das war ein Akt der Verzweiflung, um dich irgendwie zu provozieren, ein Ausbruch von Stolz, Stolz ist nämlich in solchen Fällen, na ja, geradezu überlebensnotwendig, Dionne Warwick sagt das so schön in dem Lied *Walk On By*: ‹*Foolish pride is all that I have left / So let me hide / The tears and the sadness you gave me / When you said goodbye.*› Vor einer Woche hätte ich dir fast vom Flughafen aus den Text geschickt, aber das ist halt der Stolz, schon wieder, mein Stolz hat mir das dann nicht gestattet, aber heute schicke ich ihn dir, merkst du, weil ich meinen Stolz beiseiteschiebe, ich schiebe ihn beiseite, weil ich das Gefühl habe, dass auch du mich noch liebst, aber du traust dich nicht recht, das zuzugeben, du liebst mich immer noch, stimmt's?, und wenn ich nach Barcelona komme, damit ich hören kann, wie du es zu mir sagst?»), ich war also nahe daran, mich zu entschuldigen, als ich auf meinem Handy folgende Nachricht erhielt, eben weil ich nicht mehr auf sie gewartet hatte: «26 ulitsa Gagarinskaya».

Ich vergaß Elvira komplett, loggte mich aus, bezahlte, ging zurück auf mein Zimmer, frisierte mich schnell nochmal, lief die Treppen runter und befand mich auf dem Newski-Prospekt: keine Bullen, kein Krankenwagen, kein Auflauf von Schaulustigen, keine Sicherheitsabsperrungen. Nichts wies darauf hin, dass soeben eine Schießerei oder ein Raubüberfall stattgefunden hatte, dafür war immer noch die gleiche jugendlich-energische Menge unterwegs, es waren immer noch die gleichen endlosen Reihen von Straßenlaternen und sehr erlesenen Girlanden da, die gleichen versteckten Restaurants im gedämpften Licht, die tiefer als die Gehwege lagen, und Boutiquen, die zu der Zeit immer noch geöffnet hatten und in denen sich Höflichkeitsfloskeln als überflüssig herausstellten, genauso wie Englisch, das hier niemand zu sprechen schien. Aus einer von denen kam ich mit einem nagelneuen schwarzen Redpoint-Parka von The North Face wieder raus, der normalerweise 149 US-Dollar kostet und hier für 215 verkauft wurde, das heißt für 5542,16 Rubel, ich ließ das deutlich zu anzügliche Lächeln der beiden Verkäuferinnen hinter mir und rief ein Taxi.

Wenn man sich vom Newski-Prospekt entfernt, entfernt man sich vom Licht und trifft auf eine endlose Folge von langen ruhigen und verlassenen Straßen mit wuchtigen und offensichtlich unbewohnten Fassaden. Man erahnt die gebrechlichen Mauern und die nicht gewachsten Böden dahinter, ein bisschen so wie die Wohnung in *Der letzte Tango in Paris*. Entlang der Bürgersteige sind nur wenige Autos geparkt, was zugleich das Gefühl des Raumes enorm steigert, den Stil uniformisiert und die Phantasie anregt. Sankt Petersburg ist über die Maßen groß, aus der Zeit gefallen, von einschüchternder monumentaler Leere und kalter Schönheit. Man fragt sich schon, warum in Frankreich nicht mehr darüber gesprochen wird. Natürlich kennt man Sankt Petersburg, man kennt Peter den Großen, Petrograd und Leningrad, wo 800 000 an Hunger und Kälte gestorben sind. Aber nicht das Sankt Petersburg des Beginns des 21. Jahrhunderts, das anscheinend ganz auf Deutsche und Skandinavier eingestellt ist, ganz weit weg ist von uns, über uns steht und sich nicht um uns schert. Zwar gibt es *L'auberge espagnole – Wiedersehen in Sankt Petersburg* von Cédric Klapisch, der versucht hat, uns zu sagen: «Fahrt nach Sankt Petersburg, das ist super.» Aber das Sankt Petersburg von Klapisch ist ein angenehm farbenprächtiger und objektiv bezaubernder Urlaubsort. Das hat nichts mit dem zu tun, was ich sage.

26 Gagarinskaya: auf abgeklebte Schaufensterscheiben

gerichtete Scheinwerfer, LKWs mit Film-Equipment, Stromaggregate, Kabeltrommeln, Metallkoffer für elektrisches Zubehör und Assistenten im Anorak, die in ihren Fäustlingen einen Kaffee hielten und inmitten der leeren frostigen Straße wie eine Fata Morgana schienen. Ich hätte mir nicht gedacht, dass ich Aliénor Champlain ausgerechnet beim Drehen antreffen würde, und ich wurde den Gedanken nicht los, dass sie mich ein wenig zum Affen machte, mit diesem Rendezvous, das so gar nichts Persönliches hatte.

«Aliénor Champlain gave me this address», sagte ich zu dem Praktikanten in schwarzer Timberland-Daunenjacke und Jeans, der mit einem Funkgerät in der Hand vor dem Eingang des Gebäudes postiert war.

«Your name?», fragte er mich mit betrüblichem französischem Akzent.

«Antoine Mac Pola.»

«Ach ja, ich dachte mir schon, dein Gesicht habe ich schon mal irgendwo gesehen», gab er mir mit dem widerstrebenden Respekt recht, der minderwertigen arroganten Leuten in niederen Positionen zu eigen ist. «Da oben, geh einfach immer den Kabeln nach. Sei leise, die sind gerade am Drehen.»

Eine Treppe höher im Halbdunkel: weitere Leute von der Crew, fahrbare Heizkörper, ein Tisch, auf dem Thermoskannen voller Kaffee, belegte Brötchen, Kuchen und Mineralwasser standen. Schließlich ein greller Lichtkegel am Ende einer Flucht von riesigen, in Dunkelheit getauchten Zimmern, ein Herd von künstlicher Wärme inmitten der Nacht, die motivisch an eine mögliche Interpretation der Geburt Christi erinnerte.

Ich kam näher, jemand bedeutete mir mit einem auf den Mund gelegten Zeigefinger, ich solle mich ruhig verhalten, und über die Schultern eines Technikers hinweg, der mit verschränkten Armen wie ein eingebildeter Gaffer dastand, sah ich Aliénor Champlain, die halb nackt war und auf deren Gesicht und Armen so viel Make-up aufgetragen war, dass es etwas Gespenstisches hatte. In einem weißen Nachthemd stand sie in der Mitte der Lichtstrahlen und schrie in Richtung Maxime Le Gall, der mit nacktem Oberkörper und Zigarette in der Hand im Bett lag: «Um mir *das* zu sagen, hast du mich gebeten, von Paris hierherzukommen? Ist es das, was du für mich bereitgehalten hast? Du bist ja total verkommen, mein armer Julien, ist dir klar, dass du megaballaballa bist?»

Welche Begabung Aliénor Champlain hatte, merkte man daran, dass eine Replik wie «mein armer Julien» aus ihrem Mund trotzdem echt klang. Im Übrigen fragte ich mich, wie viele Freiheiten sie sich beim Text herausnahm und mit welcher Wahrscheinlichkeit eine Schauspielerinnenformulierung wie «megaballaballa» am Ende Eingang in die allgemein gebräuchliche Sprache finden konnte.

Ich fühlte mich fehl am Platz. Indem ich Aliénor Champlain und Le Gall in diesem Film spielen sah, wurde ich an meine eigene Tatenlosigkeit seit *White Stuff* erinnert, an all die tollkühnen Projekte, die man seitdem an mich herangetragen hatte, an Larrera, der sich immer noch nicht entschieden hatte und den mein politisch engagierter Monolog und vor allem meine lässige Art bei der Probe bestimmt abgeschreckt hatten, an das Warten auf Anrufe mit ernstzunehmenden Angeboten, die nicht kamen, an das Nietenmäßige von Claude, an die Furzrollen, an die ich mich wohl wieder würde gewöhnen müssen, an die Serien der Öffentlich-Rechtlichen, an die Werbespots, die Nebenrollen, an das Schauspielerarbeitslosengeld, das zugleich meinen Status aufrechterhielt und mich tiefer in den Sumpf zog. Ich schaute Le Gall an und dachte mir: «Was hat er denn, was ich nicht habe? Dass er weiß ist?»

Mit *White Stuff* war ich letztlich auf dem Gipfel und zugleich an einem toten Punkt meiner Karriere angelangt, dachte ich, der Film hatte mir keine Türen geöffnet, er hatte nichts noch Größeres und Glanzvolleres für die Zukunft bedeutet, wie ich es geglaubt hatte und wie die Presse es geschrieben hatte. Ich sagte mir, in meinem Alter brauchte man nicht mehr allzu viel zu träumen, um es in den Vereinigten Staaten zu versuchen, war es zu spät, da wartete man auch nicht auf mich, die Branche war ungerecht und undankbar, aber es gab auch nichts anderes, was mich interessierte. Mir fiel ein bisschen spät ein, dass ich nie solche Freude am Leben gehabt hatte wie während der Dreharbeiten zu *White Stuff* und während des Erfolgs, der darauf gefolgt war, weil ich nämlich endlich das Gefühl gehabt hatte, mich selbst zu verwirklichen, so einfach war das. Doch ich hatte es in dem Moment nicht verstanden, aus diesem Gefühl der Freiheit ausreichend Kapital zu schlagen, ich hatte mich, wie mit zwanzig, in einem Zustand ständiger Unzufriedenheit befunden, in dem man sich dauernd etwas noch Besseres erhofft und noch mehr vom Leben erwartet. Ich dachte, ich hatte nie eine derartige Freude am Leben empfunden wie in dem Moment, als ich das Gefühl gehabt hatte, mich selbst zu verwirklichen und Anerkennung zu genießen, und ich würde es nicht ertragen, wenn man mir das plötzlich wegnähme, wenn ich zurück in die Namenlosigkeit fiele, wenn ich zu keinem Mädchen mehr sagen könnte: «Im März kommt ein Film mit mir raus. Soll ich dir eine Einladung zur Vorpremiere schicken lassen?»

Machen wir's kurz: Meine Anwesenheit auf diesem Set, wo ich im Augenblick nur ein einfacher Zuschauer war, hatte keinerlei Berechtigung, aber ich blieb trotzdem. Die Szene war jetzt abgedreht, die Schauspieler waren zum Abschminken und Umziehen in der Garderobe verschwunden, und die

Techniker räumten ihr Equipment ein. Geduldig wartete ich in einem Nebenzimmer immerhin eine gute Stunde lang und versuchte, bei der Lektüre einer alten *Vogue* und beim regelmäßigen Hin- und Herlaufen zwischen meinem Stuhl und der Tee-Thermoskanne auf dem Aufnahmeleitungstischchen mich gelassen zu geben, während in der Ferne immer noch vereinzelte Revolverschüsse zu hören waren. Und dann erschien Aliénor Champlain endlich. Sie war keinen Augenblick lang verblüfft, dass ich da war, sagte nicht: «Aber warum bist du denn nicht in meine Garderobe gekommen?», verlor kein Wort über die Reise, die ich ihretwegen gemacht hatte, erkundigte sich nicht, wie es mir ging, ließ keinerlei Überraschung oder Freude erkennen, stellte mich niemandem vor und fragte mich, ohne erst mal Hallo zu sagen, so wie sie einen Regieassistenten oder ein Skriptgirl hätte fragen können, ohne große Überzeugung: «Gehst du mit uns essen?»

In einem so neutralen Ton wie möglich antwortete ich sofort «Ja», wohlwissend, dass ich mich noch mehr erniedrigen würde, wenn ich so tat, als würde ich zögern, schwor mir aber, bei der nächsten kalten Dusche dieser Art zurück nach Paris zu fliegen.

Ein paar Minuten später stieß sie mich endgültig vor den Kopf, indem sie im Taxi mit Gendey, dem Regisseur, diskutierte (dem es ein diebisches Vergnügen bereitet hatte, nach unserer Begrüßung ja nicht auf *White Stuff* zu sprechen zu kommen, womit er mir heftig reindrückte, wie schlecht er über den Film dachte), indem sie also mit Gendey redete, mir dabei den Rücken zuwandte und anfing, mit verheißungsvoller Hand die Innenseite meiner Schenkel zu streicheln. «Habt ihr den Schuss da gehört?», rief ich aus, um meine Erregung zu bannen.

Das Restaurant Zebra (*Famous and original dishes and drinks of*

Russian cuisine, open from 10:00 till the last client, tel: +7 (812) 336-37-37) befand sich an Bord eines nachgebauten *Flying Dutchman* (*Лемучий Голландец, an unical project, its three-masted sailing ship copy of 30-gun Holland flute Amsterdam 1748 year*), der bei der Biržewoj-Brücke in der Nähe der Wassili-Insel festgemacht war. Eine Fußgängerbrücke wie an der Croisette in Cannes, Panoramablick durch ein großes Glasfenster auf die Newa, Fitnesscenter, ein Schönheits- und Massagesalon, Nightclub, eine Bar (*more than 150 cocktails from all over the world*), Neonröhren, gedämpfte Atmosphäre, *stylish interior*: Man spürte, die Besitzer wollten beweisen, dass Sankt Petersburg Überraschungen bereithielt, die den *trendy locations* im Westeuropa der Mitte der neunziger Jahre in nichts nachstanden, und dass es für sie kein Problem, sondern eine Frage des Stolzes darstellte, einen Haufen Geld zu investieren, um wohlhabenden Touristen einen solchen Eindruck zu vermitteln.

Die anderen Leute von der Crew saßen schon um einen großen Tisch, als Aliénor Champlain, Gendey und ich ankamen. Ich bestellte Sushi und Mineralwasser mit Kohlensäure, und nutzte die Gleichgültigkeit, die man mir gegenüber vorsätzlich an den Tag zu legen schien, um mich aufs Klo zu verziehen, nachdem ich im Vorbeigehen am Tresen eine Visitenkarte des Etablissements mitgenommen hatte (www.minicards.com).

Am Klo traf ich einen Afrikaner, den ersten Schwarzen seit meiner Ankunft. Er hielt Eimer und Putzlappen in der Hand, und ich lächelte ihm, weil ich dachte, dass er wohl nicht unbedingt Französisch sprach, mit einem komplizenhaften und aufmunternden «Hi» zu, worauf er mit einem recht kühlen Kopfnicken antwortete, was mich betrübte und davon abbrachte, mit ihm ein Gespräch anzufangen.

Ich pinkelte auf diesem sehr luxuriösen WC mit roter Polsterung, wo ein Privatsender auf einem Flachbildschirm Musikvideos ausstrahlte. Am Waschbecken zog ich eine indische 25-mg-Viagra-Tablette aus der Tasche, die ich mit einem kräftigen Schluck Wasser runterspülte, und sagte mir mit ein wenig Besorgnis immerhin: «Los, hau rein. Wenn du danach impotent bist, hast du wenigstens richtig gevögelt in deinem Leben. Und wenn du Aliénor Champlain fickst, oder vielmehr, wenn du es diesmal hinkriegst, dass beim Ficken nichts schiefgeht, dann war das doch ein kleines Risiko wert.»

Als ich wieder raufging, konnte ich nicht spüren, dass sich in meiner Hose irgendwas Besonderes tat (*Take one tablet half an hour to one hour before sexual intercourse*), ich setzte mich wieder freudlos zu den anderen an den Tisch und wusste nicht wirklich, wohin ich meinen Blick richten sollte, der durch eine geheimnisvolle und zu stark geschminkte junge Frau zusätzlich getrübt wurde, die allein mit ihrem Täschchen auf dem Schoß am anderen Ende des verlassenen Saals saß und mich seit meiner Ankunft ununterbrochen starr anblickte. Als die Kellner fast eine Viertelstunde später unser Essen brachten (*«Hosts may snub you in favor of better-dressed customers»*), hatte mich Aliénor Champlain, die sich inmitten einer Konversation mit Gendey befand, immer noch keines Blickes gewürdigt. Ich war an sich gewillt, mich nicht weiter aufzuregen und geduldig zu warten, meine Zeit würde schon noch kommen, bis zu dem Moment, wo Maxime Le Gall hereinkam, seinen Mantel auszog, Aliénor auf den Mund küsste und sich setzte. Ich steckte den Wirkungstreffer schweigend ein, aß ohne Hunger die tiefgefrorenen Sushis auf (*«Quality is overall good, but mostly you're paying for location and atmosphere, not the food»*), wischte mir den Mund ab, stand vom Tisch auf, gab höflich allen die Hand und ging dann zur Kasse, wo ich würdevoll meinen Anteil bezahlte, bevor ich meine Jacke holte und draußen war.

Es war fast zwei Uhr morgens, ich marschierte seit ein paar Augenblicken, es schneite, und ganz wenige Touristen fotografierten noch von der Biržewoj-Brücke aus den Eremitage-Palast, der mich in seiner wuchtigen, vor Kälte und Nacht erfrorenen Angestrahltheit an einen toten Stern erinnerte. Beim von einem Auto, das über einen Gullydeckel ratterte, verursachten Knall fuhr ich zusammen, und als ich den darauffolgenden Widerhall im Untergrund der Stadt vernahm, verstand ich, woher die ständigen Schüsse kamen. Ich war etwa 100 Meter gelaufen, in der Ferne erblickte ich den riesigen Platz vor dem Kriegsmarinemuseum, mir schien, als würde ich nie wieder festen Boden unter den Füßen spüren, da merkte ich, dass hinter mir Schritte herankamen. Ich drehte mich um: Aliénor Champlain mit weißer, bis zu den Augenbrauen ins Gesicht gezogener Tschapka und um den Hals einen blauen Calvin-Klein-Schal, der scharf von ihrem ebenfalls weißen Mantel abstach. Ich blieb ohne Grimm stehen und ließ mich einholen.

«Na, was ist denn los mit dir?», fragte sie mich und packte mich mit himmelschreiender Sanftheit an der Hüfte.

«Sei mir nicht böse, aber ich hab keinen großen Bock, dich mit jemand anderem zu teilen», sagte ich und machte mich freundlich von ihr los. «Deswegen hab ich keinen Bock mehr, noch länger zu bleiben, ich glaub, ich hab allgemein keinen Bock mehr. Ich flieg nach Paris zurück.»

«Okay. Na ja, da kann man wohl nichts machen. Gute Heimreise.»

Und damit schritt sie entschlossen, majestätisch und unerreichbar in die andere Richtung davon, sie drehte sich nicht mehr um, hatte wohl was Besseres vor, die ganze Zeit hatte sie mir in keinem Augenblick das Gefühl gegeben, dass sie sich auch nur das Geringste vorzuwerfen hatte.

Ich stapfte allein weiter, in meinem Kopf schwirrten die

paar Wörter aus unserem Gespräch umher: «Ich hab keinen Bock mehr.» Das stimmte, ich hatte auf nichts mehr Bock. Und doch hatte ich einen Ständer. Ich hatte einen richtig harten Ständer, den ich gar nicht wollte, ich hatte auf dieser Brücke grundlos einen Ständer wie ein Arschloch.

VIER

Mélikian hatte mir Folgendes geschrieben:

Hallo Antoine!

Du nimmst es mir hoffentlich nicht übel, aber ich habe dich gerade auf der Titelseite von *Public* gesehen, in romantischer Umarmung mit Aliénor Champlain in Sankt Petersburg. Also das ist ja echt die Krönung!

Ansonsten haben Géraldine und ich den Abend bei uns zu Hause noch in prima Erinnerung, und wir wollten fragen, ob du nächsten Freitagabend Zeit hast. Das Gleiche nochmal?

Aber unter alten Freunden müssen wir diesmal ja nicht die ganze Zeit über Filme reden.